FIAMMA NIRENSTEIN

ISRAELE SIAMO NOI

Rizzoli

ISBN 978-88-17-01034-4

Prima edizione: marzo 2007

Alla memoria dei miei nonni
Rosina Volterra e Giuseppe Lattes,
amorosa radice ebraica.

Introduzione

Queste pagine si propongono di rovesciare una concezione corrente, radicata, talora ossessiva.

Il mio assunto è molto semplice: Israele, al contrario di quello che suggerisce una propaganda pervasiva e ormai diventata senso comune, è un modello positivo e un caso di studio per chiunque si trovi a vivere in una società democratica che debba eventualmente affrontare una guerra di difesa cui tutto l'universo della democrazia occidentale è costretto. Parlo dunque di noi, della nostra società, quella occidentale: essa è attaccata come non mai in precedenza dall'estremismo islamico ormai organizzato in un asse che gestisce le migliori armi moderne e un'infinita riserva di terroristi sotto l'egida indiscutibile e non negoziabile del credo religioso. La sua costruzione propagandista e storicamente infondata si incentra su Israele come perverso «occupante» di territorio che non gli spetta, e quindi sul sionismo come ideologia imperialista e colonialista. L'invenzione del tema dello Stato di apartheid, che è la prosecuzione della risoluzione Onu n. 3379 del 1975 che equiparava il sionismo al razzismo, è tanto diffusa quanto del tutto priva di fondamento. Anche l'idea che il Secondo Tempio non sia mai stato sul Monte dove oggi sorge la spianata delle Moschee è stata definita da un archeologo di prima grandezza come Gabi Barkai «una menzogna peggiore della negazione dell'Olocausto, eppure collegata ad essa». Ambedue queste idee, infatti, sono tasselli di un mosaico che ha eroso il concetto della legittimità dello Stato d'Israele, ha rifiutato il pure evidente diritto del popolo ebraico, l'unico che abbia mai esercitato una sua sovranità su quel pezzo di terra vaga che sotto i romani, i greci, i turchi, gli inglesi venne chiamata Palestina e che comprendeva aree diverse dallo Stato ebraico.

Israele è uno Stato del tutto legittimo, che, per circostanze storiche e geografiche molto complesse, si viene a trovare al centro di un attacco concentrico dell'integralismo islamico che non ha niente a che fare col conflitto israelo-palestinese. Se magicamente si giungesse a una soluzione territoriale fra palestinesi e israeliani – e nessuno può augurarsi niente di diverso – e due Stati fossero finalmente disegnati nei loro confini per vivere l'uno accanto all'altro, sfido chiunque a dimostrare che allora si placherebbe l'attacco prima di tutto dei palestinesi stessi, e poi di Hamas, degli Hezbollah, della Siria, dell'Iran ormai prossimo al nucleare. Israele e gli ebrei sono al centro di un attacco ideologico pari soltanto a quello subìto alla vigilia della Seconda guerra mondiale: accusati, come li accusava Hitler, di essere loro stessi la causa delle guerre, tengono accesa la fiaccola della conquista islamista del mondo, servono allo scopo di galvanizzare un fronte sempre più largo e più organizzato. Israele è solo il fronte avanzato, di questa guerra. È il decenne Hendrich, il bambino olandese col dito nella falla della diga. Ma la guerra è contro di noi, Israele siamo noi, perché siamo attaccati dagli stessi fanatici che hanno intrapreso la *reconquista* islamica dopo secoli di intensa frustrazione di fronte al predominio occidentale.

Gli europei, se ne parla più avanti, sono cresciuti da ormai molti anni in un'atmosfera di bambagia che li porta a vedere l'aggressione jihadista come confronto culturale fra diversi, che li porta a immaginare che con la parola si possano sostituire i fatti, che la diplomazia non sia un mezzo per risolvere i problemi, ma un fine cui piegare la dura realtà, e che il fronte del *jihad* possa essere gestito frammentando il problema in questioni economiche e territoriali. Ma è solo un modo di evitare il pensiero della guerra, il grande tabù della cultura democratica.

Alexis de Tocqueville nel 1838 esprimeva, osservando l'America, un punto di vista e un'esortazione incoraggianti, che fotografano peraltro la realtà di Israele: «Penso [...] che un popolo democratico, che intraprende una guerra dopo una lunga pace, rischi più di qualsiasi altro di essere battuto; ma esso non deve lasciarsi scoraggiare dalle prime disfatte. [...] Quando la guerra prolungandosi ha, infine, strappato tutti i cittadini ai loro lavori pacifici e fatto fallire le loro imprese private, accade che le stesse passioni, che li attaccavano alla pace, li rivolgano verso la guerra. [...] Per questa ragione le nazioni democratiche, che con tanta malavoglia si fanno condurre sul campo di battaglia, vi compiono prodigi quando si è riusciti a fare loro impugnare le armi».[1] La democrazia, sostiene de Tocqueville, aliena alla guerra per natura, se vi è costretta la fa, seguitando a sprigionare le sue energie migliori e più vitali, e riesce a esprimere, sia nel combattimento sia nella vita civile che si trasforma per perseguire la vittoria, l'eccellenza della sua scelta politica di fronte alle dittature e al terrorismo. Ovvero, la democrazia, proprio combattendo il terrorismo liberticida e fascista, capisce meglio se stessa, sa per cosa vive, riconosce i propri valori, trova una strada per non tradire la propria natura.

Beninteso, parlo di una società che affronta una

guerra per la vita e non per la conquista, una guerra senza scelta se non quella di combattere o di soccombere. Senza cedere a fantasie e miti, pure si può dire che questo è il grande esperimento di Israele: sviluppare il carattere e le leggi della democrazia in una situazione di conflitto. È una sfida che riguarda i massimi sistemi, il rapporto fra libertà e ordine, quello fra interessi collettivi e personali, la fierezza nel confrontare il proprio modo di vita e la propria tradizione con quello che l'ideologia nemica vuole imporre, il conservare la durezza necessaria quando si combatte e la sensibilità indispensabile a promuovere i diritti umani. Israele si è trovato ad affrontare questa sfida per primo e sulla linea del fronte con il Medio Oriente intero: e non è la prima volta che gli ebrei devono per forza, dal doloroso profondo della condizione di eccezionalità che la storia li ha spesso costretti a vivere, elaborare risposte che diventano oggetto di riflessione per tutti.

Da parecchi anni osservo Israele da giornalista: guardo la gente per strada, in guerra, a casa e altrove, e semplicemente vedo delle risposte alla più drammatica fra le domande odierne. Resistere di fronte alla delegittimazione, alla violenza, al terrorismo; queste risposte splendono nella foresta dei problemi, delle debolezze, delle imperfezioni del sistema capitalista, e persino nelle brutture che la natura umana tuttavia non manca di irradiare anche nelle migliori costruzioni sociali. Dalle parti di Gerusalemme e di Tel Aviv, dove siedono il governo e gli apparati di sicurezza, non mancano la corruzione, o la violenza sessuale, o l'incapacità, la faciloneria, la prepotenza. Certi retaggi del passato, come l'improvvisazione, sono ormai fuori tempo. Certi pavoneggiamenti maschilisti possono essere, se si vuole, ritenuti lo sfondo a recenti obbrobri, come i crimini sessuali per cui è stato incriminato il presidente della Repubblica Moshe Katzav. Nell'esercito, di sicuro stati di esasperazione e anche di perversione hanno condotto a episodi in cui il grilletto è stato facile. L'eccesso di fiducia in se stessi e nei propri miti ha portato a errori che durante la Guerra del Libano dell'estate 2006 sono costate la vita a troppi soldati, e hanno dimostrato uno stato di insufficiente preparazione e uno scarso senso di responsabilità fra i capi militari e anche nell'angolo acuto della piramide politica. Fra la gente, specie fra gli intellettuali e i giornalisti, ci sono anche molti casi di viltà, di voglia di fuggire. Il defezionismo, la critica fanatica, sono a volte semplicemente miseri, scimmiottamenti della sinistra europea buonista, esternazioni prive dello sfondo tragico su cui maturano le decisioni più dure. Israele compie errori e soffre falle come qualsiasi altro prodotto della fatica umana.

Questo non è però il fenomeno più importante, anche se dopo la Guerra del Libano è diventato quasi una moda chiedere se Israele non sia in crisi, se le invincibili forze del Mossad e dell'esercito non siano stanche, se la società secolarizzata di Tel Aviv non dia segni di cedimento. La risposta è semplicemente: no. È vero che la classe dirigente in questo momento è particolarmente fragile dopo la scomparsa fisica di Ariel Sharon e quella politica, negli anni del recente passato, di due personaggi di cui prevedo il ritorno sulla scena, Ehud Barak e Benyamin Netanyahu; è vero che all'improvviso tutti i problemi strategici e morali si sono enormemente complicati a causa dell'asse iraniano con gli Hezbollah, la Siria, con Hamas al governo dell'Autonomia palestinese. L'elaborazione della classe dirigente non è ancora compiuta, la sua difficoltà a cercare nuove strade è a volte deludente. La famosa battuta di Olmert durante la guerra, «anche noi siamo stanchi», gli è stata tante volte rinfacciata e i giovani al fronte in Libano o a Gaza rispondevano dicendomi: «Lui è stanco, noi no».

Il popolo d'Israele non è affetto dalla fragilità della sua classe dirigente, con i suoi difetti e le sue debolezze è pur sempre un popolo combattente e democratico. Le riserve, i *milu'ìm* sono il ritratto simbolico del fenomeno israeliano. Esso è molto ben disegnato da H., ufficiale pilota delle riserve, che ho incontrato in una base aerea mentre si sistemava il casco e stava per salire sul suo F-16 diretto sul cielo di Gaza: due ore prima era nel suo ufficio di avvocato, con un cliente, a Tel Aviv. Il telefono ha squillato. Ha salutato in fretta, senza dire perché doveva scappare via. La borsa con il cambio di biancheria la tiene sempre pronta in macchina. La moglie la avverte col telefonino dalla strada appena è al volante verso la base in cui servirà fino a oltre i cinquant'anni di età per un mese all'anno, e per tutto il tempo straordinario in cui sia richiesta la sua presenza. Per andare ai *milu'ìm*, nelle riserve, ognuno spende molto denaro e molto tempo prezioso; alcuni ci rimettono i loro business, specie se si tratta di lavoro autonomo. Un agente turistico, o immobiliare, rischia spesso la chiusura. Naturalmente spesso rischia anche la vita. Ma ieri, accompagnando un amico professionista a comprarsi un berretto per dormire nel deserto alcune notti di *milu'ìm*, l'ho visto fraternizzare molto allegramente con il commesso, un uomo cicciottello che per ragioni segrete serve per periodi più lunghi del normale. Il rapporto fra di loro era di doppia solidarietà, come cittadini un po' anziani che ormai hanno freddo la notte, ma che come soldati condividevano il senso della indispensabilità della loro missione.

Il fenomeno israeliano cui è interessante per tutte le democrazie guardare è, se finalmente ci riuscisse di toglierci gli occhiali neri dell'ideologia, la mirabilità della costruzione dell'*homo israelianus*, speciale ed eguale, democratico e combattente. La guerra e la democrazia hanno costruito nel loro inusitato matrimonio un personaggio adatto a sopravvivere nel continuo sacrificio e nel dono di sé benché sia un uomo moderno e quindi viziato dalla pluralità delle merci e distratto dai tanti stimoli; devoto alla pace e alla libertà, mentre è costretto ad affrontare il problema del *jihad*, l'aggressività del terrorismo, la violenza sconosciuta fino a oggi della guerra asimmetrica. Una guerra inaffrontabile e disperante che, invece di cercare la salvezza per la propria popolazione civile, ne fa uno scudo di difesa non sporadico, ma sistematico, di fronte a un esercito che ritiene vincolanti le norme della Convenzione di Ginevra. Una guerra in cui il nemico mira ai civili per colpirne il maggior numero possibile. Come si deve modellare la democrazia per conservare intero il proprio cittadino, cui è vietato per legge uccidere, mentre al nemico ciò è imposto dalle sue regole religiose e quindi di guerra? Come, perché possa tuttavia sopravvivere e non diventare un inerte capro espiatorio della *reconquista* islamista?

Noi europei dal 1945 abbiamo conosciuto soltanto la pace. Il sionismo ha il merito ideologico della sopravvivenza di Israele, perché ha elaborato l'ebraismo in senso laico, senza mai allontanarsene. Infatti è nato sulle fondamenta di una cultura che per tremila anni ha trovato strade di sopravvivenza nonostante in tanti abbiano cercato di eliminarla, e perché ha teorizzato che la salvezza si trova soltanto con le proprie forze. Tenacia, coraggio e determinazione quasi sovrannaturali e senza paragoni che a me vengano in mente lo hanno messo in piedi; è nato con le forze fisiche dei suoi stessi ideatori sulla sabbia, sulle rovine e fra le paludi.

Se ci si chiede se questo modello abbia uno sfondo religioso, la risposta è «sì» anche se vi si sono innestate svariate ideologie, come il socialismo e il liberalismo. I religiosi naturalmente portano la fiaccola della tradizione, ma i molti israeliani che non portano la *kippà* ne indossano tuttavia una individuale che è stata definita «trasparente»: non si vede, ma ciascuno, o quasi, ce l'ha. Il concetto di normatività è insito nell'anima ebraica anche quando è laica. Il più blando degli ebrei pure non si sottrae al *brit millà*, la circoncisione alla nascita dei figli, né alla sepoltura religiosa. Fra questi due appuntamenti ce ne sono tanti come le feste comandate, il cibo *kashèr*, l'evitare di viaggiare, di lavorare, di rispondere al telefono di sabato, e ciascuno disegna l'ebraismo a sua immagine e somiglianza, chi osservando questa *mitzwà* (precetto religioso) e chi quella. C'è chi non mangia maiale ma va in macchina il sabato, chi lo mangia e digiuna a Kippur, chi non digiuna ma non risponde al telefono di sabato. Nessuno si dimentica di essere ebreo in un Paese che vende con naturalità cibo *kashèr* nelle maggiori catene di supermarket e di ristoranti, che rispetta tutte le feste, che elimina il pane e i cibi lievitati dal mercato quando è la Pasqua ebraica. Nessuno ignora il particolare attaccamento per la famiglia e le sue ricorrenze, che insegue chiunque in maniera un po' ossessiva con *bar mitzwà* (il compimento della maggiore età religiosa) e matrimoni. Anche se è un Paese laico, in cui tutte le istituzioni basilari, il governo, il potere giudiziario, l'esercito, la polizia, le scuole, vantano indipendenza dalla religione, Israele manda tuttavia un messaggio fortemente ebraico che invita a una cultura di valori. Il richiamo ai «valori ebraici» è di tutte le forze politiche, compresa e forse soprattutto la sinistra. Il coraggio, la forza di sopportazione, il senso di sacrificio combattono bene con l'egoismo, l'edonismo, l'individualismo della società capitalista e democratica, pure presenti, perché la cornice morale collettiva non è stata cancellata, per quanti colpi possa ricevere dall'individualismo di una società di libero mercato e anche povera. Al di là dei nostri interessi immediati, suggerisce senza tregua il panorama morale circostante, ce ne sono di trascendenti che puoi chiamare come vuoi, ma riguardano le ragioni profonde che ci hanno portato da una parte a costruire la democrazia, e dall'altra a salvare la pelle per tanti anni.

Oggi, certo diverso dal modello irenico che abbiamo sognato, il cittadino di Israele non somiglia affatto all'immagine disegnata ad arte nel corso di decenni, a cominciare dal Gran Muftì di Gerusalemme, e poi con Arafat e Nasrallah e fino ad Ahmadinejad. Non somiglia nemmeno lontanamente a quella immagine distorta che i movimenti cosiddetti pacifisti, gli intellettuali antiglobalisti, gli storici revisionisti hanno dipinto. Tutti gli aggettivi e i sostantivi che costruiscono la tavolozza di colori in cui intinge il pennello il *politically correct* dei nostri giorni sono sbagliati: l'occupazione, il muro, i checkpoint, le eliminazioni mirate, il disprezzo per la vita dei civili sono punti astratti su un foglio bianco, da unire per formare un disegno destinato a prospettare un significato *ad hoc*. L'oggetto che ne esce fuori in un solo schema concettuale è: il vuoto, l'illegittimità. Israele, come dice Ahmadinejad, deve «essere spazzato via dalla carta geografica», non deve più esistere perché non si confà, secondo la fantasia suggerita, ai valori dei diritti umani; il sionismo è un errore concettuale e un obbrobrio morale, hanno ripetuto i suoi nemici finché l'informazione ne ha fatto senso comune; la sua realizzazione storica, ovvero gli israeliani e le loro azioni sono spregevoli oppressori di innocenti. Anzi, il sionismo «è fallito», come dice il presidente iraniano, e Israele «sta sparendo». La verità è che la grande chance del mondo arabo di capire Israele, di apprezzarne la presenza nell'area mediorientale, di avvantaggiarsene, quella sì è naufragata in un insensato mare di odio. Anche le profferte territoriali di Israele ai palestinesi, larghissime e chiare quando Barak e Arafat sedevano insieme a Camp David, sono state respinte, mentre è stata aperta la porta a un *jihad* senza quartiere, che fa dei propri bambini dei martiri, dei morti viventi.

Si è detto che l'attuale odio antisraeliano non è necessariamente antisemitismo, che a volte si cerca di dare dell'antisemita semplicemente a chi critica Israele. Ma non è vero, e non lo si vede solo dai due pesi e due misure applicati a Israele e agli altri, il doppio standard applicato a Israele e agli altri: il presidente iraniano ha fiducia nel messaggio antisemita più classico, quello che suggerisce di eliminare gli ebrei a causa della loro ignobiltà, e ha dettato così il teorema più evidente, quello della negazione della Shoah come ragione per promuovere la guerra a Israele. Israele, dice lui, è stato costruito a seguito della Shoah (un errore di storia da vero ignorante), gli ebrei hanno usato la Shoah come scusa per reclamare la loro nazione (altro errore storico), quindi, poiché la Shoah non ha avuto luogo, di conseguenza Israele può essere distrutto. E, aggiunge Ahmadinejad, lo faremo presto: per farlo stiamo preparando la bomba atomica, sottintende parlando con successo di pubblico e di stampa all'Onu, dove lo accolgono le nazioni di tutto il mondo che hanno fondato quell'organizzazione. Tutti gli alleati di Israele o chi non se ne discosterà esplicitamente, come Ahmadinejad ha minacciato sempre pubblicamente, dovranno pagarne le conseguenze.

Lo sfondo per così dire culturale di questo ragionamento è il *jihad* islamico che deve ricollocare il mondo sotto il califfato, facilitare la venuta del Mahdi, il dodicesimo imam che svolge secondo la fede sciita una funzione messianica di redenzione del mondo. Ahmadinejad, che tiene in una mano la costruzione dell'arma atomica contro Israele e l'Occidente, e nell'altra la negazione della Shoah, è la migliore dimostrazione del nesso fra antisemitismo e intenzioni genocide verso Israele, e ne fa addirittura oggetto di teorizzazione.

Hamas a sua volta basa la sua scelta di distruggere Israele su un'inesistenza: Israele non c'è, non esiste, quello che si vede oggi è una manifestazione malefica che non ha nessuna ragione reale né rispettabile di vivere. Queste città, questo Parlamento, questi ospedali, questi cinema, queste scuole che ciascuno può vedere in questa minuscola scheggia di terra, altro non sono, per una gran parte dell'Islam, che alcune delle sue proprietà che ritorneranno riconoscibili una volta spazzata via questa pura forma che non è sostanza. Gli Hezbollah dicono che Israele non ha altro scopo di esistere che quello di fare del male, di rappresentare l'imperialismo, il capitalismo, l'Occidente. Le bandiere israeliane vengono spesso bruciate insieme a quelle americane, Nasrallah ama molto gridare «Morte agli Usa, morte a Israele».

Sciiti e sunniti si sono uniti per protestare contro la cristianità che mette Maometto in caricatura o che osa invitare l'Islam alla discussione, come ha fatto papa Benedetto XVI, allora anche l'Europa è nel mazzo dei peccatori e degli alleati del diavolo. Ma l'Europa non vuole saperne, a così breve distanza dalla Seconda guerra mondiale, di avere un nuovo nemico mortale, e seguita a sperare che sacrificando Israele e contrapponendosi agli Usa potrà ottenere almeno la sua pace.

In coda sull'autostrada numero uno, tra Gerusalemme e Tel Aviv, guardo i miei vicini accanitamente diretti a destinazione, stretta a destra e a sinistra. E davanti, e dietro. L'autostrada fumiga di vitalità: correre, correre a destinazione, ogni metro è una conquista, parafango contro parafango. Ogni auto è la cellula di una società normale e speciale che suggerisce vita e solo vita, non morte. I guidatori si scrutano insistentemente dai finestrini, quasi si sorridono, quasi non si possono soffrire, insomma, qualcosa; sempre in Israele si comunica qualcosa, ci si deve dire qualcosa, e subito. Un'invettiva: «Disgraziato, prepotente, non si sorpassa a sinistra», oppure: «Non far piangere il bambino sul seggiolino posteriore, genitore snaturato»; un complimento: «Bella ragazza»; un'epressione di solidarietà: «Soldato, devi riposarti, hai l'aria distrutta»; un'osservazione: «Lei mi ricorda la mia nonna tedesca». Sempre si va in qualche posto con un particolare senso di urgenza e in modo affermativo: dalla mamma, in ufficio, a casa dai bambini, a Ramat Aviv Gimel dove la linea dei grattacieli è *fancy*; a Me'ah She'arim a Gerusalemme, dove le baracche da *shtetl* sanno di pane fatto in casa con lievito cattivo e di *chammìn*, carne da lesso e fagioli cotti in forno; si va a servire nei *milu'ìm* seguitando a telefonare freneticamente per avvertire questo e quello dell'improvvisa chiamata dell'esercito, allo psicanalista che scusi tanto, alla zia di andare a dare da mangiare al gatto o a prendere il bambino a scuola; si va a fare il tagliando dell'auto tenuta come un membro della famiglia; si va a comprare i vestiti in Kikkàr ha-Medinà perché è più sexy; a lavorare in una delle tante aziende di *high tech*, per le quali Israele è secondo solo agli Stati Uniti; a raggiungere la fidanzatina con l'M16 a ciondoloni e la divisa sbrindellata; a trovare alla «casa del soldato» una ragazza rimasta su una sedia a rotelle durante le esercitazioni; si va dal dentista, dalla famiglia del proprio compagno rimasto ucciso in missione, alla mostra di foto di guerra, a un ristorantino sulla spiaggia di Tel Aviv, dal rabbino dell'insediamento di Ofra... La radio delle auto – se a guidare non è un giovane con lo stereo a tutto volume – è sempre accesa: chiacchiera ossessivamente di questioni così vitali che dopo un po' si cerca di cambiare programma, ma anche l'altro parla delle stesse notizie essenziali e fornisce pareri contrapposti e gridati con convinzione definitiva. Un povero essere umano non ce la può fare a star sempre là a palleggiare con la morte, con Hamas e con gli Hezbollah. Il discorso di colui che dalla radio lo apostrofa come nemico sionista è intero, rotondo, l'inimicizia è odio senza quartiere, è disprezzo, aggressività fisica, desiderio di cacciare, distruggere, cancellare: il *jihad* lo vuole morto.

Lui, il mio vicino guidatore, non vuole morto nessuno se non vi è obbligato. Anche se si tratta di un religioso, il suo ragionamento, a differenza di quello del suo nemico, è laico, ovvero sa rispondere a frammenti, caso per caso, sa distinguere se è in pericolo di vita, se si tratta di un pericolo grave, se lo scontro e la repressione sono inevitabili, se è la vita a essere in discussione, la sua o quella del nemico. L'odio religioso non è parte della sua cultura.

Quindi, per quanto possa parteggiare per una soluzione o l'altra, essere di sinistra o di destra, in quel tappo di traffico c'è molta perplessità, essa abita ciascuna di quelle auto. Cadono i missili Kassam, allora interverremo: sì, no, non interverremo; abbiamo sbagliato il bersaglio, ci scusiamo; no, qui abbiamo colpito, e abbiamo fatto bene, la vittima stava preparando un Kassam, aveva partecipato ad attentati terroristici; c'erano bambini, avevano piazzato a bella posta donne e bambini là accanto; 27 checkpoint sono stati tolti, i palestinesi soffrono, anche loro hanno diritto a un futuro, a uno Stato, a una bella vita; no, stavolta non si meritano niente, il *jihad* è il loro pensiero dominante, perfino una briciola di territorio la useranno per i lanciamissili; la bomba atomica dell'Iran sarà pronta fra un anno, tre, cinque anni; sapremo fermarli, attaccare con gli F-16 non si può, non serve; si deve, è l'unica strada; abbiamo perso la guerra con gli Hezbollah; abbiamo vinto la guerra con gli Hezbollah...

Mi domando come mai il mondo, invece di concentrarsi su una discussione che è vitale per tutti noi e cercare di prendervi effettivamente parte, la semplifichi in una stupida, continua condanna del diritto a difendersi; il coro vanitoso delle *chatting classes* europee è passato dall'antisemitismo di maniera («*That shitty little country*», quello staterello di merda, disse l'ambasciatore francese a Londra parlando di Israele) alla sostanziale messa in forse del diritto a vivere di Israele; Ahmadinejad, con la sua sfilata di pagliacci negazionisti, copre la preparazione dei missili Shihab che possono arrivare in qualsiasi capitale europea, e presto del mondo.

Israele combatte contro questo obbrobrio. Il cielo sopra l'autostrada rimanda l'eco di un controverso cicaleccio che è di lessico familiare e di una discussione essenziale, destinata a farsi decisione fatale ogni giorno;

è l'unico cicaleccio pluralista che promani da una sabbia mediorientale, è una vitalità tutta speciale che viene dall'avere pagato di tasca propria il momento che stai vivendo, dal sapere che esso vale e ha un significato, e che sei là perché non solo ce l'hai fatta da solo fra tanti dolori e tante guerre, ma anche perché i tuoi genitori, e i tuoi nonni, dopo orribili persecuzioni, eroicamente hanno saputo recuperare lo spazio dopo aver vissuto solo nel tempo per più di mille anni. È un eloquio democratico durante il quale non si può mettere in primo piano la propria perplessità, non ha cittadinanza la paura, è indispensabile andare avanti, essere un popolo in armi anche quando ci si sente spezzati.

In coda sull'autostrada, sai che il guidatore della macchina accanto può commettere infrazioni, e ne fa, può fare errori, e ne fa ancora di più, ma che è un personaggio con una storia vera da raccontare, che affronta ogni giorno problemi essenziali. Non ha abbandonato il suo retaggio: le Tavole della Legge gli ripetono ogni giorno «Non uccidere», ma con altrettanta urgenza egli sa che ha un significato universale la sua lotta per non essere ucciso. Si dibatte fra due imperativi categorici. Gli ebrei d'Israele, dopo essere stati il primo popolo a benedire il mondo col monoteismo, sono oggi l'unico popolo che abbia benedetto il Medio Oriente con la democrazia. Forse meritano uno sguardo, una considerazione completamente diversa da quella che hanno ricevuto fino a oggi, anche perché i loro nemici sono anche i nostri ed essi sono i primi sul fronte.

Desidero ringraziare con calore il professor Piero Capelli, docente di Lingua e letteratura ebraica all'Università degli Studi di Venezia «Ca' Foscari», per la cura con cui ha letto il manoscritto e per i suoi preziosi suggerimenti.

1

Una generazione che ha perso la strada

È tempo per la mia generazione di tornare a essere se stessa. E per le nuove generazioni di essere indirizzate da noi vecchi verso la nostra ispirazione originale, quella della libertà e dei diritti umani. Ci eravamo promessi che avremmo cambiato il mondo. Avevamo sogni di eguaglianza, di solidarietà, di riscossa della povera gente e dei popoli oppressi, di aiuto reciproco, «libertà» era la nostra parola chiave. L'Europa deve a noi il fatto di essere divenuta, dalla fine degli anni Sessanta via via nei Settanta, quel laboratorio di modelli nuovi di comportamento che non era riuscita a divenire, divorata dal senso di colpa e dallo shock, negli anni immediatamente successivi alla guerra mondiale. Ma le idee derivate dalla nostra decisione di non ripetere gli errori del passato, che avevano portato al nazifascismo e alla Shoah, sono degenerate per il tragico incontro che hanno avuto con il comunismo; la sua natura totalitaria ne ha rapidamente cambiato i connotati. L'ispirazione sociale e pacifista si è trasformata rapidamente in una macchina giustificazionista di comportamenti contrari alla morale e al buon senso, la scelta per la democrazia e la libertà in una formula invece soggiogata dalla politica dei due blocchi. Questa stessa politica ha confuso le nostre idee fino a farci diventare del tutto, davvero del tutto, insensibili alle azioni concrete, al farsi della storia, in una parola alla verità, purché il soggetto conservasse certe caratteristiche formali che ce lo rendono caro.

Un esempio è quello di Hamas: la speranza più volte espressa di stabilire un dialogo con i suoi leader, che secondo le speranze del consesso internazionale e di parte degli israeliani sarebbero dovuti cambiare in grazia del nuovo potere ottenuto alle elezioni del dicembre 2005, diventa subito ridicola di fronte alla sostanza della sua natura. Se si guarda la sua storia, essa è punteggiata da attentati orribili che si contano a centinaia, in cui sono stati presi di mira, scelti con cura, gli obiettivi più ignobili, ovvero quelli dove si potesse falcidiare il maggior numero possibile di civili, donne, bambini. Attentati realizzati tramite esseri umani che si sono fatti saltare per aria imbottiti di tritolo, di odio, di una versione dell'Islam che lo porterà alla distruzione e di un antisemitismo selvaggio che ne è diventato il verbo.

In secondo luogo, prendereste un caffè con una persona che nella carta costitutiva, la legge della sua organizzazione e della sua intera vita, scrive che i massoni, il Lions Club, il Rotary, lavorano tutti per la causa sionista? Che la rivoluzione francese, il colonialismo occidentale, il comunismo, le due guerre mondiali, tutto è stato organizzato dagli ebrei? Che sostiene che l'Olocausto non è mai esistito e che gli ebrei hanno finanziato il nazismo per giustificare la nascita di Israele con l'Olocausto stesso? Bene, tutto questo è scritto parola per parola nella carta costitutiva di Hamas, oltre all'invito a uccidere gli ebrei «ovunque si trovino», e non solo nessun membro di Hamas ha mai messo in discussione questo testo, ma le dichiarazioni dei suoi leader lo trasformano nella parte più urgente del suo programma politico: la conquista del mondo all'Islam, oltre i confini di Israele. Dice un video di Hamas del giugno 2006, per bocca di un suo comandante defunto, Yasser Ghalban: «Noi governeremo il mondo, con l'aiuto di Allah gli Stati Uniti verranno conquistati, Israele sarà conquistato, Roma e l'Inghilterra saranno conquistate». Anche gli Hezbollah e soprattutto Ahmadinejad e al-Qaida esprimono spesso punti di vista di questo genere. Eppure, non l'uomo della strada ma i premier, i ministri dei Paesi europei, hanno creduto che l'ascesa al potere, la crescita di forza di Hamas la potesse rendere migliore, che l'ammansisse e la curasse. Certo l'equivoco non si ferma a Hamas: abbiamo chiamato «resistenti» i terroristi in Iraq; non abbiamo voluto capire, per paura, il messaggio delle Torri Gemelle; abbiamo seguitato a raccontarci la stolta bugia che è colpa dell'Occidente se il terrorismo lo attacca, ne abbiamo minimizzato il significato, come se fosse un fenomeno modesto, oggetto di possibili negoziati e concessioni mentre ha cambiato la vita di tutte le nazioni del mondo; abbiamo cercato di renderci accettabili persino delle belve fasciste che a ogni uscita pubblica non perdono occasione di esprimere senza remore il loro odio, come Ahmadinejad, il presidente iraniano, Hassan Nasrallah, il capo degli Hezbollah, o Khaled Mashal, il leader di Hamas di stanza a Damasco. Ci parliamo, stringiamo loro la mano, non vogliamo sapere chi sono veramente.

Non ci importa di quello che concretamente viene messo in scena da questo o quell'attore nella storia. Ci interessa, di quello che dichiarano Mashal o Ahmadinejad, la sistematizzazione secondo i nostri schemi culturali. Non vogliamo capire quello che sa ogni studioso di Medio Oriente: che mentre i leader occidentali dicono bugie in pubblico e confidano le verità in colloqui politici privati, i leader orientali di fronte alla folla e in pubblico dichiarano le loro vere intenzioni, mentre nelle conversazioni e negli incontri fra pochi dicono quello che l'interlocutore vuole sentire. Arafat era un campione di questo gioco. Abbiamo inventato una teoria del ciclo della violenza che, invece di apporre il biasimo dove merita, riporta sempre la palla nel nostro campo. È così strano che dopo un attacco in cui i bambini iracheni vengono uccisi dalle milizie terroriste si sentano biasimare gli americani invece dei terroristi? È così stravagante che quando i missili piovono in Israele sulla città di Sderot ci si chieda (e mi capita sempre quando mi intervistano dopo un evento del genere): «E ora? L'esercito attaccherà Gaza?», piuttosto che: «E dove vanno a nascondersi i bambini quando sono a scuola? Dispongono di rifugi? Le famiglie vanno regolarmente al lavoro? È possibile inventare un ombrello anti-Kassam?».

E il nemico se n'è accorto bene: ha capito che la società in cui domina un'*élite* uscita dalla rivoluzione libertario-comunista del secolo scorso è mediocre, intimidita, tecnicamente stupida. Che la sua fame di benessere divora anche se stessa: non un singolo Paese membro dell'Unione Europea ha un indice di fecondità sufficiente a mantenere stabile il numero di abitanti, ovvero almeno il 2,1 per cento. Sembra quasi che quanto maggiore è il benessere, tanto meno vogliamo spartirlo con i nostri eventuali discendenti; quanto più siamo longevi e sani, tanto meno facciamo figli. Secondo George Weigel, *senior fellow* del Centro per l'etica e la politica pubblica di Washington, i belgi, un popolo che va fiero del suo liberalismo, del suo buonsenso, nel 2020, calando secondo il ritmo attuale a 7 milioni dagli 8 milioni del 2001, avranno perduto il 12,5 per cento della popolazione. Gli spagnoli, al ritmo attuale, nel 2020 avranno perduto circa il 25 per cento del loro popolo. Il 25 per cento dei maschi tedeschi e il 20 per cento delle donne non intendono avere figli («Commentary», maggio 2006). Non è questo un segno di terribile stupidità a fronte dell'avvento massiccio della nuova immigrazione? Peraltro il nostro assetto mentale causa un doppio danno, perché da una parte la destrutturazione delle istituzioni tradizionali ci depriva di bambini, e dall'altra invece il nostro senso di colpa – scrive Bruce Bawer – fa sì che investiamo in un altro bambino simbolico: gli immigrati, specie nei Paesi Bassi, ormai abitudinariamente utilizzano i denari ricevuti dall'assistenza sociale dei Paesi di immigrazione per disoccupazione o malattia in acquisti di case nei loro Paesi.[2] E mentre si alimentano in Europa, reinvestono i fondi in patria affittando e rivendendo appartamenti. Molti, fra di loro, ci ricompensano con disprezzo e minacce, mentre dichiarano di poter ben presto sgomberare il campo dal predominio degli infedeli sull'Europa. I modelli che propongono per sostituire i nostri sono premoderni, ultrareligiosi, antidemocratici.

Siamo noi, la generazione che voleva fare la rivoluzione, i responsabili della catena di errori che dalle idee libertarie e antitotalitarie agli inizi degli anni Sessanta ci ha portato a uno stato di autentico blocco mentale di fronte a culture autoritarie, ginofobiche, antisemite.

I protagonisti di questa nostra epoca, che oggi hanno sessantacinque anni, come André Glucksmann, partivano svantaggiati, legati a tutti gli schemi della vecchia sinistra, marcati dalle memorie della guerra e, come dice Paul Berman, ancora soprattutto in guerra con il nazismo. Questa generazione (fra cui anche Yoschka Fischer, o da noi Adriano Sofri) rimase presa nei lacci della Guerra fredda, che ci intrappolò a lungo nei suoi modelli di comportamento e nei suoi falsi schemi.

E anche quando coscientemente questi schemi vennero rotti, pure essi rimasero come un substrato permanente, compatto, sul quale ogni tentativo di fondare un nuovo pensiero liberale, adatto al nostro tempo, fallì, insieme alla speranza di costruire una nuova fresca comunità di pensiero che almeno si ponesse in dialettico contrasto col vecchio modo di pensare, come è accaduto negli Stati Uniti e in Israele. Per questo la mia generazione è rimasta ancorata, per esempio, a una delle idee più propagandistiche e inutili per trovare un equilibrio in Medio Oriente, quella di «terra in cambio di pace». Mentre non ha saputo individuare, per esempio, l'orrore della ditatura khomeinista, il ruolo dominatore e dittatoriale della Russia in Cecenia, né che la battaglia contro ogni olocausto oggi deve essere immediatamente combattuta in Darfur.

Mancò alla nostra generazione l'ordine, la disciplina, la cultura (per quanti anni invece di studiare abbiamo passato il tempo in riunioni, dormendo poco e fumando moltissimo!) e soprattutto la durezza dell'esperienza umana. Non siamo stati capaci di capire che dovevamo lasciare uno spazio alla tradizione che aveva permesso la costruzione della società occidentale. Certi che il sostentamento materiale non ci sarebbe venuto a mancare, abbiamo abbracciato come parte normativa quella della strategia comunista, e come scelta di vita quella del disordine, all'insegna della rivoluzione sessuale e anche della droga.

Sia chiaro: avevamo quasi tutte le ragioni quando volevamo rompere gli schemi patriarcali, creare relazioni affettive anticonformiste fra gli amici e nelle coppie, superare le divisioni di classe, stabilire comportamenti meno costrittivi e umilianti per le donne nel rapporto fra i sessi, promuovere l'eguaglianza e rimuovere gli ostacoli che creano ghetti di povertà. Ma non avevamo le leggi per regolare i nuovi comportamenti e quindi abbiamo vissuto in un misto di nuova, pesante normatività autoinflitta e di sradicamento della tradizione. Il nuovo conformismo legato all'ideologia che ci eravamo appena inventati era ossessivo, ma la smania di rompere ogni regola, altrettanto.

Le femministe, per esempio, creavano pesantissime gerarchie con faide e scontri all'interno, mentre ragazze intensivamente impegnate a rappresentare la nuova realtà con abiti, modi di dire, uso delle parole o persino del cibo si incatenavano a determinati comportamenti proprio come le nostre nonne erano state incatenate alle loro tradizioni, senza obiezioni. Tutto il movimento variava fra confusione e normatività, fra innovazione e stucchevole conformismo. Credo che cocktail più velenoso non avremmo potuto inventare.

La politica internazionale in tutto ciò assunse un ruolo cruciale, perché mentre a fronte della crisi del comunismo si sviluppava una società di *yuppies* e i comportamenti cambiavano e abbandonavano l'anarchia e il collettivismo, essa costituiva ancora l'ancoraggio affettivo ai vecchi noi stessi rivoluzionari che ci erano tanto piaciuti. I più borghesi fra noi sono quelli che marciano più volentieri dietro le effigi impiccate di Bush e, a suo tempo, di Sharon. È il segnale, il fischio di riconoscimento. I comportamenti si sono via via modificati, ma lo schema interpretativo della realtà è rimasto pigramente lo stesso della Guerra fredda: i poveri, i diseredati, l'autodeterminazione, quei certi popoli che sono buoni in sé qualunque cosa facciano, l'idea che la buona ragione sia direttamente proporzionale alla povertà, queste idee sono in sostanza rimaste il leitmotiv del pensiero che domina le *élites* occidentali e soprattutto europee.

Di fronte a una guerra in atto non abbiamo un sistema di valori che consenta la vittoria, non la sappiamo neppure concepire. La conclusione della Guerra del Vietnam, le immagini degli americani che salgono dai tetti di Saigon sugli elicotteri, hanno lasciato una traccia profonda: la vittoria è dei poveri e dei diseredati, l'America è una tigre di carta. Agli europei piacque sicuramente pensarlo allora, e certo ci piace tuttora anche se adesso il nemico, il jihadista terrorista, è anche nostro.

Il già citato video di Hamas del giugno 2006 promette la sottomissione degli Usa, di Israele, di Roma, dell'Inghilterra. Il corrispettivo dell'ideologia di al-Qaida, che nel video «Stanno arrivando» mostra i campi di addestramento che possiede in tutto il mondo: Afghanistan, Cecenia, Eritrea, Indonesia, Kashmir, Somalia, Filippine, Inghilterra, Algeria e Pakistan. Il video avverte: «Stanno arrivando, cominciate a scavarvi la fossa». Ho visto molti sprezzanti sorrisi di ebete compatimento, di superiorità culturale, di fronte a questo tipo di espressioni: «Non mi dire che li prendi sul serio». È stato facile, per i governi e gli intellettuali di tutti i continenti, di tutte le nazioni, condannare la conferenza negazionista dell'Olocausto tenuta a Teheran alla fine del dicembre 2006 con una risoluzione dell'Onu: era così ridicola, che chi aveva voglia poteva ritenerla semplicemente un'assemblea di lunatici. Una quantità di facce di eleganti amici miei di Roma e di Torino hanno reagito come un mio antico capo della sezione esteri alla *Stampa* parlando di Bin Laden forse un anno prima dell'attacco alle Torri Gemelle: «Ma lascia perdere quel saudita con cui gli americani se la prendono tanto, è una fissazione! Un poveraccio là in mezzo a quei miseri pastori afghani...». L'assemblaggio a Teheran di odiatori professionali musulmani con un branco di neonazisti, compreso il capo americano del Ku Klux Klan, insieme poi agli ebrei pazzoidi di Neturei Qarta, ha fatto nascere un senso di scherno e obbrobrio collettivo per la miseria culturale di questo spettacolo. Ahmadinejad, che del resto non sembra proprio un baronetto inglese, non deve aver fatto bene i suoi calcoli. E tuttavia, nonostante molti capi di stato e leader mondiali abbiano espresso disgusto, quando nel dicembre 2006 il Consiglio di Sicurezza dell'Onu, dopo un anno e mezzo di balbettamenti, ha votato una risoluzione che imponeva non una condanna ideologica ma passi per fermare il programma nucleare di Ahmadinejad, il testo, pur se approvato all'unanimità, è risultato timido, angosciato, delicato: a forza di compromessi con la Russia la condanna è risultata misera, pavida e senza denti. Il congelamento di dieci compagnie industriali, la sorveglianza dei viaggi all'estero di dodici tecnici, la richiesta di bloccare la costruzione delle strutture di arricchimento dell'uranio e tuttavia il permesso alla Russia di continuare con quella di Bushir... Ahmadinejad ha dichiarato subito che della risoluzione se ne frega, e dal suo punto di vista ha ragione: di che cosa deve aver paura? Non siamo capaci di fermarlo, e neppure di pensare di fermarlo. L'enorme critica e l'autocritica prodottesi in seguito alla guerra americana in Iraq hanno reso gli europei sempre più tremebondi e perplessi.

Siamo capaci di pensare in termini di «deterrenza» o «contenimento», ma la parola «vittoria» non appartiene all'Europa. Questo, nonostante la gente sia sempre più consapevole del pericolo che ci aspetta. Secondo indagini compiute in Inghilterra, Francia e Germania, il 90 per cento della popolazione si oppone alla costruzione dell'arma nucleare da parte dell'Iran, ciò che significa che abbiamo ben compreso il rischio effettivo di fronte a cui ci mette Ahmadinejad. Ma solo il 20 per cento degli stessi intervistati, se interrogato sulla fiducia nel proprio stesso Paese, ha una buona idea di sé. Nel maggio 2006, su 1076 tedeschi l'83 per cento collegava la parola «Islam» a «fanatismo», l'8 per cento in più rispetto allo stesso gruppo un anno prima. Abbiamo paura, ma non abbiamo la forza sufficiente per trasformare questa paura in forza e preparazione al combattimento. Ci manca il senso della superiorità della cultura dei diritti umani. Il giudizio sulle intenzioni del nemico per l'Europa non è un metro di misura dell'azione al contrario di quello che accade in Israele: in una parola, se Israele avesse creduto nel '73 alla previsione dell'attacco egiziano-siriano, avrebbe certamente intrapreso la guerra. Lo dimostra il fatto che nel '67, quando fu convinto delle cattive intenzioni di Nasser, lanciò la Guerra dei sei giorni con un'azione, la distruzione dell'aviazione egiziana a terra, che per quanto commisurata sull'idea di una guerra meno sanguinosa possibile, fu decisiva. Israele decise di distruggere il reattore atomico iracheno quando fu certa che sarebbe stato usato contro di lui. Quando, nel dicembre 2006, il presidente siriano Bashar Assad ha lanciato tramite i media l'idea di una eventuale pacificazione, Aman (i servizi segreti dell'esercito) e il Mossad si sono scontrati pubblicamente sulla veridicità della proposta. La responsabilità di accertare la verità delle parole di Bashar è enorme, perché in Israele a una certezza corrisponde in generale un'azione conseguente. Se Bashar davvero volesse la pace, Israele andrebbe a un confronto; ma il fatto che mantiene a Damasco le sedi di Hezbollah, Hamas e Jihad islamica per ora dà un segnale di scarsa affidabilità. Se l'Iran davvero vuole distruggerlo, Israele agirà per impedirglielo, e su questo tra i politici, i tecnici, la gente non c'è nessun dubbio.

Da noi, in Europa, tale consequenzialità è perduta: a un'analisi non consegue un'azione coerente. Ormai che l'Iran sia pericoloso per il futuro del mondo è evidente, ma è la nostra stessa costruzione mentale che, mettendoci in un pericolo ancor più sostanziale, rinuncia a fare la più semplice delle operazioni matematiche. Uno più uno fa due. Così, anche quando è chiaro che l'Iran non ha spazi di mediazione, gliene forniamo, consapevoli di consentirgli così il tempo di preparare l'arma atomica; gli Hezbollah possono e vogliono distruggere la sovranità libanese così preziosa a tutto il Medio Oriente, e ci piace lasciare che continuino ad armarsi tramite i rifornimenti siriani; la Siria ospita i gruppi terroristi in sedi fisse a Damasco, e noi facciamo finta di niente; i bambini israeliani vivono e muoiono sotto il tiro dei missili Kassam, e noi non diciamo nulla. La consequenzialità e quindi la capacità di giudizio morale è andata perduta nei salamelecchi stile Quai d'Orsay e Farnesina.

La caduta dell'Unione Sovietica fu causata, in gran parte, dalla forza etica della scelta degli Stati Uniti di dichiarare l'Urss moralmente indegna, un «impero del male» che sarebbe stato consegnato alla pattumiera della storia. L'America e il papa fecero il lavoro, e noi, attonita generazione europea post-comunista, non ne abbiamo saputo far tesoro perché ci eravamo privati dei criteri morali per gioirne. Così come non avevamo saputo odiare la mancanza di libertà nell'Urss, adesso non sapevamo amare il recupero della democrazia. Così, quando l'Urss crollò, nessuno raccolse l'occasione creatasi per la libertà e la democrazia: il gigante aveva compiuto un lavoro eccellente, la sua forza ideologica aveva svuotato dal di dentro il morale e la morale delle generazioni che oggi dovrebbero individuare i nuovi nemici dell'umanità e combattere le nuove guerre. Coraggio, onore, sacrificio, fedeltà, pazienza... tutte le parole che dovrebbero portare alla vittoria sono state cancellate o sostituite dalla mia generazione.

A me piaceva molto cantare con gli amici, che allora erano «compagni» nelle serate fiorentine, al ristorante Beppino vicino a piazza del Carmine; oppure sul Ponte Vecchio, seduti sui gradini; ero fiera della fama che mi ero creata di gorgheggiatrice alla Joan Baez: e quale scenario universale, che percepivo come un obbligo morale, mi offriva la bellezza di Firenze. Il mio repertorio variava dagli americani *on the road* fino a *Comandante Che Guevara* e *Contessa*. Tutta roba rivoluzionaria. Ma nel mio appassionato cantare era contenuta la contraddizione che ha portato la mia generazione a essere quella che non è capace di affrontare la guerra contro il terrorismo. Ero io Bob Dylan, che con gli occhi azzurri e l'aria ebraica perplessa e distratta mi appariva il ritratto del mio eloquio interiore, incessante e tormentoso, e ancora in parte così mi appare. *My girl she speaks like silence, without ideals or violence*... Il suo astenersi dal giudizio, fare un passo indietro se non nel dichiarare che *the times they are a'changin'* e mettersi nella scia, era fatto per me. Creava compagnia e socialità. Ma la corrente tirava verso il comunismo, e quello era il prezzo da pagare alla compagnia.

I tempi stavano cambiando davvero: chi si metteva più il golfino girocollo del negozio Old England, se ci eravamo tolte persino il reggiseno? I genitori erano perennemente arrabbiati, anzi, incazzati, e noi li consideravamo una sorta di nemici di classe. Mettemmo in scena il caso unico forse nella storia d'Europa in cui una generazione si metteva in relazione solo con se stessa, si faceva guidare solo dai giudizi dei suoi coetanei, disprezzava gli insegnamenti dei propri vecchi, genitori e professori. Corse come un fuoco di sterpi la notizia che al professor Ernesto Ragionieri dell'Università di Firenze era stato messo un cartello al collo per dileggiare l'insegnamento dei padroni. Ma anche se a notizie come quella il disgusto e l'imbarazzo mi afferravano e mi rendevano ottusa e balbuziente, pure ricordo di non avere avuto il coraggio di contrappormi, se non con poca voce. Integrazione nel gruppo e un'affamata rincorsa verso la propria libertà: per ottenerli, avremmo mangiato il fuoco, e lo mangiammo.

Mi piaceva e mi convinceva scappare di casa e accamparmi sulla branda della cucina di qualche casa di «compagni», dove la mattina ci si vestiva con quello che si trovava, a pranzo si mangiava un panino, ma la sera ci si preparava insieme una pastasciutta comunitaria; c'era una ragazza che stava insieme a due ragazzi ed era l'amante di entrambi, tutti e due tristi mentre lei era allegrissima (uno avrebbe poi fatto parte del gruppo terrorista che rapì il generale Dozier). Lei, verso le otto di sera, dopo una giornata di dibattiti, riunioni, preparazione di manifestazioni, si trasformava in doppia moglie, esercitava la sua capacità di cuoca con un ragù imparato da qualche nonna contadina, le usciva fuori più chiaro l'accento aretino: su di noi, sulla rivoluzione, calava la nostalgia della famiglia. Cantavo le canzoni di Bob Dylan, la felicità di essere *blowin' in the wind* e di sfidare tutto. Ma non era così semplice, perchè ero una borghese, e poi ero una brava ragazza ebrea col senso della famiglia incorporato.

Non mi convinceva affatto essere costretta a udire, sotto l'impiantito della stanza da letto fatto di assi in un appartamento vicino a Porta Romana a Firenze, la grande messa in scena della rivoluzione sessuale. Anche io avevo un mio partner, chi non ce l'aveva, ma sotto l'impiantito andava in scena la rivoluzione. C'erano a turno varie lei e vari lui; le combinazioni e le rotazioni si facevano varie; nelle persone più deboli il divertimento si trasformava in sofferenza per lo sgarro culturale troppo grande; e le persone più forti schiacciavano quelle deboli. Fra noi nel gruppo femminista c'era una piccola ragazza che è poi tragicamente scomparsa; allora era bella, timida, provinciale e con una grande criniera di capelli color rame chiaro. Era entusiasta di essere femminista, lei che provenendo da una città del Nord aveva respirato l'aria della piccola borghesia bacchettona. Da questo le derivava un atteggiamento rispettoso del prossimo, timido e modesto, e un abbigliamento elegante che non si compromise con il nostro stile zingaresco. Una sera fu abbandonata in un angolo in attesa di un fidanzato che, già in vista di piazza del Carmine dove lei lo aspettava, all'ultimo scelse di sgommare via con altre due ragazze dello stesso gruppo, due che peraltro erano sincere amiche dell'abbandonata.

Il dolore, lo strappo, erano di casa come il piacere; i tradimenti erano dovuti e anzi istituzionalizzati, e io stessa, che pure mi scansavo istintivamente da qualsiasi rapporto non normativo, pure ho vissuto una giostra che mi ha fatto perdere molto tempo e senso di me.

Un'alba sulla riva dell'Arno con un fidanzato, dopo aver pernottato in un pagliaio: non lontano da noi dormiva un'altra ragazza del «movimento», una giovane inglese stupefatta e minuta, neutrale nel suo atteggiamento verso la vita, senza scelte, senza sorrisi e senza pianto, con corti capelli biondi e un unico orecchino d'oro, il primo che abbia mai visto. Quasi un ragazzino. Il mio fidanzato di allora si alzò dal pagliaio e si avviò verso la capanna dove si era sistemata la ragazza per salutarla. Avevo freddo all'alba, l'umidità aveva reso la paglia appiccicosa e insensata. Poco più tardi ce ne andammo di là, dopo che io, sveglia e indolenzita dal freddo, avevo atteso il ritorno del mio compagno che era andato a civettare con la nostra compagna di avventura. Piccola cosa? Non tanto. Perché ero là, sradicata, infreddolita, messa all'improvviso da parte da un quasi estraneo, gelosa.

Sognavo di essere a casa dei miei, nel mio letto.

A mia volta, io stessa ho abbandonato, tradito, ho disprezzato i miei genitori... Divorziai senza avere mai davvero scambiato parola con nessun membro della famiglia. Mia nonna Rosina, che era rimasta sempre un nido in cui rifugiarsi, che non aveva accettato il gioco della supremazia rivoluzionaria e della rincorsa ideologica ai giovani, mi prese da una parte nella sua casa ombrosa e arredata con bei mobili antichi, e mi disse una frase che mi suonò marziana, pazzoide dalla sua bocca sempre saggia e quieta: «Davvero vuoi fare un passo così drammatico? Il nonno si dispiacerà molto che tu non gliene abbia fatto parola, dopotutto è il capofamiglia». Aveva ragione lei. Non sapevo allora cos'era il dolore che sentii, inaspettato, a questa osservazione: adesso so che era quello dell'improvvisa sensazione di aver abbandonato il tavolo su cui valevano le regole del gioco, verso la confusione. E quello della gravità di una decisione come il divorzio, la rottura di un patto così fondamentale, a cui ho ripensato tante volte.

Può restare, quest'assenza di pensiero, priva di significato, più avanti nel tempo, quando sei messo di fronte alla sfida di dover difendere la tua cultura? Quale cultura? Sai ancora qual è? Il passato può essere cancellato con una risata? Che cosa stai difendendo? Bob Dylan proponeva di cambiare i tempi, ma sapevamo in che cosa cambiarli? La risposta c'era: cambiare la nostra società in una società di diritti e di sostegno reciproco, che allora chiamavamo socialista. Ma non era così fondamentale: l'idea di costruzione è stata per la mia generazione solo una delle materie di apprendimento. L'altra era quella della distruzione.

La bella musica di Bob Dylan si mescolava nel nostro cervello con quella, davvero una brutta cantilena, di *Contessa*. Se oggi qualcuno soltanto ascolta le parole della canzone *Contessa*, vede che la violenza e il desiderio di uccidere disegnarono già da allora la nostra impossibilità odierna di identificare e combattere il terrorismo. Quell'ideologia era un fenomeno di massa. Oggi i terroristi islamisti dicono: «Voi amate la vita mentre noi amiamo la morte, e per questo vinceremo». Ma anche noi abbiamo amato molto la morte. Che Guevara, la rivoluzione culturale cinese, il comunismo stalinista, la Cambogia, i Paesi socialisti con il gulag, i processi, i *refusnik*... Uccidere, imprigionare, torturare, non erano concetti estranei alla nostra cultura. Siamo impastati di silenzi.

«Che roba Contessa, all'industria di Aldo hanno fatto uno sciopero quei quattro ignoranti...»: così comincia la canzone. Dopo una descrizione piena di disprezzo di una borghesia stupida, inutile e prepotente, quella degli imprenditori e della demenziale contessa, i versi incitavano direttamente a uccidere: «Compagni, dai campi e dalle officine prendete la falce e portate il martello, scendete giù in piazza, picchiate con quello, scendete giù in piazza, affossate il Sistema [...] Voi gente per bene che pace cercate, la pace per far quello che voi volete [...] Ma se questo è il prezzo vogliamo la guerra, vogliamo vedervi finir sotto terra». La morte del nemico imperialista e capitalista non ci faceva nessuna impressione, anzi. Uccidere diventò parte di una cultura che si immaginava in lotta contro il nazifascismo della borghesia.

Quando le squadre della morte di Arafat uccisero gli atleti israeliani a Monaco nel '72, che cosa avrebbe potuto essere più ripugnante di una strage di sportivi innocenti compiuta alle Olimpiadi? Ma l'episodio diventò un grande evento mediatico che mise in risalto i problemi dei palestinesi, e non un grave attacco terrorista oggetto di condanna. I cappelli da cowboy e la *kefiyya* dei sequestratori, i loro capelli lunghi come quelli degli studenti che occupavano le università, fecero premio sull'osservazione di una semplice realtà: una banda di terroristi trucidava uno a uno degli atleti innocenti. Nessuno reagì, le Olimpiadi continuarono, a Israele fu proibito di cercare di salvare i suoi cittadini, il goffo tentativo tedesco risultò in una strage comune dei terroristi e delle loro vittime.

Fu sull'onda di questo attacco che Arafat pronunciò il suo primo discorso all'Onu, che di fatto segnò la sua legittimazione. Se ne rafforzò, come poi è capitato nel prosieguo della storia. E quando un'unità israeliana, per decisione di Yzchak Rabin, nel '76 salvò eroicamente a Entebbe, in Uganda, 104 ostaggi rapiti dai palestinesi con l'aiuto di terroristi tedeschi della banda Baader Meinhof, i soldati che a distanza di migliaia di chilometri dalla patria avevano osato oltre il pensabile per onorare la vita umana furono accusati di aver attaccato «con violenza inaudita», come scrisse «l'Unità», Idi Amin Dada, il dittatore ugandese che aveva aiutato i terroristi. Il presidente francese Giscard D'Estaing protestò contro il governo israeliano.

Ma perché le decapitazioni di al-Qaida o gli autobus che esplodono a Tel Aviv dovrebbero suscitare in noi un vero orrore, se la nostra cultura ci ha permesso di scambiare la rivoluzione culturale, in cui gli intellettuali cinesi crepavano nelle porcilaie, con una forma auspicabile di insorgenza spontanea di folle finalmente liberate dalla cultura dei padroni? Perché, in fondo, non dovremmo fantasticare che siano degli Usa tutti gli stolti complotti e crudeltà che vengono loro attribuite, se gli ayatollah ci sono piaciuti fin dalla loro nascita e la rivoluzione khomeinista suscitò commenti entusiasti che parlavano di liberazione del popolo iraniano? Se abbiamo difeso persino le stragi dei cambogiani alzando le spalle di fronte a chi ci raccontava che era in corso un vero genocidio? Perché dovremmo muoverci per il Darfur se non ci siamo mossi per salvare le popolazioni schiavizzate dell'Est europeo o dell'Estremo Oriente? Perché seguitiamo a fantasticare sulle nostre colpe, la nostra «occupazione», la nostra crudeltà verso il mondo dei poveri, dovremmo poi saper disegnare una via per porvi fine? Se la lettura è tutta concentrata sull'imperialismo e lo sfruttamento, come accedere all'elaborazione del concetto di responsabilità, che ci consentirebbe di leggere in chiave totalmente diversa e dunque sconcertante i problemi, che so, della fame in Africa, o del terrorismo, di fatto figlio non solo della sofferenza ma dell'educazione al *jihad* impartita dai dittatori mediorientali?

Per una trentina d'anni, dal 1945, il comunismo sovietico restò a lungo il principale beneficiario dello schema antifascista e antinazista. Anche noi più giovani restammo a lungo, e anche inconsapevolmente, in lotta soprattutto contro il fascismo e il nazismo. Contro la destra che era stata sconfitta. Il mito che aleggiava su di noi era uno schema in cui il comunismo, il bene assoluto, lottava contro il nazismo, il male assoluto. Quello che ai miei occhi oggi risulta difficile da capire, e di cui vorrei fare ammenda, è il nostro disprezzo verso la generazione dei nostri genitori che, maledetta dalla guerra mondiale, seppe rimettersi in piedi, ricostruire la democrazia, costruire un futuro in cui al primo posto erano, sia pure con sfumature diverse, i diritti umani. Le case che sorgevano a schiera nelle città risultavano ai nostri occhi soltanto i segnali della speculazione edilizia e non quelli della ricostruzione; l'industrializzazione del Paese ci appariva solo come una bandiera piantata sulle disuguaglianze sociali, sull'ingiustizia. Il lavoro ci apparve sfruttamento, secondo lo schema ideologico marxista, la divisione dei ruoli non sembrò frutto di necessità o anche di selvaggia ma logica concorrenza, come quella che si compie in un alveare che dopo la tempesta si rimette all'opera per ricostruire, ma come una rappresentazione della prepotenza dei padroni.

Pensavamo anche noi in termini di teorie della cospirazione, per cui la «razionalizzazione» del capitale sembrò ai nostri occhi prendere il posto della modernizzazione. Ci sentivamo intelligenti, depositari di una verità che solo noi finalmente eravamo in grado di disvelare, e non ammettevamo obiezioni, mai. Intanto, cominciava il culto dei giovani, perché la paura consiglia sempre la sottomissione.

Quanto affanno, quanti salamelecchi da parte della generazione che avrebbe dovuto sdegnarsi, e dirci: «Ma chi vi credete d'essere per venirci a giudicare dopo che vi abbiamo salvati dalla dominazione nazifascista e vestiti come principi?». Non ci fu niente del genere. L'idolatria per i giovani diventò esercizio quotidiano di *captatio benevolentiae*. Molte mamme si travestirono da ragazze femministe, parecchi padri fumarono uno spinello; la nostra generazione, che si era autodichiarata orfana in senso ideologico rifiutando gli insegnamenti e i costumi dei vecchi, fu capace di disapprovare come nessuna prima lo era mai stata, e non c'è arma più potente e ricattatoria del disprezzo.

I nostri genitori lavoravano tutti duramente per la ricostruzione dell'Europa incenerita: a casa non c'erano quasi mai, il benessere e l'affermazione erano diventati essenziali; i primi genitori che mancavano ambedue da casa furono i nostri. Ancora pochi possedevano gli strumenti psicanalitici divenuti poi di massa che potevano renderli capaci di sostituire la presenza con l'amore. Al contrario: si riempirono di sensi di colpa da una parte, e di astio dall'altra. Alzino la mano quei pochi della mia generazione che hanno potuto discutere dei fatti loro, di amore, di amicizia, di carriera con i loro genitori, anche i più servizievoli: noi li terrorizzavamo col nostro estremismo, e spesso ne eravamo terrorizzati per la loro rabbia verso le nostre folli scelte. Ci siamo privati dell'amore e della saggezza dei nostri vecchi.

La nostra mente era povera di sfumature. Ai nostri occhi non c'era molta differenza fra Mussolini e Andreotti, o Craxi, per i poteroperaisti anche Berlinguer. Il terrorismo rosso fu la conseguenza estrema di questo schema. La banda Baader Meinhof, le Brigate Rosse, più che nella lotta per il comunismo vivevano nella prospettiva di una guerra dichiarata a un immaginario potere totalitario onnipresente e feroce; in Italia si gridava: «Agnelli Pirelli fascisti gemelli», e tutta la genia democristiana era considerata non come un nemico politico, ma come se portasse elmetti, presidiasse le piazze con carri armati, sbattesse la gente in galera, picchiasse, uccidesse, cospirasse per il potere assoluto. Come se occorresse eliminarne, secondo i terroristi anche fisicamente, i rappresentanti per conservare il valore supremo della libertà. Colpi di Stato e cospirazioni fasciste (di cui non mi interessa adesso discutere la comunque modesta portata reale) erano nella nostra psiche presenze indiscutibili. I palestinesi diventarono parte del popolo eletto antifascista.

Conosco parecchi uomini dabbene che negli anni della gioventù passarono non poche notti insonni impegnati in ronde popolari di sorveglianza a sedi di partito e organizzazioni ritenute golpiste; alcuni, anche armati, restavano nascosti dentro auto piazzate strategicamente di fronte ad abitazioni sospette, altri di bar in bar con i compagni a forza di caffè aspettavano la *brioche* calda del mattino. Ma conosco tipi che la pistola la ritenevano l'arma di una futura, prossima guerra di difesa contro il fascismo. E non erano «estremisti», erano anche iscritti al Pci. Quando ci fosse stata la rivoluzione, nelle notti intorno al fuoco in piazza della Signoria, avremmo cantato *Guantanamera* e *Comandante Che Guevara*, e anche *Gauleza* di Miriam Makeba insieme a *Blowin' in the wind* con i nostri compagni di tutto il mondo, e forse avremmo indossato una *kefiyya* per ripararci dal vento che fischia, sempre freddo, sottobraccio al Biancone.

I servizi d'ordine, sia comunisti che dei vari movimenti, avevano una dimensione mitologica, e se appartenevano a gruppi rivoluzionari al di là del Pci, avevano innanzitutto compiti di protezione dalla polizia nelle manifestazioni di piazza. La polizia era vista come un nemico nazifascista, un guardiano della legge dei padroni; Pier Paolo Pasolini scrisse allora la famosa poesia

Il Pci ai giovani! che condannava l'atteggiamento degli studenti e che riabilitava non tanto il ruolo istituzionale, quanto piuttosto l'origine popolare dei poliziotti, vedendo quanto perverso era l'odio per la polizia. Così era per tutti, industriali, giudici, professori di scuola e di università: l'anima comunista, come Caron Dimonio nell'*Inferno* di Dante, inanellava la coda per il numero di volte prescelto, e spediva i complici del regime seminazista nel girone che preferiva.

Una volta, io e Franco, allora mio fidanzato, poi mio marito, viaggiando insieme in Romania, nel mezzo dei boschi della Transilvania, facemmo amicizia con un giovane disperato per la miseria fisica e morale del regime. Con lui, contento di essere invitato, condividemmo pasti indicibili in ristoranti con tovaglie bianche a macchie gialline mangiate dalla varechina, sedie di ferro, yogurt, riso, qualche ala di pollo; quando ci invitò a casa sua ci disse che lo faceva pur nella sicura prospettiva di essere denunciato dal capo del caseggiato per aver frequentato degli stranieri.

Alla fine della nostra visita a Timisoara, il giovane chiese a Franco di vendergli un paio di blue jeans. Il nostro sguardo sul comunismo era strano: in parte disincantato, consapevole della mancanza di libertà. Fra noi ridevamo parecchio dei lenzuoli con i buchi negli alberghi, o del senso di essere spiati continuamente. E tuttavia, eravamo comunisti, e non poco.

Alla richiesta dei blue jeans Franco, che era colto, intelligente, sofisticato, con una civetteria intellettuale su cui rimbalzò l'autentico eros libertario del nostro nuovo amico, lo apostrofò: «In definitiva, preferisci il comunismo o i blue jeans?». «I blue jeans» rispose il giovane. E io neanche allora trovai la forza di sottolineare subito la vuotezza della provocazione, di bloccarla. Ero come schiacciata dalla quantità di significato che mi si parava davanti. Le case popolari di Timisoara stavano là, brutte e povere, circondate da una qualche memoria di dignità che evaporava: intorno, le magnifiche foreste fitte di grandi alberi verdi. Ma gli edifici popolari erano sbrecciati e biancastri e gli alberi erano di Ceausescu, le case erano di Ceausescu, il cibo, il destino, tutto gli apparteneva e gli esseri umani venivano studiati dalle spie mentre desideravano solo un paio di jeans come simbolo di un legame con noi, con la libertà. Eppure lo sapevo, ma non dissi nulla. Pigolai qualcosa quando Franco gli comunicò che allora, se non preferiva il comunismo, non gli avrebbe neppure dato i jeans.

Poi, glieli regalò, naturalmente; alla frontiera, prima della nostra uscita, rovesciò manciate di spiccioli accartocciati e sporchi, decine di migliaia di dinari per noi senza significato, nelle mani di ragazzini in attesa dei resti masticati dell'Occidente, ombre che vivevano di rifiuti sulla frontiera.

Che cosa eravamo noi, giovani neocomunisti *neoliberal*, che uscivamo dal quel confine finalmente di corsa a casa di ritorno verso il nostro benessere? Come potevo non accorgermi della tortura cui era sottoposto il ragazzo rumeno, io, ebrea, nata nonostante i piani di Hitler? Sapevo riconoscere il disastro umano e politico che avrei dovuto contrastare con tutta me stessa, dato che mi ritenevo una combattente della libertà? No, come neanche oggi i pacifisti, per colpa dell'educazione al rovesciamento dei valori. Perché certo, la rieducazione nelle porcilaie di Mao Tse Tung non era un diritto umano, ma era invece la strada concettuale che consente oggi di vedere l'educazione jihadista come un epifenomeno irrilevante, o persino come una propedeutica alla liberazione. Alzi la mano chi non ha ancora visto, senza mettersi a gridare ma anzi con distrazione, una qualche bellissima bambina palestinese rispondere trionfante alla tv che la interroga che gli ebrei sono assetati di sangue palestinese, e che sono figli di cani e scimmie, o un bimbo di dieci anni che ha imparato a scuola che il suo migliore destino, quello che sceglierà, è essere un «martire», un terrorista suicida per l'Islam. O una madre come quella del terrorista suicida ventunenne di Gaza Mohammed al-Saqsaq che il 27 gennaio 2007, dopo che il figlio si era fatto saltare per aria in una panetteria, si è detta felice, orgogliosa, speranzosa che tutti i suoi figli diventino *Shahid*.

La spiegazione di questo sta nel fatto che, nonostante le buone intenzioni, la mia generazione di *baby boomers* era molto distratta, ignorante, e tale è in gran parte rimasta. Che immersa nel benessere e nella libertà come era, considerava il godimento come uno stato naturale e la possibilità che agli altri o a te potesse accadere qualcosa di molto inabilitante, pesante, aggressivo, una possibilità alquanto remota. Così oggi vediamo il terrorismo: un epifenomeno lontano. Libertà era la condizione naturale della nostra vita, disegnata dal benessere, dalle collezioni dei libri Einaudi che non letti si allineavano, intere collezioni di Lenin, Marx, Engels, negli scaffali. Stato e rivoluzione, un passo avanti e due indietro... Non c'era molto in realtà per cui combattere, avevamo tutto, eppure la fantasia ci rendeva forse la prima generazione nella storia che, in quella situazione, si figurava nella fantasia un proprio stato di mancanza totale che rendeva tutto lecito. Ci figuravamo perseguitati dal «disegno del capitale».

La scelta formalistica del campo della libertà è stata estremamente importante per noi. Voglio dire che come ci si vestiva, cosa si mangiava e dove (dalla «Gabriella», stracchino e spinaci) e con chi, e soprattutto con chi si intrattenevano rapporti amorosi: questo era molto importante. Meglio dello studio della realtà era la dimensione utopistica, dove comunismo, anche dopo il suo tramonto e utopie pacifista, verde, femminista, si incontrassero senza farsi male. Nei decenni successivi dentro di me lo schema comunista e quello liberale galleggiarono come iceberg che si spostano in mare e si toccano fluttuando. Ma il primo schema, quello in cui la democrazia è un mezzo e non un fine e in cui la colpa di tutto è dell'Occidente capitalista, coloniale, imperialista, aveva già divorato la mente dell'*élite* intellettuale, anche di quella non comunista. L'egemonia non è acqua, quando si esercita nei giornali, nei film, nei libri, nella gestione dell'industria culturale. È ancora là, come le scorie dei materiali artificiali, il nylon, la plastica, che non spariranno per generazioni.

Dagli anni Settanta in avanti una parte della nuova sinistra europea cercò di diventare anticomunista, ormai ferita e scioccata dal totalitarismo sovietico, cinese, dalle stragi cambogiane, dagli orrori compiuti dai Vietcong, dal rivelarsi dei regimi fascisti arabi dopo l'illusione delle «democrazie progressive» panarabiste sponsorizzate dall'Urss, e anche stupefatte, per la prima e forse per l'ultima volta, dal terrorismo internazionale dei palestinesi e dall'odio antisraeliano che dal '67 si andava velocemente rivelando antisemita. I «nuovi filosofi» francesi ci provarono. Da noi, in Italia, la nostra generazione fece meglio con la Russia di quella dei genitori che era rimasta pressoché indifferente all'invasione sovietica del '56: ricordo quando a Roma sentii parlare dei *refusnik* sovietici e incontrai Yelena Bonner, semicieca e stanca nella sua strenua lotta per liberare il marito Andrei Sakharov. Mi colpì, avrei voluto fare qualcosa per lei; più avanti realizzai un film su Ida Nudel nel gulag, seguitai a frequentare qualche valorosa riunione organizzata da Luciano Tas e Lia Levi insieme a Yehuda Granit, e feci poi la prima intervista a una figura da cui poi non mi sono mai più intellettualmente distaccata, Nathan Sharansky, appena uscito dal carcere sovietico in cui era stato detenuto per nove anni perché voleva andare in Israele. Prima però di afferrare quello che diventò il punto chiave del pensiero di Sharansky, ovvero che la lotta per la democrazia e la denuncia dei tiranni serve proprio a te personalmente, perché i fascismi generano terrore in tutto il mondo, ho dovuto vedere in atto giorno per giorno il terrorismo nato nelle autocrazie arabe. Forse, altrimenti, non avrei mai capito.

Quando nel 2001 Yoschka Fischer si trovò per caso ad assistere allo scoppio della discoteca Dolphinarium a Tel Aviv e vide la strage a opera di un terrorista suicida di 21 ragazzi che volevano andare a ballare sotto il suo albergo, era già preparato ad andare da Arafat a chiedergli, come fece, se non si vergognava del terrorismo palestinese. Era cresciuta in Europa la consapevolezza che il nemico era il terrorismo, il totalitarismo, l'antisemitismo... Era cresciuta, ma non aveva fatto i conti con alcuni elementi genetici delle *élites* europee che hanno preso il sopravvento: antisemitismo, antiamericanismo, paura, paternalismo. Né Fischer né altri come lui e come me, nati nel movimento della nuova sinistra europea, hanno avuto la forza di imparare dalle proprie esperienze più di tanto. Non ho mai trovato una totale rilettura della storia del conflitto israelo-palestinese nel lavoro politico di Fischer, né di nessun altro leader della sua generazione. Massimo D'Alema, il ministro degli Esteri italiano, che è un po' più giovane ma appartiene alla stessa cultura, seguita a pensare che Arafat sarebbe potuto essere la salvezza del processo di pace, dopo che fu lui stesso a distruggerlo con le sue mani rifiutando gli accordi di Oslo e promuovendo l'Intifada dei terroristi suicidi.

Siamo cresciuti in una struttura di ferro, con un'ideologia ben costruita che ha permesso ai suoi adepti di mettere soltanto il naso fuori, e non più di tanto. Se si prende per esempio l'eroe della nuova ideologia antitotalitaria e anticomunista inaugurata da Glucksmann e gli altri, Bernard Kouchner, il dottore che ha organizzato molte operazioni di salvezza e che ha portato alla fama *Médecins Sans Frontières*, bene, con tutto il rispetto per Kouchner questa organizzazione di fatto non ha protestato contro l'uso delle ambulanze da parte palestinese per trasportare terroristi e armi; al contrario, ha solo protestato perché le ambulanze venivano fermate ai checkpoint. Fatta salva la bravura e anche l'eroismo con cui i medici dell'organizzazione si avventurano in zone di guerra. Ma se l'organizzazione avesse denunciato l'uso palestinese delle ambulanze, avrebbe sofferto di uno stigma insopportabile nell'Europa d'oggi, quello di non appartenere a un certo «campo», il «campo della pace» di sovietica memoria. In quel «campo» devi esserci per l'aperitivo e per la cena, altrimenti sei un reprobo: se solo scorgi un'inevitabile guerra all'orizzonte, se solo non invochi a ogni momento la pace, se non senti il rombo del cannone come un rumore insopportabile quand'anche sparasse contro la casamatta di Hitler in persona, sei indegno. Nel «campo» sovietico della pace mondiale riuscì a entrare anche Arafat, dopo essere rimasto per anni il capo di una milizia locale con interessi regionali, e proprio mentre passava al grande terrorismo: lo fece, appunto, predicando la pace. Il «campo» sovietico della pace gli fornì la grande piattaforma retorica e politica per il balzo verso la dimensione simbolica che ha cambiato faccia alla «causa palestinese» e l'ha resa una delle più potenti origini della confusione di valori corrente.

È a causa del «campo» terzomondista pacifista che dall'ideologia della nuova sinistra non è uscito affatto un atteggiamento utile a combattere i tiranni, ma anzi, al contrario, a sostenerli. Dovrebbe essere evidente a qualsiasi persona di buon senso che la sostituzione iconografica nelle manifestazioni e nell'immaginario collettivo europeo delle fattezze dei veri tiranni – e quanti ce ne sono – con quella di George Bush e di Sharon è un evento paradossale. Ma Bush appartiene all'altro «campo». Scrive Joel Fishman del Jerusalem Center for Public Affairs che l'espressione «campo della pace» non esiste in nessuna fonte nobile: lo si cercherebbe invano nei testi dei grandi pensatori dell'era moderna come Montesquieu o Edmund Burke, e non lo si troverebbe neppure nei testi religiosi. Questo semplicemente perché la teoria dei due campi è stata formulata da Lenin, che nei suoi ultimi scritti divise il mondo in due parti, «l'Occidente imperialista controrivoluzionario» e «l'Oriente rivoluzionario e nazionalista». Questa teoria fu poi articolata da Stalin nel 1919. La teoria dei due campi è stata uno dei momenti qualificanti della Guerra fredda. L'Urss ne fece uso per giustificare il suo predominio sui Paesi dell'Est: fin dall'inizio il campo della pace ha uno sfondo storico repressivo. Fu nel settembre del '47 che Andrei Zhdanov, l'ideologo di Stalin, dichiarò di fronte al Cominform che «il campo della pace era minacciato dall'aggressività del capitalismo americano». Il mondo diventò da una parte «il campo sovietico della pace, del socialismo e della democrazia» (la parola «democrazia», fa notare Fishman, fu aggiunta da Lavrentij Pavlovich Beria, il famigerato capo dell'Nkvd) e «il campo americano del capitalismo, dell'imperialismo, della guerra».

Il *Dictionary of Communist English* spiega lo scopo di questa costruzione ideologica: «I comunisti devono approfittare dei rappresentanti del campo borghese che sono inclini al pacifismo, anche di quelli della specie peggiore. Le contraddizioni presenti nella classe capitalista possono essere usate per promuovere la causa dell'Unione Sovietica».[3] Bene. L'Unione Sovietica è sparita, ma il «campo della pace» è sempre là. Con le dovute variazioni in cui è di rilievo la vicenda balcanica, l'attenzione è rimasta focalizzata sugli Usa in quanto campo nemico. Ha giocato sull'odio intellettuale di sé ma anche sulla dolce vita degli intellettuali per fare dell'Europa capitalista e colonialista un confuso penitente proteso a cercare delle buone qualità nelle sue presunte vittime per potersi associare a loro, per raggiungerle sul «campo»; ha prodotto sul conflitto arabo-israeliano una massa di sciocchezze, un linguaggio che copre i terroristi (militanti, guerriglieri, miliziani) e i tiranni (presidenti, primi ministri, raìs, quasi tutti eletti), una babele che porta la bandiera della pace, ma non ottiene che guerra.

Israele non riesce certo sempre a sciogliere il problema della confusione, ma almeno lo affronta, affronta il tema della responsabilità di fronte alla sfida del nostro tempo, vive giorno per giorno, bene o male, ma senza ignorarlo, lo scontro contemporaneo fra Islam e mondo occidentale, se vogliamo chiamarlo con nome e cognome.

Invece, da noi innalziamo una Babele concettuale. Per esempio, quando sento chiamare il recinto di difesa «muro di apartheid», mi gira la testa. Qui, la confusione del tema del diritto alla difesa e di quello dei diritti umani è totale. La semplificazione che viene operata dal «campo della pace» circa la contraddizione fra sicurezza e diritti umani punisce di fatto chi l'affronta con mente aperta e mostrando una strada che in casi di estremo pericolo quotidiano potrebbe invece essere utile per tutti. Il recinto, oggi di 402 chilometri, è costruito in cemento per soli 34 chilometri, laddove risulti indispensabile una divisione che impedisca il tiro a segno su passanti o auto. È stata una misura costruita sulla indispensabilità di fermare il terrorismo suicida che aveva fatto più di mille vittime in tre anni. Ha bloccato il terrorismo per il 90 per cento circa. Laddove i terroristi hanno seguitato a entrare, in genere il recinto non è ancora stato realizzato.

La conclusione del luglio 2004 della Corte Internazionale dell'Aja nominata dall'Onu, che considera il recinto criminoso, è tanto più velenosa perché non prende in considerazione l'esistenza stessa della sua causa efficiente, il terrorismo, e con la condanna sottrae il tema alla riflessione e lo consegna allo slogan del «muro di apartheid». Il recinto ha di fatto creato molti disagi anche terribilmente penosi nella vita dei palestinesi; è paradossale in democrazia e contraria alla nostra concezione dei diritti umani la divisione per esempio del luogo in cui si abita dai campi in cui si lavora, o dalla scuola dei bambini, o dalla casa dei genitori. È un problema molto doloroso e che certo pone questioni legali. Dunque, è stato giusto e sensato che il Bagàtz, la Corte Suprema d'Israele, affrontasse seriamente il problema e cambiasse il percorso del recinto laddove questo era possibile, ovvero dove si è rilevato che poteva essere evitato il disagio. Infatti il recinto era stato pensato in origine in base a criteri di sicurezza, per esempio il percorso in luoghi alti e aperti in modo da mantenere il controllo delle zone tendenzialmente vaste e in ombra. Parallelamente, non erano stati abbandonati anche criteri umanitari come il trapianto di decine di migliaia di ulivi, o speciali forme di lasciapassare, ma non erano risultati confacenti ai bisogni della gente. Così, a questo tipo di criteri in seguito ne sono stati aggiunti altri, per esempio l'utilizzo di strumenti elettronici di sorveglianza invece che di soldati armati, oppure, dove la pena procurata fosse incomparabile all'utilità ricavatane, lo spostamento del percorso. La Corte Suprema ha esaminato una sessantina di petizioni, e a molte ha risposto con i cambiamenti richiesti. Non ha fornito un paradiso, ma un'arena democratica in cui fare i conti con la realtà del terrorismo da una parte, con la sofferenza da quell'altra.

Il bilancio fra problemi di sicurezza e problemi umanitari è una micidiale spada di Damocle sulle coscienze israeliane, ma viene sempre affrontato nella sua nudità, senza pie opzioni che di fatto risultino suicide né ignorando le necessità della controparte: un arabo israeliano che sposa una ragazza di Jenin, e il caso è tratto dalla realtà, può naturalmente, se vuole, andare a vivere con lei e attraversare il confine avanti e indietro secondo le regole che governano qualsiasi altro cittadino israeliano (a volte è permesso, a volte vietato andare nei territori); ma non può facilmente portare la sua sposa a vivere per esempio a Nazaret, in Israele, perché questo comporta, secondo le valutazioni correnti, un problema per la sicurezza nazionale.

Su questa limitazione di diritti è in atto un focoso dibattito, e certo molti innocenti vengono penalizzati a causa dei terroristi, che peraltro passano in gran numero dal West Bank in Israele con l'aiuto di arabi israeliani. D'altra parte l'arabo israeliano è cittadino a pieno diritto (fra l'altro, ha diritto di servire nell'esercito, ma non vi è obbligato): è un vero dilemma per la legge e per il senso morale che la realizzabilità del suo progetto di vita sia soggetta a motivi sia di sicurezza che demografici. Di sicurezza, perché un cittadino di Jenin che viene a vivere in Israele ha statisticamente parecchie possibilità di partecipare in seguito ad attività terroristiche, come accennavamo. Demografici, perché Israele è uno Stato ebraico in cui circa il 30 per cento dei cittadini non sono ebrei (gli arabi sono poco più del 20 per cento), e quindi deve preservare dei criteri di compattezza per mantenere la propria identità, a meno di rinunciare all'identità nazionale. Il razzismo non c'entra un bel niente: Israele è l'unico Paese mediorientale in cui un arabo che sia deputato o ministro nel governo corrente possa alzarsi e trattare il suo primo ministro a pesci in faccia senza rischiare nulla.

Oltre a queste discussioni fra sicurezza e giustizia, molte altre rendono amara la vita dei governanti e dei giudici, e suscitano caldissime discussioni nel pubblico: la Corte Suprema ha da poco stabilito che i palestinesi possano richiedere compensazioni per i danni apportati ai civili dall'esercito quando questo non avvenga in uno scenario di guerra. Questo, in un tempo in cui l'uso dei civili come parte della guerra contro Israele è fisso, e ormai teorizzato da chi vuole distruggerla. D'altra parte, la Corte ha decretato, anche rispondendo a un'altra richiesta, che non ci sono i termini per stabilire l'illegalità assoluta delle eliminazioni mirate, e che esse vanno valutate caso per caso.

Nello stesso periodo, l'inverno 2006, il Comitato del Parlamento per l'educazione ha chiesto al ministro della Difesa Amir Peretz di cancellare la proibizione per i giovani palestinesi di studiare nelle università israeliane. Chiunque ha in mente l'attentato nel campus dell'Università ebraica di Gerusalemme del luglio 2002, sette morti e decine di feriti nella *cafeteria* dove pranzano gli studenti, può capire le ragioni di una grande cautela. Ma Israele sta rivedendo la questione, e sulla Corte pesa molto fortemente il punto che la scelta di non ammissione danneggia gravemente le donne perché, come dice Sawsan Salameh, una candidata al Ph.D. che vuole studiare in Israele: «Nella nostra società gli uomini possono andare all'estero se vogliono, ma le donne non hanno il permesso di viaggiare da sole se non per studiare». Ebbene, Israele si fa carico anche di questo argomento tipicamente multiculturalista. Non è ora di studiare il modo in cui lo fa, piuttosto che urlare «razzista» quando semplicemente cerca di proteggere l'integrità fisica dei propri cittadini? Non è anche il momento di rivolgersi al mondo arabo con uno sguardo meno razzista, richiedendogli di conformarsi a criteri che realizzino lo standard minimo di civiltà se desiderano godere a propria volta di quello standard?

Gli anni Sessanta ci fornirono una identificazione con la causa dei neri, legata al tema dell'oppressione e a quello della rivoluzione sessuale. Oggi, molto più pericolosa della *sex revolution*, si affaccia ancora segretamente all'orizzonte una sotterranea *violence revolution* come risposta all'oppressione occidentale, americana, israeliana. La prima battaglia per i diritti umani, quelli nostri e quelli del Terzo mondo, sembra essere proprio quella che non vogliamo combattere, quella per la messa al bando della violenza come base dell'insegnamento e dell'educazione. Sofian Abu Zaide, un leader di al-Fatah, ex ministro e combattente, sostiene che la migliore soluzione per Gaza sarebbe quella di sostituire il *kalashnikov* che ognuno possiede con un computer. Ma noi occidentali non lo chiediamo mai, la richiesta di porre fine all'incitamento e alla violenza non fa parte del pacchetto di trattative di pace proposto dall'Europa se non in modo molto marginale.

In Arabia Saudita una grande preoccupazione turba la casa regnante: una *fatwa* lanciata da un clerico in internet si pronuncia contro il gioco del calcio e proibisce di parteciparvi come giocatori o spettatori a meno che non lo si viva come azione propedeutica al *jihad* per l'affermazione dell'Islam, ossia come una specie di allenamento collettivo alla guerra. Ci fa sorridere? Non troviamo la forza di chiedere ai Paesi musulmani la messa al bando delle continue, iterate, basilari indicazioni normative ai giovani, a scuola, nello sport, nelle canzoni, di distruggere Israele e gli Usa? Questo significa che non capiamo da dove si origina la vera guerra jihadista. Ripulire i libri di testo e i discorsi pubblici dall'odio, questo sì che sarebbe un nobile compito per l'Occidente. Proibire ad Ahmadinejad di predicare la morte e la distruzione, sbarrare i media ad Hamas e agli Hezbollah che indicano la violenza come soluzione, questa sarebbe una buona idea per promuovere la pace. Certo non quella di condannare uno Stato che di odio, nei suoi libri di testo, non ne ha neppure un grammo e punisce con la legge chi predichi razzismo e discriminazione.

Ormai il fattore tempo, da quando la cultura dell'odio si è munita di eserciti e di armi sofisticate, urge e spinge. Se seguiteremo a ignorare la proposta integralista islamica di cambiare i parametri del discorso politico accettando di stringere la mano a decapitatori e lapidatori, andando a braccetto con chi viola tutti i diritti umani, avremo su di noi la responsabilità di avere alimentato quella stessa cultura che disegna la nostra resa e il ripiegamento del nostro sé opportunista e sconfitto. Solo ricostruendo la nostra mente aiuteremo il mondo musulmano a conquistare un punto di vista realista e quindi meno aggressivo. Israele è un punto essenziale, del tutto centrale, nella ricostruzione della mente occidentale. Senza la sua riabilitazione e la sua difesa, soccombiamo alla confusione, al pericolo. Il motore di salvezza per l'Europa consiste in una grande resa dei conti conoscitiva sulla vicenda israelo-palestinese, in una sua coraggiosa rilettura nell'ambito del rifiuto arabo. Se guardiamo per esempio agli scontri interni fra Hamas e Fatah che nel solo mese di gennaio 2007 hanno lasciato sul terreno una cinquantina di persone, con stragi volontarie di familiari dei personaggi coinvolti, omicidi di donne e bambini; se ripercorriamo dal 1948 il percorso incredibile di rifiuti a ogni proposta territoriale di Israele per la pacificazione, comprendiamo che un atteggiamento di accondiscendenza da parte europea verso i palestinesi non aiuta la pace, ma sortisce l'effetto contrario. L'onnipotenza ideologica è un'illusione che anche oggi fornisce a Fatah l'idea che pur seguitando a sostenere il terrorismo e il diritto al ritorno (Abu Mazen lo ha fatto in occasioni solenni fino ai giorni in cui chiudiamo questo testo), seguiteranno a ricevere aiuti e stima internazionali. La presentabilità, la decenza, la legittimità, sono armi politiche forti almeno quanto i proiettili. La pace richiede che i palestinesi oggi siano finalmente sanzionati per il modo in cui la scelta terrorista e integralista islamica ha ridotto il loro campo, per i rifiuti irragionevoli di cui è costellata la loro storia, e che Israele venga invece, ed è l'ora, premiata per le offerte territoriali, lo sgombero da Gaza, l'accanita custodia del recinto democratico per la propria popolazione e per i termini del conflitto. La sfida sta nel comprendere che Israele è un esempio per le democrazie che all'improvviso, spaesate e impaurite, devono affrontare tutte le nuove minacce, le nuove inaspettate guerre fisiche e morali, del mondo contemporaneo.

2

Israele guerriero morale

«Sciocchezze, *shtuiòt*», mi disse Uri Sommer, un ragazzo di Neot Mordechai nel giugno 1967, quando chiesi cosa stava dicendo Moshe Dayan mentre annunciava alla radio la Guerra dei sei giorni. Uri voleva dire: «È retorico, è troppo esplicitamente patriottico, non abbiamo bisogno di tante spiegazioni per capire quanto sia importante questa guerra, noi siamo gente che non ha bisogno di chiacchiere, se c'è la guerra è un guaio, ma bisogna farla, e basta. Siamo pronti a vincere o a morire anche senza che sia Dayan a dircelo». Bisogna ricordare che eravamo sotto il Golan a pochi metri dai siriani, che già i Mig schizzavano verso di noi minacciosamente da dietro le montagne per venire a bombardarci, insomma che non era semplice fare i gradassi, non tremare. E Uri non era un gradasso, era semplicemente israeliano, e non tremava di fronte alla minaccia. Gli israeliani sono abituati fin dall'infanzia e dall'inizio della loro storia a fronteggiare quello che tutto il mondo è costretto a fronteggiare oggi senza esserne ancora consapevole: una situazione di scontro o comunque di continua minaccia terroristica e bellicistica, che tuttavia deve essere affrontata da dentro la società democratica, senza perderne l'*ethos* e le leggi, anzi, esaltandone il significato perché esse sono la nostra ragione di vita e ciò che il nemico odia.

Potrebbe sembrare vero il contrario, ma la risposta di Uri era carica di giudizi di valore, era un messaggio sulla propria interezza, il proprio coraggio e il proprio senso comunitario, opposto a ogni gerarchia, a ogni formalità. Un messaggio sulla responsabilità e il rifiuto di ogni relativismo. Con tutte le contraddizioni che la natura umana necessariamente porta con sé, i comportamenti israeliani, l'eloquio, il modo di vita, sono quelli di una società di valori.

Con questo non intendo affatto indicare il cittadino di Israele come un modello trascendentale e mistico. Questo Paese, come voleva Ben Gurion, è una normale società occidentale, con tutti i difetti di una democrazia che deve contenere la tragedia della natura umana. Ci sono ladri, prostitute, assassini, presidenti della Repubblica che si rivelano seduttori seriali di segretarie; abbondano i politici corrotti, e soprattutto presuntuosi e prepotenti che, magari in buona fede, commettono errori madornali che portano a volte il Paese a rischiare la vita. Come è accaduto durante la guerra col Libano, o in quella del Kippur nel 1973, e in altre occasioni cruciali. I crimini, in ogni caso, non restano mai sotto il tappeto, le condanne fioccano ai livelli più alti, le indagini giudiziarie, le incriminazioni e le condanne non si fanno aspettare, come nel caso del presidente Moshe Katsav o del ministro Haim Ramon, del figlio di Sharon, o del primo ministro Ehud Olmert. La stampa e l'opinione pubblica infuriano e si scontrano, la società sputa e rifiuta i corrotti, gli intoccabili non esistono.

Ma non è di questo che voglio parlare, né, per converso, soffermarmi a esaltare la bravura di aver costruito con la mano sinistra – mentre si conduceva con la destra una guerra di sopravvivenza – una società meravigliosamente funzionante, che produce *high tech* e premi Nobel e che è riuscita nel *melting pot* in cui gli altri Paesi occidentali hanno fallito, rendendo eguali tedeschi, americani, marocchini e indiani. Questa società, e questo mi sta davvero a cuore, è basata su due radici di fondazione della civiltà moderna che non hanno pari per l'importanza che rivestono per questo Paese: cultura e *kibbutz galuyyot*, unione dei popoli. I due grandi problemi del mondo, che il sionismo ha affrontato nel suo microcosmo come adesso affronta l'altro grande problema di tutti, quello della guerra nella democrazia.

La cultura è venuta prima dello Stato: la Filarmonica di Tel Aviv inaugurata nel 1936, l'Università di Gerusalemme nel 1925, l'istituto Weitzmann nel 1934, il teatro Habima nel 1931, il Politecnico di Haifa nel 1924, sono tutte istituzioni che con molte altre vengono prima dello Stato. Negli anni Trenta un gran numero di pittori e di artisti trovarono nello *Yishùv*, l'insediamento ebraico nella Palestina mandataria, la casa della loro creatività, anche se la fame e la guerra erano la vita di ogni giorno. Joseph Budko divenne direttore della scuola Betzalel, la scuola d'arte che porta il nome dell'artista che secondo la Bibbia costruì gli ornamenti del Tempio. Jacob Steinhard si unì a lui per insegnare la tecnica della scultura in legno. La scuola Bauhaus si sviluppò a Tel Aviv e a Gerusalemme: Mordechai Ardon si trasferì per insegnare pittura, David Gumbel e Ludwig Wolpert arte del metallo. Centinaia di pittori ritrassero le atmosfere del deserto della Giudea e del mare di Tel Aviv.

L'idea di stabilire un'università ebraica in Palestina nasce addirittura nel 1882 da un rabbino fattosi matematico, Hermann Shapira, che Herzl invitò a parlare dell'argomento al Primo congresso sionista. Lo stesso Herzl sottopose al sultano ottomano una petizione a questo scopo. Nel 1913 già erano stati raccolti fondi per cominciare a mettere in piedi questo impossibile sogno e nel 1918, alla fine della Prima guerra mondiale, fu Chaim Weitzmann a presenziare alla posa della prima pietra al Monte Scopus; Yoram Hazony, nel suo *The Jewish State*, racconta che parlò della parte determinante che l'università avrebbe svolto nel ricostruire «l'esistenza politica e nazionale degli ebrei», che sarebbe stato «il centro dello sviluppo della coscienza ebraica», mentre parte dell'intellighenzia scuoteva la testa e pensava che si trattasse di puro fumo propagandistico.[4] Albert Einstein venne a Gerusalemme per tenere la prima lezione (sulla teoria della relatività), così come Arturo Toscanini venne nel 1936 a dirigere il primo concerto della Palestine Orchestra, divenuta poi la Filarmonica d'Israele; e mentre lo Stato pochi anni dopo già combatteva la Prima guerra di indipendenza, si costruiva l'Auditorium Mann, ancora oggi uno dei più affascinanti del mondo. Nessuno dei musicisti veramente importanti del secolo ha tralasciato di suonare con questa orchestra che, attraverso le varie immigrazioni di artisti da tutto il mondo, si è arricchita di talenti nuovi anno dopo anno. Una grande anima non ebraica l'ha diretta per molti anni, sotto le bombe di Saddam Hussein nel 1991 e durante l'Intifada del terrorismo suicida: Zubin Mehta, indiano.

Israele fondò già prima di esistere le sue biblioteche, che in un Paese di sei milioni di abitanti sono migliaia; dette vita alle sue case editrici e a una politica intensiva di traduzioni ben prima del 1948; le sue scuole di pensiero cominciarono a scontrarsi senza tregua fin da prima della fondazione dello Stato, contrapponendosi su decine di testate di giornali scritti in varie lingue. I premi Nobel israeliani sono sette, un numero enorme rispetto alla sua popolazione. L'ospedale Hadassa, fondato nel 1925, è uno dei migliori centri di ricerca medica del mondo. Il rapporto di Israele con le malattie e le menomazioni meriterebbe un libro a parte: la riabilitazione, la determinazione spietata e insieme amorosa nel guardare in faccia le disgrazie fisiche che sia per cause naturali sia per via della guerra possono caderti addosso, creano non solo una quantità di ricerche, di invenzioni, di ritrovati tecnici per curare e per far partecipare i malati, i ciechi, i paralitici alla vita normale, ma anche un discorso comune sulla menomazione che si traduce in programmi televisivi sui ragazzi down o con qualsiasi altro tipo di menomazione, ammessi persino al servizio militare, o che fa di ragazzi feriti in guerra e rimasti menomati i protagonisti di serial televisivi. Gli sport delle persone svantaggiate, sulle sedie a rotelle, sono molto curati: alle Paralimpiadi di Atene, i giochi olimpici per menomati del 2004, i campioni israeliani hanno ottenuto risultati di primo piano. Fra loro la medaglia d'oro e due d'argento della nuotatrice Keren Leibovitz, rimasta paralizzata alle gambe a causa di un incidente mentre serviva nell'esercito; il nuotatore quarantunenne Izhar Cohen, cieco, tre medaglie d'oro; Yitzchaq Mamistalov, che soffre di una paralisi celebrale, e nuotando con la sola mano destra ha vinto due medaglie d'oro e una d'argento contro atleti meno svantaggiati; Inbal Pesaro, diciassette anni, immobilizzata sulla sedia a rotelle a causa di una malformazione alla spina dorsale, medaglia d'argento e di bronzo. La cultura dei giovani ciechi è particolarmente curata; le barriere architettoniche – anche se ancora non si è arrivati ad abbatterle tutte come sarebbe desiderabile – sono in fase di veloce smantellamento. Per esempio, tutte le antichità, per quanto accidentate, i musei, gli edifici pubblici, sono a un altissimo standard. Lo spirito del Paese è alto, ma i soldi, al solito, sono pochi. Il budget per la salute è basso, la mancanza delle medicine più costose e anche indispensabili dal paniere della gratuità crea continue dimostrazioni e proteste molto violente da parte dei malati, e il Paese marcia e si schiera con passione al loro fianco.

Proporzionalmente Israele è il Paese che nel mondo destina il budget più ampio alla ricerca sia applicata che pura. E le tecnologie più avanzate sono disponibili alla pari per gli israeliani e per i palestinesi, per tutto il mondo arabo: basta camminare per i corridoi degli ospedali israeliani per capirlo. Grandi famiglie arabe stazionano con gli israeliani nei corridoi dei reparti maternità dove si nasce e nelle cliniche oncologiche dove si muore. La medicina israeliana non conosce differenze: per esempio, con il programma privato «Salva il cuore di un bambino» (le donazioni di ebrei per questo programma sono molto generose) i dottori dell'ospedale Wolfson di Holon curano difetti cardiologici congeniti di bambini dei territori palestinesi, dell'Iraq, della Giordania, dell'Africa. Fino al dicembre 2006 sono stati operati mille bambini, l'ultima a dicembre, Hala Ketnani, di dieci mesi, portata a Holon da Gaza. Circa 1000 palestinesi al mese hanno ricevuto nel 2006 cure mediche in Israele, 400 in più rispetto al 2005. I permessi di ingresso per i bambini che hanno bisogno di aiuto, secondo il giornale «Ha-Aretz» del 7 dicembre 2006, vengono approvati molto rapidamente. Gli adulti sono sottoposti a controlli di sicurezza da quando due bombe sono state trasportate da due terroriste suicide che si erano rivolte a Israele per ricevere un trattamento medico.

La famosa agronomia capace di «far fiorire il deserto» e di sfruttare le terre aride e desertiche e le acque salmastre è una ricchezza ormai comune a tutto il mondo, e nasce prima dello Stato dal sogno un po' folle e visionario di Ben Gurion; proprio come l'ebraico contemporaneo fioriva nel vocabolario di Ben Yehuda prima che il sionismo fosse più che la sempiterna aspirazione biblica a tornare a Gerusalemme. A Rosh Pinnà, in Galilea, come a Benyamina e a Zikhron Ya'aqov, i colti immigrati tedeschi si spogliavano di ogni antica abitudine, combattevano con le pietre e con gli acquitrini sostentandosi con un pezzo di pane, un caffè nero e una mela, ma avevano in casa microscopi e provette per imparare a sconfiggere le malattie, e la sera tenevano concerti nelle case e leggevano insieme la letteratura europea. I genitori di Ariel Sharon e di Yitzchaq Rabin lavoravano la terra e si ammalavano di malaria nelle paludi; e i loro figli, il primo contadino e il secondo ingegnere idraulico prima di diventare soldati e politici, non avevano comunque dove tornare mentre l'Europa bruciava sotto i piedi degli ebrei e le navi che portavano gli immigranti venivano rimandate indietro verso i campi di concentramento. Nessuno li mandò da terre straniere a prelevare ricchezze o la gente per produrle; arricchirono invece, secondo uno schema che è il contrario di quello coloniale, una terra miserabile e priva di qualsiasi risorsa naturale; eppure c'è chi si permette di figurarsi gli ebrei come colonizzatori occidentali, imperialisti, crudeli e sfruttatori verso la popolazione locale.

Questa accusa è una menzogna addirittura paradossale. Non c'è traccia di colonialismo nella storia della fondazione di Israele: gli ebrei non furono inviati da nessun potere desideroso di espandersi o di arricchirsi, tanto meno dagli Stati Uniti, come poi si è rappresentata stupidamente la politica di sinistra. Anzi, l'Urss si immaginò di poterli usare come cuneo socialista nel mondo arabo e contro l'imperialismo inglese e fu dunque favorevole alla partizione del novembre 1947. Non sfruttavano, non rubavano, ma compravano e pagavano, non cacciavano ma moltiplicavano la presenza dei *fellahin* palestinesi; non arrivarono di bel nuovo come colonizzatori, perché non avevano mai lasciato del tutto la Terra dei Padri né fisicamente né moralmente: verso di essa avevano sempre pregato, a Gerusalemme avevano rivolto ogni giorno nella preghiera i loro pensieri e la loro promessa di tornare a casa, per i loro fratelli che avevano seguitato ad abitarvi e che vi erano maggioranza da 200 anni, avevano sempre raccolto aiuti. Questo somiglia forse all'atteggiamento dei francesi verso l'Algeria? O degli italiani verso l'Etiopia? Che ha a che fare l'imperialismo con gli ebrei?

I palestinesi che vivevano in Israele ai tempi della prima *'aliyyà* erano circa 500.000, e l'area destinata alla partizione ne conteneva circa 100.000. Non esisteva nessuna Palestina come entità politica: l'area detta Palestina sotto il dominio ottomano (1516-1918) era divisa in *sanjaks* che facevano parte di *villayet*, e la sua area maggiore veniva chiamata normalmente «Siria meridionale». L'altra grande parte della «Palestina» era il *villayet* di Beirut, che copriva il Libano; a parte, il *sanjak* di Gerusalemme e altri. Difficile dunque dire che cosa intendano i palestinesi quando si dichiarano abitanti originari della nazione palestinese. Perché essi possano avere oggi la Palestina di ieri, gli ebrei sono il meno rilevante degli interlocutori: dovrebbero contestare i siriani, i libanesi e anche gli egiziani e i giordani almeno quanto gli ebrei.

Comunque, i padroni della terra, che al contrario di quanto accaduto in qualsiasi vera colonia fu venduta agli ebrei con regolari contratti, non erano *fellahin* che vivevano sul posto. Per la gran parte dei casi, vivevano a Beirut come a Damasco. Molti palestinesi sono di fatto giordani, siriani, libanesi, non meno e non di più di quanto gli ebrei provenienti da varie nazioni (che so, la Libia, l'Iraq, la Siria, il Marocco, l'Iran) possano essere definiti cittadini delle loro nazioni d'origine. Se un arabo nato al Cairo come Arafat è palestinese, anche un ebreo nato nello stesso luogo è israeliano allo stesso diritto.

Ben Gurion ordinò di non comprare terra venduta da contadini residenti in loco, e così fu, ed è quindi una menzogna affermarlo come sempre si fa. «Ci rubarono la nostra terra» è un mantra propagandistico, recentemente ripetuto a Teheran dal primo ministro palestinese Ismail Haniyeh per giustificare la decisione del suo partito, Hamas, di non riconoscere Israele e di proseguire, insieme ad Ahmadinejad e con la Jihad islamica, in una guerra di annichilimento. Il furto della terra è una delle tante strade di delegittimazione, che ignora la realtà dei fatti e soprattutto la situazione generale del Paese, che mostra un'area con pochi cittadini locali dominati dal potere prima turco e poi inglese e che comunque da sempre spartivano la zona con una minoranza ebraica che non se n'era mai andata.

Il concetto dell'etnicità primigenia e indiscutibile dei palestinesi, che molti ritengono tanto più genuina di quella ebraica, non solo si scontra con il numero maggiore degli ebrei (379.000) rispetto ai palestinesi presenti nell'area quando fu attuata la partizione, e con la costante presenza ebraica a Gerusalemme (dove sono la maggioranza fin dall'Ottocento) e altrove (a Safed, a Hebron dove furono trucidati con un pogrom spaventoso nel 1929), ma anche con la sua propria storia:

l'*Enciclopedia Britannica* del 1911 descrive la popolazione palestinese come mescolata in ondate di lontana e vicina emigrazione-immigrazione, parlante non meno di cinquanta lingue, e sottolinea la loro grande mescolanza con gli egiziani e altre etnie.

I costanti flussi di popolazione dovuti a duri conflitti fra despoti e tribù avevano molto snellito la popolazione locale, che non aveva nel mandato britannico cespiti economicamente dinamici di sopravvivenza. Invece, gli arabi si insediarono a frotte nella zona per il moltiplicarsi dei posti di lavoro forniti dallo sviluppo portato dagli ebrei: Alan Dershowitz, il celebre avvocato americano autore di molti testi e protagonista di cause famose, riporta che l'insediamento ebraico di Rishon le-Tziyyon, stabilito nel 1882, formato da quaranta famiglie ebraiche, indusse l'immigrazione di 400 famiglie arabe, di cui anche alcune beduine ed egiziane.

Anche prima della Dichiarazione Balfour del 1917 c'erano già dozzine di *moshàv* e di kibbutz e Tel Aviv, Gerusalemme e Safed erano già centri ebraici che attraevano anche arabi da tutta l'area. Winston Churchill diceva già nel 1908: «Non vi sembra giusto che gli ebrei godano di una Casa Nazionale in Palestina, a cui per tremila anni sono stati intimamente e profondamente associati? Noi pensiamo che sarebbe bene per il mondo, bene per gli ebrei, bene per l'Impero britannico, ma anche bene per gli arabi che vivono in Palestina. Essi condivideranno i benefici e il progresso del sionismo». Un ufficiale britannico testimoniava nel 1937 che «la crescita (del numero di *fellahin*) è stata largamente dovuta ai servizi sanitari che combattono la malaria, riducono il tasso di mortalità, migliorano i servizi sanitari e la potabilità dell'acqua».

Il mito della dispersione indotta dal sionismo come

movimento colonialista, ai danni di una popolazione araba da tempo radicata in loco e organizzata in una società stabile e definita, è la base della leggenda dell'ignobiltà e della sregolatezza degli ebrei, e quindi dell'illegittimità della loro esistenza come cittadini dell'area, proprio come per i francesi in Algeria. Arafat compì una svolta concettuale determinante quando, durante una visita in Vietnam, i Vietcong gli suggerirono di volgere la propaganda alla dimensione universalistica dei popoli schiacciati dall'imperialismo e dal colonialismo. Anche il concetto di «occupazione» applicato anche alla Partizione, diventò così simbolo di oppressione senza quartiere, e alla prima «occupazione» si unì poi l'occupazione dei «territori» conquistati nella guerra di difesa del 1967, la «Guerra dei sei giorni», e di cui le successive risoluzioni dell'Onu prevedono la restituzione di «territori» in condizioni di sicurezza per Israele e in seguito a una trattativa.

Ma le risoluzioni e il buon senso sono stati sacrificati del tutto a una visione di parte per la quale Israele doveva innanzitutto «restituire» i territori occupati, anche se l'idea della «restituzione» già contiene un salto logico, e politico: se di restituzione si dovesse parlare in senso letterale, essa avrebbe semmai come beneficiari la Giordania e l'Egitto, dato che nel 1967 i palestinesi erano sotto la loro giurisdizione. A questa idea di «restituzione» si è aggiunto non più come intento inconfessabile ma come aperta indicazione anche fra gli intellettuali occidentali il suggerimento che, date le sue origini «coloniali» e «razziste», Israele sia destinato a sgomberare, secondo il programma non solo di Hamas ma dell'insieme del mondo arabo, le terre «palestinesi» «conquistate» con la guerra dagli ebrei. O non se ne sono andati anche gli inglesi dall'India, o i francesi dall'Algeria?

Non si è mai visto pericolo più grande scaturire da una tale menzogna storica. Perché l'immigrazione ebraica fu tutto il contrario di un movimento conquistatore, anche se sorse fra la generale ostilità araba, e poi nella ansiosa preoccupazione occidentale di irritare il mondo islamico, con la preghiera persino degli Usa nel '48 di non proclamare lo Stato, ed ebbe fin dall'inizio un carattere di resistenza. Ma il sionismo fu sia una scelta di necessità dettata spesso dall'urgenza del pericolo, sia il ritorno di un popolo alla Terra dei Padri per prendere finalmente su di sé la responsabilità della propria esistenza, sempre lasciata agli ospiti di questo o quell'agglomerato diasporico. Il misto fra responsabilità e necessità crea già alle origini del pensiero di Theodor Herzl la migliore delle pulsioni, quella della costruzione di una vera patria, il diritto, finalmente, degli ebrei, a difendersi e a essere difesi. Chi è così cieco da non vedere in tutta la letteratura ebraica, anche in quella più *yiddish* o libica, la presenza di Israele in ogni riga, chi lo può negare in buona fede dicendo: «Siete russi, o italiani, o inglesi»? Chi disse: «Andatevene in Uganda», o chi oggi come Ahmadinejad dice: «Se l'Europa vi ha fatto danni, è l'Europa che deve risolverli», ignora sia la continuità della presenza fisica degli ebrei per quanto era possibile in Israele, sia la loro totale adesione ideale a Gerusalemme. Il famoso «altrove» ebraico che tanto piace ai letterati e ai filosofi europei e che essi amano presentare come un elemento positivo, non è che la lontana ma ben concreta Gerusalemme.

Il sionismo è particolare perché degli ebrei, ma anche universale, perché è l'adesione alla famiglia umana, è la felice liberazione dalla segregazione culturale dello *shtetl* e da una lingua tanto poetica quanto subalterna come lo *yiddish*, dalla folle e sanguinosa persecuzione che gli ebrei avevano subito nella diaspora; ed è una scelta culturale di *Bildung*, non importa se laica o religiosa. Si può discutere quanto la nazione ebraica abbia a che fare con i movimenti nazionalisti suoi contemporanei. Difficile identificarla completamente con essi: il sionismo trae le sue origini dall'illuminismo francese, dal movimento umanista che sta alla fonte della rivoluzione americana; le correnti antirazionaliste e scioviniste non l'hanno mai caratterizzato come invece è accaduto ai movimenti nazionalisti europei e al panarabismo.

Quello che è certo è che non sono mai stati visti come problematici i diritti a diventare una nazione unificata e indipendente rivendicati dall'Italia, frammentata e plurilingue da più di un millennio, o dalla Germania, la cui rivoluzione nazionale ha terremotato gli schemi politici in cui è vissuta per secoli. In genere, è risultato naturale agli storici pensare che sia stato un bene che i popoli europei ottenessero, con l'acquisizione delle loro nazioni (anche se non certo dei nazionalismi estremi), il migliore dei doni, l'identità. È certo la nazione il concetto importante che si ripropone nella storia degli ebrei col sionismo, e c'è a chi questo piace e a chi no; ma la colonizzazione non c'entra nulla con la storia di Israele. La necessità ebraica dello Stato implica sia la salvezza del corpo che quella della mente, nasce da uno stato di necessità sublimato nella scelta della responsabilità. Ancora oggi le cose stanno in questi termini.

Tutto, il teatro, la letteratura, la scienza, la musica, parlavano, e parlano, varie lingue che pure cercavano una convergenza fondamentale e orgogliosa nella lingua ebraica modernizzata e risorta e anche raffinata, assurta a livelli di grande eleganza tramite il lavoro di letterati come Shai Agnon, innamorati del rifiorire della lingua della Bibbia. Ma i diversi idiomi, il russo, l'arabo, il francese, il polacco, l'inglese, tutti restavano come un subtesto di colori variegati che dovevano in ogni caso arrivare all'armonizzazione obliterandosi nell'ebraico per consentire che lo Stato degli Ebrei fosse tale. La lingua della Bibbia, che era sempre stata la casa degli Ebrei, ha incorporato la «televisia» e la «oto» (auto), ed è diventata infine la lingua della Gerusalemme terrestre. Lo ha fatto anche incorporando espressioni russe o marocchine.

Traducendo in termini contemporanei e globali, possiamo dire che Israele ha affrontato per primo la sfida più cocente della modernità, quella dell'integrazione; cercare un modo perché le culture possano convivere in base a interessi comuni, cercare un sistema di valori concordato ma severo e con una base comune indiscutibile. Non è questo il problema di tutte le nazioni del mondo? Israele si è trovato di fronte al problema del *melting pot* o della convivenza fra culture nella maniera più diretta e drammatica, ha sperimentato senza mediazioni il problema dei costi micidiali dell'immigrazione sussidiata. Creare una vita comune fra ebrei distanti fra di loro quanto può esserlo un ebreo di Manhattan o di Roma da uno che, giungendo appena ieri dallo Yemen o dai deserti etiopici, non ha mai visto l'acqua scorrere da un rubinetto o una penna a sfera, è stata ed è tuttora una sfida tanto più dura in quanto affrontata con pochi mezzi, davanti a un mondo che invece di guardare e trarre ispirazione, spesso pensa che gli ebrei dovrebbero tornare «a casa loro». Magari, dove sono stati perseguitati, assaliti da pogrom, uccisi, solo qualche anno fa, nei Paesi arabi. Magari, come gli ebrei che dopo la Shoah avrebbero dovuto restare in Polonia o in Germania, come vorrebbe il mondo arabo. Ma l'immigrazione ebraica è invincibile – a meno che non intervenga un disastro mostruoso – perché deriva dalla consapevolezza che non c'è altra casa per gli ebrei che questa. Quanti millenni di storia e di persecuzioni, oltre che di attaccamento alle radici, saranno ancora necessari perché il mondo si rassegni all'idea che un ebreo sa da dove viene, dove va e dove deve vivere, senza più chiedere permesso né ospitalità a destra e a manca? Quanto tempo, prima che le persone per cui le radici sono indispensabili capiscano che ciò che è buono per loro, ovvero la propria casa, è buono anche per un ebreo? La resistenza psicologica e culturale di Israele di fronte alle avversità è creata anche dal senso di un'ineluttabile necessità, per cui per esempio l'80 per cento circa degli israeliani, alla domanda di un'indagine condotta nel novembre 2006, risponde che anche se è certo che l'Iran prepara la bomba atomica per distruggerli, non se ne andrà mai.

Israele è l'unico Paese al mondo che invece di importare persone dalla pelle nera per farne degli schiavi, come ha fatto tutto il mondo fino a non molto tempo fa, se le è andate a prendere in Etiopia (gli ebrei Falasha Mura) con lo scopo di salvarle, di farne cittadini eguali nella propria comunità. Il compito non è risultato facile: le persone con la pelle nera e provenienti da una società arcaica fanno fatica più degli altri a integrarsi perfettamente, soffrono i pregiudizi e le discriminazioni degli ignoranti, i rabbini li hanno tormentati per essere sicuri che fossero veramente ebrei; tutte le loro proteste e richieste sono spesso rappresentate sui giornali e in piazza con grande drammaticità, come negli anni Settanta la rivolta delle «Pantere nere», ovvero gli ebrei di origine orientale, all'assalto della piramide del potere. Oggi molti ministri tra cui quello della Difesa, oltre a circa la metà degli esponenti del Parlamento, della cultura, dei medici, dei professionisti, degli scrittori (come A.B. Yehoshua), cantanti, scienziati, giudici, sono di origine orientale.

L'integrazione del *kibbutz galuyyot*, la «riunione dei popoli» che si è verificata in Israele, richiede un incredibile sforzo organizzativo e ideale. La legge del diritto al ritorno del 1950 garantisce a tutti gli ebrei del mondo, quali che siano la loro provenienza, la loro età, il loro Stato, la loro istruzione e la loro classe sociale, il diritto a diventare israeliani e a riceverne tutti i vantaggi, solo che lo desiderino. Chi arriva in Israele come cittadino viene sussidiato per anni e aiutato a imparare la lingua e a integrarsi, con sforzo micidiale: chi arriva trova una casa, una scuola, la possibilità di astenersi dal lavoro nel tempo del maggiore sforzo di apprendimento, schiere di volontari che, dalle banche alla mutua, ti conducono e ti spiegano. Gli oggetti basilari, come gli elettrodomestici o gli equipaggiamenti di lavoro, sono sussidiati. Ma anche in epoca postsionista «salire» in Israele, compiere la propria *'aliyyà*, è una scelta radicale, di svolta, di rinnovamento e spesso anche di rinuncia e di senso di esclusione, di nostalgia solo temperata dall'ideale. L'immigrato che arriva in Israele è stato sempre, fin dall'inizio, immerso nella realtà circostante come in un bagno rituale, un *mikwé*, dalla punta dei piedi alla cima della testa, senza sconti; e anche però con una passione che aiuta la maggioranza a risolvere i problemi di sradicamento.

L'immagine dei reduci dei campi di concentramento che nel '48, giungendo ad Haifa sulle navi, venivano armati subito di fucile e mandati al fronte, suggerisce un misto di tragica magrezza in canottiera e di trionfante entusiasmo giovanile. «Abbiamo un fucile, abbiamo un futuro e una patria da difendere, ma abbiamo anche fame e diritto a sviluppare le nostre attitudini e professionalità, e lo Stato deve prendersene cura»: questo è il messaggio di quell'immagine, e nonostante tante cose siano accadute dal '48, anche le ondate di immigrazione successiva sono piene del senso di fare una cosa indispensabile, storica, comunitaria e molto difficile.

L'operazione «Tappeto Volante», conclusasi il 17 settembre del 1950, portò dallo Yemen 50.000 immigranti su 378 voli. Israele era poverissimo, e l'operazione costò 5 milioni di dollari: era l'intero fascino dell'ebreo del deserto che atterrava fra gli sbrigativi *sabra* socialisti e dialogava in un ebraico segnato dall'antico accento della Bibbia con gli ashkenaziti dall'accento russo e polacco. Chissà quanta sofferenza e quanta eccitazione ci deve essere stata in questo, come poi nell'immigrazione degli ebrei provenienti dai Paesi arabi e degli etiopi.

Nessuno sapeva chi fosse
da dove venisse
e dove andasse
ma quando ella apparve
ogni sguardo si illuminò.
Da una terra straniera
da un paese lontano venne come un uccello
con la sua gioia e la sua risata.

Queste parole, che il poeta Chaim Nachman Bialik scriveva nel 1908 per una ragazza di una *shtetl* ucraina o polacca, sono state più tardi intese e ripetute come riferite a una fanciulla yemenita. Lo sguardo europeo orientale di Bialik è diventato così quello di tutto Israele, incantato di fronte alla meraviglia della nuova diaspora che sopraggiungeva. Ma l'amore non dava pane né lavoro né tetto sopra la testa. Gli immigrati vennero in ondate successive in costruzioni precarie, le *ma'baròt*, baracche da cui, nel freddo o nel caldo bollente, le famiglie accatastate l'una sull'altra uscivano la mattina per giornate di lavoro gramo. Oggi si ricordano storie di scontro culturale molto cocente in cui i bambini yemeniti e di altre provenienze sefardite persero le loro *peyyòt* e la loro cultura religiosa, rubata dall'educazione dei kibbutz laici e socialisti. Ma in cambio i maestri si buttavano nell'insegnamento condividendo la vita della gente, ogni giorno si cercavano nuovi sistemi ingegnosi di integrazione, l'esercito si proponeva come luogo di convivenza e di fratellanza per la vita e per la morte.

Solo fra il 1949 e il 1952 più di 123.000 ebrei fuggirono in Israele; dall'Egitto, una comunità ebraica che si svuotò dopo essere stata sottoposta come gli iracheni a tormenti, assassinii, furti, almeno 30.000 raggiunsero Israele; dal Maghreb più di 300.000, di cui 250.000 solo dal Marocco; dall'Algeria, dove la comunità contava 140.000 ebrei nel 1948, la maggioranza andò in Francia, e circa 20.000 in Israele; dalla Tunisia, circa 50.000 dei 105.000 che vi risiedevano nel '48; dalla Siria, dei 35.000 presenti nel 1917 e dei 30.000 che ancora resistevano nel '43, dei 13.000 che restavano assediati nel '47, ormai non resta quasi più nulla. Tutti sono fuggiti, perseguitati da stragi, pestaggi, torture, furti. Le comunità libica e libanese sono sparite, fuggite, e si trattava di comunità antichissime, ricche, ben radicate, di commercianti, professionisti, intellettuali e gente del popolo. Eppure Joan Peters, autrice dello studio *From Time Immemorial*, racconta che «in innumerevoli conversazioni con accademici, quando, anche fra ebrei, si solleva la questione dei profughi mediorientali, tutti precisano quasi senza eccezioni: "Naturalmente parli dei palestinesi, degli arabi". È come se la triste e penosa storia dei profughi ebrei nati nei Paesi arabi fosse stata cancellata».[5] È vero, essi non hanno mai chiesto il «diritto al ritorno», integrandosi invece nella società ebraica. Avrebbero potuto farne a meno? Cos'ha da dire Ahmadinejad su queste persone? Che dovrebbero felicemente ricollocarsi nella condizione di *dhimmi* nel mondo arabo, dove alla prova dei fatti si sono trovati così bene?

Negli anni Cinquanta, con uno sforzo pazzesco, Israele integrò un numero di immigrati pari al 50 per cento della popolazione. Persone che per la massima parte non avevano nessuna familiarità con il suo sistema politico e che non sapevano nulla né, quando provenivano dalla cultura tradizionale degli ebrei orientali, condividevano i princìpi del sionismo quasi socialista e laico che dominava la scena. I livelli professionali e culturali in genere dei nuovi arrivati erano molto bassi e questo creava una base di discriminazione; a causa della loro ignoranza dell'uso della democrazia su di loro fu di fatto operata una forzatura che è poi stata criticata in lungo e in largo. Si può dire che in nome dell'integrazione l'elemento etnico fu largamente ignorato e scavalcato mentre si inculcavano nei nuovi venuti i dogmi della laicità. I partiti politici si basarono sugli agglomerati naturali per diffondere la loro propaganda, divenendo di per sé tuttavia, in questo modo, veicoli di buona integrazione. La proposta del sionismo, che in cambio forniva uno sforzo clamoroso nel costruire case, scuole, ospedali, posti di lavoro, era una proposta ideologica di *melting pot* spesso contraddetta dal senso di identità degli immigrati. La tecnica di integrazione privilegiò senz'altro modelli e valori occidentali nelle dinamiche del lavoro, nell'emancipazione della donna, nella visione laica della religione e con tutta onestà e nel rispetto delle *peyyot*, i riccioli laterali degli yemeniti che furono sacrificati (per poi tornare), non credo sia stato un male.

Negli anni Novanta la grande ondata dell'immigrazione russa, che fece aumentare di un milione di persone la popolazione di Israele, fu affrontata dovendo inventare strumenti del tutto diversi: i russi infatti avevano per la metà un'educazione universitaria, erano scienziati, musicisti, artisti, ma la loro mentalità era gerarchica, assistenziale e formalistica in opposizione alla totale informalità di quella israeliana. Fra gli immigranti che giunsero in Israele tra il 1989 e il 1995 c'erano 68.500 ingegneri e architetti, circa 15.000 dentisti e infermiere, altri 15.000 artisti e scrittori. Tutti gli immigrati ricevettero 10.000 dollari per il loro primo anno, e per capire lo sforzo, bisogna sapere che il salario minimo in Israele era di 5.000 dollari l'anno. Tutti gli immigranti ebbero il diritto a sei mesi di corso gratuito di lingua, i bambini furono integrati in classi regolari con insegnanti speciali, gli insegnanti russi (anche quelli di materie come la musica) furono assunti come tutori dalle scuole per assistere i vecchi professori e maestri. Attività come campi estivi, corsi di varie materie collaterali pomeridiane, tutto fu fornito gratis e occupando il più possibile i nuovi arrivati. Per introdurre velocemente gli ingegneri, gli scienziati, i medici nel mondo del lavoro, lo Stato decise di attivare subito corsi di aggiornamento e di reinserimento a livelli molto avanzati, si può immaginare con quali sacrifici per una società povera come Israele. L'investimento ha funzionato, a grandi linee e certo con enorme impegno degli immigrati, che pure lamentano nostalgia, povertà, discriminazione: in circa sei anni, dei 10.965 scienziati 8250 sono stati assunti da università, istituzioni di ricerca, scuole. In generale i progetti sono andati molto meglio che nei Paesi in cui il problema dell'immigrazione rappresenta quasi soltanto una piaga sociale. I ragazzi etiopi trovano sbocchi professionali fino nel settore dell'elettronica, e servono nell'esercito anche in unità di *élite*. È molto commovente – ma anche interessante se l'ideologia non acceca chi guarda – vedere con quanto senso di orgoglio e di appartenenza i loro genitori, spesso illetterati e poveri, vanno a far visita al campo a questi nuovi giovani, atletici ebrei neri, che dalla debolezza di una posizione affamata e indifesa oggi sono soldati d'Israele, capaci di difendere se stessi e le proprie case. È l'amore, non la forza, che li ha portati a casa.

Il sistema di valori tipico di un israeliano è quello che consente la sopravvivenza della democrazia di fronte all'attacco senza tregua dell'odio e delle armi. Anche delle nostre democrazie. Israele siamo noi, lo siamo già oggi e lo saremo ancora di più domani, e ancora di più quando l'Iran avrà costruito l'arma nucleare. Se ci riuscirà, naturalmente, se vorremo; altrimenti sarà la fine. Oriana Fallaci, Magdi Allam, Bat Yeor, Victor Davis Hanson hanno spiegato bene, e l'ho fatto anch'io con gli altri, quanto l'Europa abbia alzato le mani di fronte all'attacco interno, all'erosione dell'integralismo islamico; il papa ha denunciato come i suoi cristiani abbiano perduto nella paura e nel consumismo il senso di se stessi. Sono l'antropologia, la filosofia, la fede che possono vincere o perdere la battaglia: e in Europa, a quanto risulta da mille episodi, ad Amsterdam, Londra, Parigi, non siamo dei tipi molto resistenti.

Anche Israele a volte ha scelto di sottomettersi, nonostante condizioni vitali totalmente diverse, a criteri di *appeasement*, nati nelle cancellerie europee desiderose di quiete; o nelle fantasie del Quai d'Orsay che si è sempre sognato leader del mondo arabo ed è soggiogato da un sogno in cui la mezzaluna e la stella sostituiscono su uno sfondo tricolore le stelle e le strisce della bandiera americana; o nelle banche e negli uffici in cui si tratta il petrolio; oppure nelle riunioni di movimenti che, qualsiasi cosa possano sostenere, disprezzano comunque la democrazia perché la ritengono nella sua forma attuale un travestimento dello sfruttamento internazionale; o nelle stanze dei partiti che vogliono i loro voti; e soprattutto, nelle parole malate dei media.

Dopo che Israele, sognando l'approvazione internazionale e la pace nell'area mediorientale, ha accettato le regole che provenivano dalla pressante richiesta di cedere «terra in cambio di pace», le delusioni sono state cocenti. I cambiamenti antropologici, che pure sono stati immensi quando finalmente all'orizzonte appariva la fata morgana dell'accettazione araba, hanno investito soprattutto la classe dirigente, quella più comoda e meglio sistemata. Le sue case, le sue abitudini, il suo cibo, i suoi abiti e le sue automobili sono in parte cambiati, la classe di eroi che aveva prodotto lo sforzo sionista si è imborghesita e a volte corrotta. Anche, tuttavia, nella leadership politica, dei giornalisti, degli scrittori, dei cantanti, dell'università la vita, le case, il cibo, i mobili, gli abiti, i costumi in generale sono infinitamente più severi e modesti. Lo stupore di un quindicenne di fronte al regalo di un capo di abbigliamento italiano è sempre alto e genuino. La grande maggioranza del popolo ha seguitato a cantare le stesse canzoni da una parte tristi, dall'altra piene di orgoglio e anche di entusiasmo per una vita difficile vissuta nella pienezza di sentimenti taglienti e decisi; lo scopo principale del sionismo, quello di costruire e conservare un minuscolo Stato ebraico fra il deserto e il mare, è rimasto chiaro e brillante. Anche il programma televisivo satirico più aggressivo verso i luoghi comuni, e più popolare, si intitola *Eretz nehederet*, «Terra meravigliosa», e non è un caso. Il 70 per cento dei cittadini è pronto a combattere per il Paese «certamente», il 22 per cento «quasi certamente», circa le stesse percentuali chiederebbero ai loro figli di restare a vivere nel proprio Paese quale sia il pericolo (indagine Midgam, gennaio 2007); la ricchezza non ha davvero raggiunto livelli di corruzione, semmai è la mancanza di denaro quella che continua a segnare la vita della gente; alla cena sabbatica del venerdì sera non si è andati molto oltre il pollo al forno e i peperoni ripieni di riso, le case sono rimaste quelle di chi non ha soldi né tempo da perdere per rifare il letto tutti i giorni. Fra i giovani che seguitano ad arrivare da soli per arruolarsi nell'esercito in tempo di guerra, l'orgoglio, l'entusiasmo di essere qui e non a New York, o a Mosca o a Parigi è ancora oggi una passione.

Quasi tutti i ragazzi vogliono essere comandanti di *tank*, anche se sono pacifisti come il figlio di David Grossman che è stato ucciso in guerra, e ancora di più sognano di diventare *tayyasìm*, piloti di un F-16, e considerano la possibilità di morire per il Paese come una delle tante carte sul tavolo di un tuttavia adorato gioco per la vita. Vivere la propria vita è la grande passione; i viaggi all'estero, le gite per conoscere Israele centimetro per centimetro, la lotta per ottenere un lavoro, sono tuttavia in genere parte di un compito più grande: difendere il Paese. Come nel resto della società occidentale, un figlio è un gioiello che la mamma accompagna in piscina o a musica sognando che diventi buono, bravo, ricco, bello; da bambino attraversa la strada per mano e da ragazzo telefona dalla guerra col cellulare due volte al giorno. Ma quando marcia nel buio e nel silenzio verso gli agguati degli Hezbollah per combattere insieme ai suoi compagni accetta con piena coscienza e adesione personale questo destino, e anche la sua famiglia è con lui senza obiezioni.

Le madri non si lamentano, non impazziscono perché il figlio è nell'esercito, al fronte; tutt'al più non dormono, o si uniscono a un movimento contro la guerra. Israele, che – per motivi di necessità e non per scelta – vive continuamente battaglie che potrebbero essergli fatali, ha tuttavia disegnato un individuo che è portatore di valori, che vive la necessità ma anche la pienezza della scelta di non arrendersi, che sa chi è, ovvero un ebreo. Il 95 per cento degli israeliani considera Gerusalemme e l'ebraico i maggiori valori del patriottismo israeliano, il 94 per cento è fiero di essere ebreo, l'83 per cento di essere israeliano.

Se Israele fosse esistito ai tempi delle persecuzioni cristiane e musulmane, gli ebrei avrebbero avuto dove rifugiarsi. Se lo Stato di Israele fosse già esistito ai tempi della Shoah, la vita di milioni di persone sarebbe stata salva. Se il blocco britannico non avesse fermato i fuggiaschi dall'Europa, se Israele avesse avuto ambasciate e consolati nel mondo, il Male stesso non avrebbe potuto compiere passi così immensi come quelli di cui ha lasciato le orme nei campi di sterminio. Ma se un popolo decimato e scarnificato fino alle vene e le ossa non avesse potuto ricostruire la sua casa, la speranza stessa dell'inverarsi del bene sarebbe stata cancellata dal mondo. Gli israeliani sono consapevoli del loro retaggio. Noi occidentali possiamo rappresentare la spiaggia del nostro stesso approdo se sapremo essere come Israele, pur con tutti i suoi difetti.

Eliezer Shkedi, il capo dell'aviazione israeliana, un quarantenne con i capelli rossi e un sorriso molto contagioso, in occasione del cinquantottesimo anniversario di Israele, ha fatto salire suo padre, sopravvissuto della Shoah, sul suo F-16: «Per me è chiaro» ha detto «che mio compito è restituire valore alla storia umana, che per questo ho seguito la strada di mio padre, e che mio padre oggi ne è compensato».

Ma essere una società di valori è un compito angoscioso, che a volte si infrange sulla vita di ogni giorno: talvolta, quello che appare un bene politico immediato è, in prospettiva, un fattore di gravi errori e ulteriori complicazioni.

Per alcuni anni, dagli accordi di Oslo e con la favola della società post-sionista, ormai pacificata, normalizzata, integrata nel contesto territoriale, Israele si è autoipnotizzato. Il sogno della pace sembrava a portata di mano, e poi è miseramente franato sull'insorgenza del bellicismo islamico, che si chiami Intifada, o Hamas, o Hezbollah, o al-Qaida, o soprattutto Ahmadinejad. Come improvvisamente risvegliandosi dopo lo sgombero di Gaza, l'elezione di Hamas e la guerra del Libano, dopo tante illusioni alla necessità non di una tattica, ma di un'essenza strategica diversa, Israele, che tante volte ha discusso il compito biblico di essere «una luce per le genti», si è di nuovo, come fa spesso, accinto a un esame di coscienza. Lo sta compiendo sotto la pressione di nuovi appuntamenti fatali con la sorte del popolo ebraico.

Le discussioni si svolgono all'ombra della bomba atomica di Ahmadinejad, e dall'altra parte alla luce della necessità di non tradire la radice democratica e l'ispirazione ebraica umanista. Ari Shavit, un intellettuale e giornalista di «Ha-Aretz» che proviene dalla sinistra, dopo tre sofferte settimane dall'apertura della Guerra del Libano, ha scritto un lungo articolo uscito il 4 di agosto che è stato un punto di svolta. Il titolo era «Fallimento sistemico»: guai, diceva Shavit, a creare l'impressione di una difficoltà o addirittura di una sconfitta, perché allora ci sarà una prossima guerra «ben più terribile di questa». Shavit esamina l'andamento della guerra, la mancanza di una chiara vittoria sul campo contro Nasrallah, i dilemmi di etica militare che hanno trattenuto l'esercito, e lui, uomo di sinistra, scorge in essi il fallimento dell'*élite* politica, militare, intellettuale di cui a sua volta fa certamente parte: «Ha fallito perché non ha promesso di vincere fra il sangue, il sudore e le lacrime, perché è stata arrogante, perché non ha creato un *ethos* combattente e non ha istillato un deciso spirito di combattimento[...] I capitalisti, i media e gli accademici del ventunesimo secolo hanno abbagliato Israele con obiettivi sbagliati, e l'hanno privato del suo spirito [...] I loro incessanti attacchi al nazionalismo, al militarismo, alla narrativa sionista hanno corroso il tronco stesso dell'esistenza israeliana dal di dentro, e le hanno fatto perdere vitalità. Il grande pubblico ha sempre mostrato lucidità e determinazione di fronte a tutte le prove affrontate nel passato decennio, ma le *élites* sono state deludenti. Hanno impartito ai giovani un sistema di valori che impedisce di darci dentro quando è necessario... e nel Medio Oriente del ventunesimo secolo uno Stato in cui i giovani non vogliono essere uccisi e non vogliono uccidere è uno Stato col tempo contato, uno Stato non sostenibile. La sfida invece è di renderlo di nuovo uno Stato sostenibile [...] Poiché Israele è uno Stato ebraico e un Paese libero, gli zeloti islamici puntano alla sua distruzione. Dalla rivoluzione khomeinista nel 1979 il fanatismo islamico è in crescita. La minaccia che Israele fronteggia è concreta e non astratta, esistenziale e non territoriale. La sfida è come organizzare il suo sistema di vita così che preservi la sua identità e difenda la sua esistenza contro lo *tsunami* che le si avventa addosso [...] Alle origini si era riusciti a trovare un equilibrio fra l'appartenenza culturale all'Occidente e una prassi obbligatoria per restare vivi in Oriente, fra libertà e mobilitazione, amore per la vita e prontezza a morire per una causa».

Shavit, impressionato dalla «piccola disciplinata armata di credenti» di Nasrallah che ha sfidato Israele proclamandone la corruzione, invoca, a fronte della minaccia atomica di Ahmadinejad e della propulsione iraniana del terrore, il superamento di ogni debolezza, un processo all'edonismo e alla corruzione. E ha ragione: Israele deve essere sempre più pronto. E oggi sembra non esserlo, sembra che il suo spirito non sia affilato come una lama a doppio taglio, senza paura e senza limiti di capacità.

Ma la verità è molto più complessa: Israele di fatto ha costruito l'uomo adatto a essere insieme un democratico e un soldato, e l'ha saputo fare perché aiutato dalla profondità della radice ebraica. La problematicità della guerra asimmetrica, il ritegno e la morale di fronte all'uso dei civili, creano quella ritrosia che a Shavit e a tanti altri può sembrare incapacità nella gestione della propria forza. Ma si tratta di aggiustamenti: Israele semplicemente non vuole fare la guerra diventando diverso da se stesso. Chi ha visto all'opera il fronte interno durante la guerra col Libano, chi ha visto come me la gente chiusa nei rifugi per più di un mese con i vecchi e i bambini – mentre crollavano la sua economia, la sua vita e le sue case, e i morti e i feriti diventavano sempre più numerosi –, sa che la gente è forte. Il fronte interno, benché molto sofferente e preso alla sprovvista, ancora dopo un mese di bombardamenti su Haifa e Safed non pregava di tornare a casa, ma diceva: «Andate avanti fino alla sconfitta degli Hezbollah, non ci importa di resistere qua anche sotto le bombe».

Chi ha visto i soldati insieme dividersi l'ultima goccia d'acqua e difendere la vita l'uno dell'altro fino al sacrificio definitivo, sa che l'*ethos* popolare richiesto da Shavit è vivo, che ciò che deve semmai cambiare è la sua codificazione in forma culturale e politica, la valorizzazione della vittoria costi quel che costi. E questo è molto difficile per una democrazia che combatte contro un esercito terrorista che usa i civili, è un problema non ancora risolto ai più alti livelli strategici. Ciò che invece è immediatamente possibile è rendere la classe dirigente più degna di un popolo come quello ebraico tramite il voto e la cultura, e osservare tramite i media gli aspetti che fanno di Israele, più che una società del dubbio, una società di valori.

Essere una società di valori può creare un approccio ruvido alla vita, una tipologia umana scabra; può essere di cattivo gusto rispetto agli usi e ai costumi della borghesia europea. Per esempio, il mammismo, l'attaccamento alla famiglia, la sua ritualità, i suoi anniversari, le sue scadenze interne che punteggiano ossessivamente la vita israeliana, le feste religiose divenute anche ricorrenze laiche che sono di fatto infiniti pranzi e cene familiari continuamente ripetuti, sono molto difficili da digerire per una società liberale che punti più alle affinità elettive che a quelle della consanguineità. Ma la saldezza familiare, il senso di un retrovia attivo ventiquattro ore su ventiquattro, sono fra le scelte che rendono atta alla sopravvivenza una società circondata da nemici, e che consentono anche di affrontare drammi continui, partenze per il fronte, ferite, morti. La famiglia in Israele chiede figli, nipoti; i nonni e i parenti tutti li esigono in numero rilevante, accettano i bambini anche quando le condizioni economiche e di spazio non lo consigliano: il fatto che essi siano i reucci incontrastati delle case, delle strade, delle gite, è insieme insopportabile e commovente. «*Yeladìm zeh simchà*», i bambini sono la gioia, dice una canzone molto popolare, e se non lo fossero, Israele sarebbe esangue come una delle nostre nazioni europee che producono meno di un figlio a coppia, divorate da un'idea di libertà che ha molto a che fare con quella di comodità. Il fatto che gli ultimi dati diano la demografia israeliana in crescita non più nelle famiglie religiose, ma in quelle borghesi e intellettuali di Tel Aviv, dove la famiglia media tende ormai ai tre figli a coppia, è l'indicazione di un cambiamento significativo come segnale alle società europee e americana.

La comodità in Israele non ha molto a che fare con la felicità. Mentre invece ce l'hanno la ricchezza, l'*achievement*, la promozione sociale, che invece sono ambìti e desiderati perché metà della popolazione proviene da Paesi poveri, da famiglie ignoranti che desiderano mandare i figli all'università, perché in un Paese povero come Israele il benessere è simbolo di distinzione e di capacità ad autopromuoversi, perché l'etica liberale capitalista è molto popolare, anche se il sistema è rimasto molto assistenziale. È segno di vitalità, non esistono praticamente rendite finanziarie o di casata, anche se punteggiano il panorama alcuni personaggi molto abbienti, che in ogni caso contribuiscono con quantità di denaro a varie istituzioni. Il *fund raising* e il volontariato sono molto praticati.

La vitalità di Israele è sgomitante e verbalmente aggressiva. Il tassista si vanta: «Quando ero autista di Rabin, quando ero l'attendente di Netanyahu... Quando ho visto il Muro del Pianto per la prima volta...», ovvero è parte lui stesso della storia eroica del Paese, vuole farti sapere che anche lui è stato un protagonista, e che magari lo è ancora; ti interroga familiarmente: «Che lavoro fai? Quanto guadagni? Sei sposata?». Me lo chiese a Tel Aviv un tipo mentre uscivo dalla sua macchina pagando il conto quanto più velocemente possibile: «Vedrai che presto ti scopriranno e ti sposerai». Mentre stavo per dirgli di farsi i fatti suoi, all'improvviso ho capito che si voleva prendere cura di me, consolarmi della mia solitudine, avvertirmi sul mio futuro nella società israeliana, dato che ero una straniera sprovveduta. La gente di qui è protettiva, ti consiglia e ti corregge e se a volte non ne puoi più di tanto patrocinio, devi cercare di pensare perché lo fa. Per conservarti in un mondo difficile.

Spesso l'insegnante di ginnastica per indicare un certo tipo di salto urla: «Esplosione!». A Gerusalemme questo potrebbe sembrare improprio: dopo tante esplosioni vere potrebbe evocare guai personali molto seri. Ma è un modo per sorridere, e tutto quello che fa sorridere, anche se è un po' grossolano, lo si accetta volentieri. Anche i gelati più buoni e le ragazze più belle vengono definiti *pitzùtz*, uno scoppio, o *pzazà*, bomba, proprio con lo stesso identico sostantivo che si usa quando salta per aria un autobus. Quando Hamas vinse le elezioni, il programma satirico *Eretz nehederet*, «Terra meravigliosa», ha subito presentato la macchietta di un esponente di Hamas con la barba rossa come il fuoco (tratto dalla realtà) per ridere del nuovo protagonista palestinese che, minacciando gli ebrei di morte e distruzione, tuttavia risultava buffo e persino simpatico. Quando Sharon fu ricoverato in coma, *Eretz nehederet* sghignazzò con una satira, impensabile da noi, della sua famiglia e dei medici. Non ci furono proteste, né scandali, né moralismi.

È la stessa molla per cui bisogna pur vivere che alla fine ti rispedisce alla stazione dell'autobus che è saltato il giorno avanti, o al supermarket dove è stato arrestato un terrorista con la cintura. È una macchina di vitalità, è la vita che si autocelebra: devi vivere, dice, combatti, ridi, *zeh mah she-yesh*, dopo ci vediamo nel weekend e ti porto al ristorante, è quello che c'è. In Israele si fanno poche storie: lo imparai la prima volta in cui, ventenne, rimasi per qualche settimana al kibbutz Neot Mordechai, quando consegnai i miei migliori pantaloni da rammendare (si erano scuciti sul sedere) alla sartoria locale. Me li restituirono con un enorme sfregio a grossi punti bianchi (sul celeste) che copriva ormai irrimediabilmente tutta la parte posteriore destra. Fu un trauma: la mia migliore opzione di eleganza era scomparsa, ero rovinata. Chiesi spiegazioni: mi risposero che lo strappo era stato fermato, no? Dovevo essere contenta che la sartoria ne avesse evitato la distruzione totale. È quello che c'è, *zeh mah she-yesh*; *we-'im zeh tzarìkh le-natzeach*, e con questo bisogna vincere. Un cameriere di vent'anni con l'orecchino, che ha tolto la borsa di esplosivo dalle spalle di un terrorista al caffè Cafit di Gerusalemme e l'ha portata lontana dagli avventori solo tenendola un po' discosta dalla faccia, ha risposto alla mia domanda sulla possibilità di morire: «*Nu mah*? E allora, che cosa? Meglio che muoia uno solo piuttosto che tutta quella gente».

Poche chiacchiere, la guerra non conosce molte parole. Per essere vinta ha bisogno prima di tutto dell'uomo che la combatte e di alcune caratteristiche: l'inventiva e la disponibilità a cambiare la tattica e la strategia. Dopo la guerra del Libano e i suoi errori, l'intera piramide militare e l'intera visione strategica in base alla quale è stata combattuta sono state vivisezionate e rifatte. La crudele predisposizione democratica a destituire e sostituire, nella scienza e nella letteratura; la disponibilità concreta a dare la vita per la propria società, la propria comunità, la mamma, i figli, gli amici, o semplicemente gli avventori di un supermarket o i passeggeri di un autobus; il senso della collettività e della lealtà, che consente di amare i propri compagni nell'esercito più di se stessi. Queste sono le garanzie d'Israele, l'assicurazione sulla vita dello Stato.

Lì non sembra straordinario che un ragazzo di diciannove anni, il 20 luglio 2006 a Marun ar-Ras, scenda dal carro armato (di cui è comandante) colpito da un missile anticarro, insieme all'altro rimasto sano, sotto il fuoco, e, mentre il suo compagno lo copre, strappi dal Merkava uno dei due altri soldati della squadra, e scopra che è rimasto senza un piede e che il quarto carrista Or Ben-Or è ormai privo delle gambe dalle ginocchia in giù; e che resti al loro fianco mentre le pallottole fischiano e piovono i missili, trascini i feriti dietro un muro, rimanga con loro fino all'evacuazione dandogli le prime cure e confortandoli benché siano così gravemente mutilati; e poi resti sul campo per non lasciare il resto della sua brigata, i Golani. A me l'hanno raccontato i protagonisti di questa vicenda. Or, il ragazzo rimasto mutilato delle gambe all'ospedale, ha chiesto appena ha potuto la chitarra per vedere se riusciva ancora a suonare come prima; e quando ha realizzato che poteva farlo ha detto che era felice così.

Di tutti i soldati che ho intervistato, quelli che hanno accettato, una volta feriti, di farsi portare via dagli infermieri, si contano, fra le centinaia, sulle dita di una mano. Un comandante di 24 anni, intervistato da me all'ospedale, con un braccio trapassato da una pallottola, la moglie incinta seduta accanto a lui sul letto, è rimasto per due giorni sul campo dopo essere stato ferito per non lasciare la sua *plugà*, il suo plotone. Scegliere sempre la salvezza del tuo compagno rispetto alla tua, essere per il tuo prossimo una garanzia che non verrà mai abbandonato, ovvero responsabilità: questo è il punto centrale, insieme alla capacità di sopportare il dolore – quale che esso sia –, ed essa deriva dall'idea che tale dolore ha un senso. La perdita e il ferimento tuo e altrui, ma anche la sofferenza di violare la legge della pietà immediata per applicare quella di una superiore *pietas* che salva prima la vita e poi le regole, si accettano quando si accede alla razionalità di scegliere la vita invece dell'illusione narcisista, della negazione nevrotica che vuole a tutti i costi mostrare il nemico come un interlocutore.

Per sopravvivere, devi essere almeno capace di fronteggiare, se non di risolvere, il problema che Israele si è trovato ad affrontare in maniera massiccia durante l'ultima guerra: quando tiri il grilletto, puoi uccidere per sbaglio dei civili innocenti. Il dilemma morale posto dall'uso di scudi umani da parte dei terroristi è quello che riguarda e riguarderà tutte le guerre in cui non si combatte con due eserciti per allargare uno spazio territoriale e in cui è applicata la Convenzione di Ginevra, ma quello in cui i motivi ideologici incitano una parte all'uso di bambini e di donne per realizzare i propri scopi.

A Tiro, il comandante di un battaglione di paracadutisti, Amnon Nachmias, ha raccontato che non è riuscito a contare, dopo aver faticosamente localizzato un lanciamissili che aveva sparato regolarmente contro i suoi, quante volte ha intimato l'alt ai cannoni per paura di colpire bambini e civili presenti nella zona. La sua risposta, alla domanda se si debba distruggere un lanciamissili appositamente piazzato fra i civili, è rimasta, durante tutta la battaglia, «no».

Ma questo punto di vista in Israele non è tanto pacifico: c'è un grande dibattito sull'argomento, come è giusto che sia, che cerca lumi non dal buon senso comune o giudiziario, ma alle fonti della propria filosofia. Per esempio il rabbino conservatore Dov Lior dice: «Quando i nostri nemici tengono un bambino con una mano, e con l'altra ci sparano, o quando intenzionalmente mettono un lanciamissili in mezzo alla popolazione civile, siamo obbligati ad agire secondo la moralità ebraica che dice: colui che si leva per ucciderti, lèvati a tua volta e uccidilo per primo». Il rabbino Yehuda Henkin, autore di quattro volumi di pareri *halakhici*, ovvero dottrinali, intitolati *Bnei Banìm* («I figli dei figli»), si è detto d'accordo con Lior: «Chi sarà compassionevole col crudele sarà crudele con il compassionevole».

D'altra parte, la scelta etica dell'esercito è dettata dalle radici stesse dell'idea ebraica di autodifesa. Addirittura già nel dodicesimo secolo Maimonide statuì l'obbligo per una forza ebraica di lasciare al nemico una strada aperta per la ritirata: «Chiunque voglia fuggire, deve poter fuggire, chiunque vuole fare la pace deve poterla fare, chi invece vorrà combattere, verrà attaccato fino alla vittoria». E di fatto, in base agli insegnamenti di Maimonide, anche dopo aver conquistato cittadine che erano basi nemiche come Bint Jbeil, l'esercito israeliano ha tenuto aperte vie di fuga che invece sono state poi usate dal nemico come strade per rientrare nei villaggi espugnati, riportando la battaglia al punto zero. Inoltre, molte volte gli Hezbollah non hanno permesso che la gente se ne andasse, e l'hanno trattenuta con la forza nonostante gli avvertimenti tramite i volantinaggi dell'Idf che avvertiva del prossimo bombardamento. Il rabbino Nachum Rabinovitz, capo di un'importante *yeshivà* ed esperto di Maimonide, dice: «Se questa gente viene uccisa, è evidentemente colpa degli Hezbollah, non nostra». E così di fatto la pensa anche la Convenzione di Ginevra, che attribuisce a chi si crea scudi umani la responsabilità della loro vita.

Ma non è così semplice: la moralità è stata l'unica arma degli ebrei per millenni, tutto il tempo in cui non hanno avuto nessun esercito; e anche se non ci sono sempre riusciti, tuttavia hanno sempre cercato di convincere i loro nemici della necessità di agire moralmente. Di questa idea, qualsiasi cosa dica Maimonide, sono impastati: compassione, perdono, pace, e anche astuzia e tempismo, sono state le sole armi degli ebrei senza esercito e perseguitati per secoli. Esse hanno accompagnato la obbligata scelta passiva di un popolo che era inerme se non per la forza della sua scelta monoteista e personale.

Le ispirazioni tratte da Giosuè, Saul e David, i guerrieri della storia degli ebrei che hanno ispirato la nuovissima costruzione di un esercito ebraico, hanno sempre trovato un'opinione pubblica molto contrastata, pronta a criticare il militarismo, a provare un istintivo senso di fastidio verso il gran numero di generali coinvolti nella vita pubblica, proprio come in altri Paesi occidentali. Ma la realtà militare non si è potuta fermare, come da noi, al rifiuto nato dai postumi della Seconda guerra mondiale. Il rifiuto arabo, l'incitamento, il terrorismo, hanno sempre scatenato guerre non volute. Anche le molteplici critiche alla classe dirigente e alla condotta militare dopo la Guerra del Libano, alla fine devono arrestarsi e riorganizzare l'esercito quando la distruttività rischia di farsi autolesionista fino al suicidio.

Israele non può vivere senza l'esercito, non può sopravvivere se non combatte il terrorismo: nel film *A due dita da Sidone*, che uscì nel 1986, dopo la Prima guerra del Libano, l'eroe, un soldato che ricorda che suo padre gli ha detto: «Agisci con giustizia», si rifiuta di far esplodere una casa piena di terroristi per paura di uccidere dei civili, e ne viene ucciso quando cerca di arrestarli. Questo atteggiamento è ancora oggi predominante, e resta valida la frase di un sopravvissuto della Shoah, il rabbino Yehuda Amital: «Se ci avessero chiesto durante l'Olocausto di scegliere fra essere gli uccisori o gli uccisi, il popolo ebraico avrebbe scelto gli uccisi». C'è una forte corrente del pensiero ebraico che suggerisce che in ogni caso, alla fine, essere sacrificati è meglio che sacrificare.

Ma d'altra parte, cercando una strada meno autolesionista, il professor Asa Kasher, che più di qualsiasi altro ha influenzato il codice morale dell'esercito, scriveva nel 2003: «Secondo le norme internazionali di guerra, la necessità militare giustifica quasi tutto, e tuttavia Israele ha deciso di limitare il suo diritto di invocare la necessità militare secondo condizioni addizionali, fra cui: lo scopo, ovvero che l'azione sia davvero necessaria per difendere i propri cittadini; le informazioni e le prove che quello che stiamo facendo sia davvero salvare la vita della gente di Israele; l'effettività, ovvero che se si prevedono molti danni collaterali, si considerino possibilità alternative».

3

Come inventarsi un criminale di guerra

«Israele è ancora immerso in un mare di perplessità e discussioni di fronte all'avventura morale imposta dal tipo di guerra corrente, quella contro il terrorismo, ma è anche costretto ad andarne a fondo senza falsità, e lo fa con innocenza. Perché l'uomo israeliano non ha quella storia di stragi, di odio razziale, di aggressività che caratterizza l'uomo europeo: è un tipo nuovo di persona, che sa essere nello stesso tempo un eroe e uno scettico realista, un religioso, un laico, una persona che cerca per le sue azioni un significato generale e un risultato immediato. Proibito essere razzisti, o guerrafondai, o tanto meno psicopatici convinti della supremazia ebraica o dell'inferiorità araba: opinioni di questo genere vengono punite e isolate, chi le pratica viene relegato a compiti minori ed emarginato dai compagni.

Queste caratteristiche sono sempre accompagnate da un'altra che le sottintende tutte quante: una vitalità che può risultare molto ingombrante, che può far sorridere o riempire di rabbia.

Gli israeliani parlano in maniera maleducata. Perché non mangi il cibo che ti hanno tanto gentilmente preparato? *Lo rozèh*, non voglio. Lo sai che Olmert ha detto... *Lo me'anièn li*, non mi interessa. Scusa, volevo dire... *Al tafrìa'*, non mi dare noia, *anì 'asùq*, sono occupato. Perché non mi accompagni da mia madre? *Lo ba li*, non mi va. E basta.

Non sanno fare nessuna conversazione. Al telefono prima di riuscire a dirsi due parole per cinque minuti il loro dialogo dice: *Mah ha-matzàv*?, qual è la situazione? *Tov, mah shlomchà*?, bene, come stai? *Tov, mah ha-'inyàn*?, bene, che succede? *Tov, mah nishmà'*?, bene, che si racconta? Poi vengono al dunque in un secondo, ed è quasi sempre un tema pratico. Poche chiacchiere.

La confidenza è un bene molto raro, ma l'amicizia è un dono totale e definitivo. Le storie, le canzoni, l'epopea dei rapporti che nascono a scuola, nello stesso kibbutz, nello stesso villaggio, nell'esercito, sono parte della narrativa nazionale. L'eroismo è spesso legato alla radice comune, all'essere nati nello stesso villaggio, lo stesso kibbutz, lo stesso insediamento: anche in quest'ultima Guerra del Libano iniziata il 12 luglio 2006, le storie di amicizia, come in quelle delle altre guerre d'Israele, sono al centro dell'epica eroica.

Il comandante di brigata Ro'i Klein e il luogotenente Amichai Merchavia del battaglione 51 della leggendaria Brigata Golani sono stati ambedue seppelliti giovedì 27 luglio nel piccolo cimitero dell'insediamento di Eli, pianti dagli stessi amici, compagni nell'avventura di vivere nello stesso villaggio, giovani uomini con giovani famiglie, uccisi insieme ad altri sei soldati nella città sudlibanese di Bint Jbeil. Un'antologia di storie di eroismo, di salvataggi a costo della vita, di recupero disperato dei corpi dei compagni uccisi («pensate che li riportate alle loro madri» ha detto un comandante ai soldati che tornavano sul campo dopo ore e ore di scontri a fuoco). In più, il loro sacrificio è stato accompagnato dalla straordinaria morte di Ro'i, 31 anni, che è saltato su una granata per proteggere i suoi soldati. Alcuni di loro hanno raccontato che Ro'i ha gridato la preghiera «*Shemà Yisra'èl*» («Ascolta, Israele!»), l'invocazione centrale dell'ebraismo che annuncia l'unicità di Dio, ed è saltato sulla bomba. Ro'i era religioso: nell'ultima guerra l'eccellenza dei soldati religiosi ha eguagliato quella tradizionale dei soldati delle *élites* laiche e in genere provenienti dai kibbutz.

Di fronte all'integralismo islamico e alle nuove minacce di distruzione totale, lo spirito di sacrificio ha unito gli animi ed è cresciuto. Le spaccature interne della società israeliana fra laici e religiosi che si erano rafforzate di nuovo con lo sgombero dei coloni da Gaza svaniscono nel pericolo.

Religioso era anche Michael Levin, 21 anni, uno fra le migliaia di soldati soli, *chayyalìm bodedìm*, che giungono senza la famiglia d'origine in Israele quando suona l'ora di combattere in sua difesa. Quando non sono in servizio, vivono con introiti modestissimi in case comuni, e alcuni volontari li aiutano a risolvere i problemi pratici in un Paese che non è il loro; uno di questi mi ha raccontato che sono talmente poveri che al pub, la sera, ordinano una birra in tre. Michael era una star nel suo ambiente: piccolo, bello, bizzarro e romantico. I suoi compagni, una vera squadra spartana e fraterna, mi hanno raccontato che quando gli si telefonava ci si poteva aspettare un appuntamento nel cuore della notte per poi passeggiare chiacchierando per i vicoli di Gerusalemme fino all'alba. Una volta si erano incontrati nel mezzo del nulla sulla strada diritta e polverosa che per centinaia di chilometri taglia la Valle del Giordano sotto la luna e fra i villaggi arabi circostanti. Era felicissimo della sua scelta, soprattutto convinto che «se non si soffre, non ci si diverte», *no pain, no gain*.

Così diceva Michael, e i suoi quattro compagni di quella nuova vita dicono che avrebbe volentieri scelto una fine come quella che ha trovato, armi in pugno contro gli Hezbollah che odiano Israele. Uno, soldato solo come Michael, mi ha detto salutandomi: «È la vita che ha perso lui, e non lui che ha perso la vita». Michael è caduto in battaglia all'inizio dell'agosto 2006. Adesso è seppellito al Monte Herzl, insieme a Rabin, a Golda Meir e a tanti grandi e piccoli nomi di eroi d'Israele, fra i fiori e il mormorio dell'acqua, e là ho visto i suoi compagni fronteggiare la perdita e l'idea concreta della morte di uno di loro, disperati, ma convinti che questo è quello che può succedere a ciascuno di loro; sanno dove sono, cosa fanno, perché. Michael si trovava in vacanza dai suoi genitori a Philadelphia quando è scoppiata la guerra, e ha preso il primo aereo per tornare di corsa alla sua compagnia di paracadutisti.

La parola d'ordine è: aiutare. Quando sui media appare la piccola disperante foto a colori di un altro giovane che la guerra ha portato via, non è della sua intelligenza né della sua bellezza che si fa l'elogio più frequente, ma della sua disponibilità ad aiutare.

È così anche nelle piccole cose della strada. In Israele è impensabile che un vecchio possa accasciarsi senza che qualcuno corra in un secondo in suo aiuto, che una donna stazioni sul bordo della strada con una ruota dell'auto a terra, che un bambino perduto possa guardarsi intorno per più di un minuto. La storia di perdite immense non consente più che nessuno vada inutilmente perduto. Quando questo capita per errore, ad esempio nell'esercito o in ospedale, la reazione dell'opinione pubblica e giudiziaria è implacabile.

Qualcuno in Israele è sempre pronto a chiederti se hai sete, se hai fame, e tanti costumi nazionali iperaffettuosi fino alla noia, come la tendenza delle madri o di qualunque ospite a riempirti di cibo, o quella dei tassisti a chiederti se sei sposata e quanto guadagni, sono segnali prossemici molto diversi da quelli che si osservano in Italia. La via è lunga, la strada è dura, mangia che può servirti, bevi, perché avrai sete, spòsati, perché avrai bisogno di qualcuno che ti stia accanto. Israele ha un tasso di natalità molto più alto di quello dei Paesi europei e anche degli Usa, e si tratta di un fenomeno nuovo, che negli anni è andato diffondendosi dai sobborghi religiosi alle classi alte, agli attici di Tel Aviv, quanto più il sogno sionista si faceva difficile e impervio. Quanto più il progetto di Oslo si rivelava irrealistico, quanto più l'orribile pensiero che per accettare la perdita di un figlio devi averne almeno tre o quattro si affacciava nella mente delle persone, quanto più la determinazione araba a distruggere Israele è diventata esplicita, tanto più fare figli è diventata una silenziosa scelta etica anche laica, e l'Ivf, la fecondazione in vitro, lungi dall'essere ritenuta una scelta consumistica ed edonistica, ha tutti i crismi della necessità.

Si rovesciano i concetti di piacere e di divertimento: il godimento di beni di lusso si frammenta nel collettivo, si ricompone nelle case affollate, nelle stanze piccole (troppo piccole), nella confusione delle camere da letto non rifatte, nelle voci che si sovrappongono, nelle brutte auto multiple, nella rinuncia a una fetta della torta, nella scarsa sofisticazione dell'abbigliamento, nell'arredamento. I bambini occupano il panorama come un esercito, e questo lo rende bello o fastidioso a seconda dei gusti, ma certo molto diverso da quello europeo.

Anche il costume del *blind date*, l'appuntamento cieco alla ricerca di un partner, ha un andamento da una parte oppressivo, dall'altra confortevolmente istituzionale. Una mia amica laica divorziata e con figli, scanzonata e curiosa, che certo non manca delle caratteristiche che le possono procurare tutti i fidanzati che vuole, ha intrapreso invece la sistematica selezione di una quantità di partner proposti da un sito a pagamento, e alla fine, sia pure dopo anni di convivenza e sperimentazione, ha sposato un ingegnere con figli, molto più anziano di lei, ma molto innamorato, affezionato ai suoi figli, gentile. No, non credo che questa sia la ricetta infallibile per l'amore, che resta misterioso e imprevedibile ovunque. Infatti, la mia amica non ha avuto fortuna che per alcuni anni, adesso ha ricominciato una sua sistematica ricerca. Ma non se ne vergogna, non si sente per questo sminuita. Le coppie sono rese utili da una situazione che preme da ogni parte, per la pressione eccessiva della guerra, dei lutti, della nevrosi posttraumatica che segue a ogni guerra e a ogni attentato.

La famiglia, che forse è l'unico tratto etnico di una cultura così variegata come quella ebraica, dove alla *chamulà*, la «famiglia allargata» marocchina, corrisponde la famiglia nucleare ashkenazita, è un bastione. Ieri sono andata a un *bar mitzwà*, domani devo andare a un matrimonio, e purtroppo di frequente vado a un funerale o a una *hazkarà*, ovvero al giorno fissato annualmente per ricordare con gli amici la dipartita di qualcuno. E se si tratta di un giovane, i suoi amici sono là a rappresentarlo presso la famiglia che l'ha perso per tutto l'anno, quasi ogni giorno con visite e telefonate.

La società israeliana è solidale. L'uomo israealiano a differenza di quello europeo sente, che poi lo sappia gestire o meno, la sua responsabilità verso i sentimenti degli altri.

Per un israeliano è *routine* saper vivere le gioie e il dolore degli altri insieme con loro, come se fossero i propri. Per caso mio marito Ofer e io abbiamo incontrato in California, sulla spiaggia di Carmel, una giovane donna che saliva una scalinata dal mare, bionda e abbronzata, con una tavola da surf sotto braccio, sola. Poiché si è fermata di fronte a un piccolo monumento che ricordava la morte di due diciottenni, Alex e Ryan, le abbiamo chiesto chi fossero. La donna inaspettatamente guardandomi negli occhi mi ha raccontato che Alex era suo figlio, morto in un incidente d'auto nel quale erano rimasti feriti tre dei quattro amici che viaggiavano con lui. Era accaduto a Big Sur solo due mesi prima. Quando l'abbiamo lasciata dopo aver parlato a lungo e aver pianto insieme, Ofer ha detto che era molto preoccupato per lei, perché la società americana è evidentemente incapace di vivere una perdita come quella; che la madre là resta sola; che chissà se gli amici del figlio seguiteranno a venirla a trovare nel tempo, chissà se i vicini sapranno aiutarla a sopravvivere.

Era una preoccupazione che a me appariva astratta, ma per Ofer non lo era affatto. Perché invece Israele sa farlo. È costruito anche per sostenere il dolore, la perdita, e ritrovare anche nelle situazioni più terribili e pericolose la gioia della vita. Sa sostenere il dolore dei rapimenti, le ferite, i mutilati e i traumatizzati di guerra e rimettersi a suonare la chitarra avendo perduto le gambe.

Alla tv ho assistito pochi giorni or sono alla celebrazione del ritorno alla vita di tre ragazzi nello stesso bar della strada pedonale di Gerusalemme dove nel 2002 si fece esplodere un terrorista suicida uccidendo 11 persone: tutti colpiti dallo stesso attentato. La ragazza del gruppo, che credeva di morire ed è guarita, ha costretto gli altri a fare una piccola festa. Uno di loro, tornato quasi alla normalità dopo quattro anni di terapia, aveva con sé il fratello che invece, essendo stato colpito alla testa, non può più parlare né muoversi normalmente, e non potrà mai più vivere come lui. Non gli ha lasciato per un attimo la mano, lo accarezzava, lo abbracciava, lo costringeva a mangiare e a sorridere; gli altri amici intorno si univano al suo sforzo, si vedeva che per loro il ragazzo svantaggiato era il più importante protagonista della festa, che non l'avrebbero lasciato affondare.

Perché? Non si trattava di giovani eccezionali, ognuno di loro e dei loro amici era probabilmente narciso ed egoista e anche ignorante quanto può esserlo un ventenne non particolarmente speciale. Ma l'egoista israeliano resta tale fino al momento in cui si palesa il bisogno collettivo. I giovani qui, per quanto anche presso di loro possano essere diffuse le sindromi di confusione, per quanto i problemi dell'educazione e della disponibilità alla vita scolastica siano molto seri, benché il merito sia diventato un concetto relativo, hanno tuttavia la precisa consapevolezza che nel loro simile è colpita la vita che invece avrebbe potuto essere la loro, perché sono con l'altro padroni di un bene comune. Non sono buoni più di qualsiasi altro essere umano, ma lo sono sempre abbastanza da restare dei custodi della vita. Sanno anche uccidere quando sono minacciati di morte, ma si trattengono dal farlo in una molteplicità di casi. Anche perché trattenersi viene meticolosamente codificato e insegnato.

I dilemmi che i soldati e i comandanti più giovani devono affrontare sono molto ingombranti nella loro novità morale e pratica: le regole della Convenzione di Ginevra sono state messe da parte da una guerra che implica l'uso dei civili, come fanno le milizie Hezbollah e quelle palestinesi. È un problema che può paralizzare, o privare del senso dei diritti umani. Di conseguenza, Israele lo studia per imparare ad averci a che fare pur cercando di vincere la prossima guerra. La Scuola di legge militare fa uno sforzo mai visto in nessun altro Paese per insegnare a comportarsi in maniera morale sul campo di battaglia. Il vecchio codice etico con cui il soldato va in battaglia non basta più, e fra le varie novità, la più importante consiste in un sistema di studio interattivo aiutato da software che si concentra sul tema di come risparmiare perdite di civili e umiliazione al nemico.

La cultura militare, spiega Amos Guiora, insegna e incoraggia l'uccisione di altri esseri umani.[6] Devi pur vincere la guerra. Dunque, quando sei costretto a farlo devi ovviamente inserire regole di comportamento che ti conservino in quanto uomo democratico e civile. Prima di tutto, vige la regola che nell'ambito di un rapporto fra i commilitoni l'uno possa fidarsi nella maniera più assoluta dell'altro. Lo spirito di corpo è la base di tutto per Tzahal, l'esercito israeliano. Il corso ne insegna alcuni parametri, ma in questa cornice il soldato israeliano sa che la sua propria affidabilità e quella del compagno che si batte vicino a lui in condizioni tanto difficili dipendono sia dalla disponibilità al sacrificio, sia dalla moralità. Il tuo compagno è tanto più sicuro, come compagno di battaglia, quanto più è una brava persona.

Insegnare la moralità nel conflitto armato significa saper avanzare restando un essere umano degno in situazioni di estremo pericolo che oggi sono presenti dappertutto ove si presenti il conflitto, a Nablus, a Gaza, a Mosul, a Grozny. Il soldato, nel momento in cui non deve incontrare in battaglia un altro milite che indossa una divisa o porta una bandiera, ma piuttosto un ragazzo armato in blue jeans e maglietta (spesso per esempio così appaiono gli Hezbollah), deve sapere molto bene quando aprire il fuoco, e quali sono le regole di combattimento. Insomma, deve per forza, pena la vita, superare l'ambiguità del combattimento in cui sono implicati i civili in centri urbani, in mezzo alla folla, dentro le case... Una situazione terribile, anche perché il civile che ti trovi di fronte può essere un terrorista come non esserlo. E per quanto poco prevedibile sia ogni scena dello scontro cui il giovane va incontro, egli deve prepararsi ad affrontarlo senza paura e senza incertezza, perché la paura genera errori fatali per sé e per gli altri.

Il software educativo preparato dall'esercito israeliano per insegnare come comportarsi in ogni situazione è in continua evoluzione ed è molto complesso: per capire grosso modo quanto sia importante, ci limiteremo a dire che ha suscitato enorme attenzione presso le truppe di molti Paesi del mondo, che lo stanno adottando o l'hanno già adottato. Il centro del lavoro sono la guerriglia urbana e il checkpoint, due punti focali della guerra contemporanea. Si tratta di insegnare a diciottenni-ventenni come applicare princìpi di moralità in condizioni di pericolo che si presentino in questo teatro di guerra. Sono stati sviluppati undici temi cui sono legate specifiche sequenze cinematografiche. I temi sono: obiettivi da colpire; forza necessaria e danni collaterali; armi e munizioni; dignità umana; proprietà culturali e religiose; saccheggio; rapiti, detenuti, persone che si arrendono e arrestati; feriti e malati; rappresentanti e giornalisti esteri; persone con stato particolare; denuncia delle violazioni. La sequenza cinematografica è tratta da film famosi, in modo che si possa trarne facile spunto per stimolare il soldato e poi porgli domande. Il tema che resta come un leitmotiv è la salvaguardia della dignità umana del nemico.

Un esempio, usato nel software: nel film *Platoon*, i soldati corrono e gettano granate dentro fosse nel terreno in cui potrebbero essere nascoste delle persone. I bambini piangenti stanno attaccati ai genitori e pregano di non esserne strappati. Il comandante si allontana dalla scena con il volto rannuvolato. Insieme alla clip cinematografica, vengono proposti grafici e temi, si sente una voce che propone il problema di come salvaguardare la dignità della popolazione palestinese, e cita per esemplificarla il problema dei checkpoint, della demolizione delle case; segnala la totale inaccettabilità e illegalità delle aggressioni sessuali e la necessità assoluta di proteggere civili innocenti. Il soldato deve interagire, discutere, proporre. Qui è la sua intera struttura emotiva a essere chiamata in gioco.

In altri casi, si lavora su un corso di due giorni interamente dedicato al tema della preservazione della dignità palestinese ai checkpoint, la frizione fra l'occupante e l'occupato è cruciale. Al soldato si mostrano fra l'altro un grafico e immagini di soldati che verificano una serie di persone, e vicino a loro un bambino. Chi è la persona più importante per la discussione? Molti soldati rispondono che è senza dubbio il bambino; alcuni dicono che è capitato loro più volte che un giovane fermato sulla via di un attacco terrorista abbia visto in passato un membro della sua famiglia bistrattato a una barriera. Il soldato viene il più possibile responsabilizzato quanto alla vicenda che si trova a combattere.

Per capire quanto sono complesse le questioni che durante il corso vengono poste al soldato, ecco due esempi: «Due soldati che guidano nel West Bank si trovano di fronte un mucchio di sassi che ostruisce la strada; i soldati ritengono che l'ostacolo possa essere minato. Devono chiedere ai locali di sgomberare la strada?».

Oppure: «Il comandante è stato informato che un terrorista è nell'area, e l'unico veicolo disponibile è un'ambulanza. Deve usare il veicolo per scopi bellici?».

Tutte le domande sono cruciali, le risposte che i soldati vengono condotti a dare sono impegnative e dure dal punto di vista morale, viene messa in gioco la loro responsabilità verso i compagni e verso il nemico. Per esempio, la risposta verso la quale si guidano i soldati nella discussione sui due temi che ho qui esemplificato sono queste: è proibito usare un residente locale o un soldato nemico per sgomberare un ostacolo quando si sospetta che sia minato. Bisogna, se le circostanze lo permettono, aspettare la squadra di sminamento. L'uso di civili come ostaggi o scudi umani è proibito; ma alla domanda su che fare quando si debba agire il più rapidamente possibile, dato che il tempo comporta pericolo ulteriore per gli uomini, per esempio quando sei caduto in una trappola e ti sparano da tutte le parti, la risposta è che si deve agire come le circostanze permettono, e seguendo le dottrine correnti di combattimento. Ma in condizioni anche relativamente normali solo un residente che è stato visto porre personalmente sulla strada l'ostacolo (non minato) può essere costretto a rimuoverlo. Buon senso e salvaguardia dei diritti umani sono alla base del corso dell'esercito israeliano.

Non è estremamente interessante tutto questo? Non è un magnifico oggetto di studio e di attenzione per chi osservi questa realtà, proprio perché dobbiamo imparare come vivere il pericolo, come difenderci senza stravolgere la nostra natura, come ritrovare la solidarietà in una società egoista, come ristabilire il valore della vita? Eppure gli osservatori privilegiati, ovvero i giornalisti, cercano soltanto una cosa: come mettere Israele sotto accusa. Suscita invidia e paura, forse, il fatto che Israele sia questa stupefacente macchina di sopravvivenza e di solidarietà, di difesa e di pietà insieme. I media non sembrano in genere in grado di riferirne, circondati da una barriera psicologica e di luoghi comuni che nascondono loro la realtà.

Il comandante della base di Hazor, dove gli F-16 vanno e vengono dai cieli del Libano, rollano sulla pista e infilano il muso affusolato negli hangar mentre un pilota affaticato esce dal *cockpit*, siede di fronte a quattro giornalisti europei. So già come andrà l'intervista, sento un dolore alla bocca dello stomaco, l'aria condizionata è troppo fredda. È l'agosto del 2006, la guerra è cominciata il 12 luglio; prima dell'intervista ho aspettato i miei colleghi, due europei e un australiano, fuori della base, seduta su uno scalino in un caldo bestiale, in modo da entrare tutti e quattro insieme dal comandante che si chiama solo Aleph per sicurezza. Li ho visti arrivare uno a uno; e come al solito quando mi trovo con i giornalisti miei colleghi in Israele, ho visto la loro espressione ironica e giudicatoria prima ancora di stringere loro la mano e dire «*Hi*». Imperialisti, ho pensato; oltre all'anima terzomondista allenata nelle università e nelle redazioni degli anni Settanta e Ottanta, c'è in ogni giornalista occidentale un colonialista col relativo fardello dell'uomo bianco, il compito di illuminare la strada al mondo a fronte delle ingiustizie che gli arabi patiscono, non quelle che infliggono loro le corrotte *élites* integraliste islamiche e dittatoriali, ma gli israeliani, o gli americani, gli imperialisti che vogliono solo la guerra. I miei colleghi non hanno paura delle bombe, ti chiedono sovente quand'è l'ultima volta che sei stata a Gaza, quanto paghi il tuo informatore, raccontano quanto è caduta vicina l'ultima Katiusha, e meno male che io ho le credenziali a posto; ma subito mi sento imbarazzata quando ammiccano alla guerra o al comportamento dei palestinesi (che nella fattispecie in quei giorni sono impegnati nel rapimento di due giornalisti di Fox News) come piccolezze di fronte al fatto che l'esercito israeliano è così pericoloso per i giornalisti, o almeno così cretino; più pericoloso, più cretino dei terroristi, di Hamas, degli Hezbollah.

A Kana, il 30 luglio, dopo due settimane di guerra, i bombardamenti degli F-16 hanno ucciso 28 persone in un edificio situato in un quartiere da cui per giorni gli Hezbollah, usando come scudi umani i cittadini, hanno sparato missili di varia gittata che hanno colpito le città israeliane del Nord; Israele sostiene che non sapeva del raggruppamento di persone, e che non aveva scelta dato l'uso continuo della zona per lanciare i missili che colpivano Haifa e Kiriat Shmona. Noi giornalisti, dunque, andiamo a intervistare uno dei comandanti dell'aviazione, sul campo; potrebbe essere lui ad avere ordinato l'operazione che ha portato alla strage. Precisamente come al tempo della battaglia di Jenin nel 2002 (che si rivelò niente affatto una strage ma una feroce battaglia fra l'esercito israeliano che perse 23 uomini e le Brigate di Al Aqsa che ne persero 52, proprio perché l'esercito non volle usare l'aviazione tenendo così al sicuro i suoi uomini), così anche nelle prime ore dopo il bombardamento di Qana i giornali hanno scritto che si era trattato di un'orrida, irresponsabile decisione dell'esercito israeliano, una strage programmata. Nelle ore successive al disastro Israele si è scusato sostenendo che non era a conoscenza dell'assembramento e che aveva volantinato per avvertire che le postazioni dei missili sarebbero state attaccate e che quindi la zona doveva essere abbandonata dai cittadini; ha spiegato anche che i missili degli Hezbollah, celati accanto all'edificio o dentro di esso, portavano morte e distruzione sulle loro città.

Mentre Israele si scusava, alle prime verifiche il numero dei morti è calato progressivamente (come a Jenin) fino a essere dimezzato da 50 a 28. Intanto, pazienti *bloggers* hanno esaminato le fotografie che mostravano il tragico teatro di una strage in cui bambini morti e feriti venivano sgomberati fra le macerie, hanno dimostrato che, nelle otto ore fra il bombardamento dell'esercito israeliano e l'ingresso dei giornalisti, sembra esserci stata una sistematica regia fotografica che ha preparato la scena.

Si tratta dell'uso ripetuto, in pose diverse, di corpi che in realtà sovente sembrano non appartenere affatto a persone decedute, qualcuno si alza resuscitato, poi cambia posizione; a volte cadaveri autentici vengono posizionati in ambiti diversi, una ragazzina alla fine riappare viva e vegeta.

La regia del disastro della popolazione civile libanese sembra essere stata questa volta una moda generalizzata. Una giovane donna, la cui istantanea è significativo, tragico simbolo fotografato a sua volta come affiorata fra le rovine, è stata poi rifotografata su un altro cumulo di rovine a una ventina di chilometri di distanza; altre foto sono apparse sistemate su rovine di mura ma accomodate in combinazioni diverse e in numero diverso, sempre però in modo da dare l'impressione di casuali detriti di vite familiari spezzate.

A scoprire gli inganni, la stampa non ha aiutato. Chi ha scoperto morti e feriti spostati ad arte e fotografati in pose diverse sono stati, come dicevamo, *bloggers* dai nomi giovanilisti e sportivi: Little Green Football,

Powerline, Zombietime, Michelle Malkin, EU Referendum. Cittadini di buona volontà contro la stampa ufficiale che tutta in coro dava notizia delle stragi israliane e rovesciava un'opinione pubblica che all'inizio della guerra aveva finalmente preso sul serio la minaccia islamica contro Israele, data l'aggressione degli Hezbollah. I *bloggers*, non i giornalisti, hanno identificato l'intervento degli Hezbollah. Loro hanno scoperto che i loro fedeli – a meno che non sia stata un'operazione spontanea, artistica, di giornalismo militante – hanno disposto ad arte giocattoli qua e là per suscitare l'impressione che sotto le rovine ci fossero morti a centinaia, e fra loro bambini.

Altri casi di messa in scena sono stati quello della foto scattata da Adnan Hajj, un fotografo dell'agenzia Reuters (una fonte colossale di fotonotizie per i media di tutto il mondo), che ha ritoccato pesantemente il fumo del bombardamento dell'aeroporto di Beirut in modo da fornire un colpo d'occhio più drammatico della realtà. L'idea da propagandare era che Beirut fosse tutta quanta un inferno di fuoco, e per tutti e 34 i giorni del conflitto le fotografie ritoccate sono state continuamente riprodotte sui giornali e nelle televisioni. L'unico quartiere effettivamente attaccato è stato quello di Lahia, nel Sud di Beirut, un'autentica fortezza organizzativa e logistica di Hamas, con checkpoint che dichiarano il diritto degli Hezbollah ad ammettere nel loro Stato armato soltanto chi vogliono. Nel resto della città si conduceva una vita normale, ma non c'era modo di capirlo dai reportage, così come non era possibile capire il disastro umano e materiale (più di 150 morti di cui 43 civili, 3970 missili lanciati su Israele, 4262 feriti, 6000 edifici danneggiati e decine distrutti, trecentomila israeliani costretti a spostarsi al Sud, un terzo della popolazione israeliana nei rifugi, con conseguenze economiche di ogni genere, fra cui la perdita secca di un miliardo e 400 milioni di dollari).

Le televisioni di tutto il mondo hanno ricevuto la copertura più sbilanciata e cieca che si possa immaginare. Tipico della manipolazione dei media occidentali è stato il reportage di Nick Robertson della Cnn. Robertson ha filmato una concitata visita guidata del portavoce degli Hezbollah a Beirut, Hussein Nablusi, che ha semplicemente mostrato la distruzione degli edifici che tutto il mondo ha visto e ha fornito ai telespettatori una chiave di lettura del conflitto: «Gli israeliani vogliono uccidere i civili». Robertson ha sottolineato le parole di Nablusi col suo commento: «Non ci sono prove di equipaggiamento militare qui». Più tardi, lo stesso giornalista ha dovuto ammettere che: «Gli Hezbollah decisero dove dovevamo andare, certamente non c'è stato tempo di guardare sotto le rovine per vedere quello che c'era... Ai giornalisti è vietato l'accesso all'area, e certo non c'era il tempo di verificare se per caso un civile, mettiamo il tassista, fosse poi di notte un Hezbollah».

Quanto alle infrastrutture come i ponti distrutti, la strada Beirut-Damasco o l'aeroporto bombardati in Libano, nessuno si è dato la pena di verificare, di spiegare al pubblico la ragione di questi bombardamenti, che era quella di evitare il rifornimento ulteriore di armi e uomini per gli Hezbollah dalla Siria o dall'aeroporto dove atterravano i cargo con le armi dall'Iran.

Invece di appassionarsi al problema micidiale della guerra asimmetrica e alla immensa difficoltà di combatterla e vincerla, i giornalisti, l'Onu, le varie organizzazioni per i diritti umani, le Ong, i governi europei hanno sentito come bisogno prioritario quello di inchiodare Israele all'idea di «sproporzione» fra l'attacco degli Hezbollah e la risposta dell'esercito israeliano. Solo i *bloggers*, individui singoli, cittadini isolati, si sono presi la pena di dimostrare quanti imbrogli fattuali ci sono stati nel raccontare la storia, e hanno mostrato per esempio come gli impiegati della Croce Rossa a Tiro e a Kana hanno fabbricato di sana pianta un attacco a un'autoambulanza. Da una semplice analisi delle foto, il blogger Zombietime ha dimostrato che le immagini usate sono quelle di una vecchia ambulanza colpita dai danni della ruggine e non da missili israeliani, e in cui un buco sul tetto, proprio in mezzo alla croce (simbolismo ghiotto) era stato praticato da un artigiano, e non da un F-16. Eppure l'Associated Press, il «Time», la Bbc, il «New York Times», il «Guardian» e altri giornali l'hanno considerata una pezza d'appoggio, insieme ad Amnesty International e a Human Rights Watch, per accusare l'esercito israeliano di crimini di guerra in Libano.

Certo, Israele ha colpito edifici e veicoli (camion che secondo l'esercito erano carichi d'armi provenienti dalla Siria), ha causato la morte e la fuga di molti civili dai loro villaggi: ma è strano che i giornalisti e i politici, mentre la gente normale invece lo capisce, non comprendano che nessuna democrazia potrebbe mai accettare che le sue città vengano bombardate da missili senza prendere tutte le misure ragionevoli possibili per evitarlo.

Chiedersi cosa sia proporzionale a un rapimento duplice sul tuo territorio e un attacco missilistico a freddo sui tuoi civili è una domanda che richiede risposte nuove. Il padre di una nuova giurisprudenza in proposito è il già citato avvocato americano Alan Dershowitz. Secondo le leggi di guerra, spiega Dershowitz, è ragionevole attaccare obiettivi militari purché si compia ogni sforzo per ridurre la perdita di civili. Se non si può raggiungere l'obiettivo senza perdite di civili, queste devono essere proporzionali alle vittime civili che sarebbero state provocate dall'attacco nemico, ovvero alle perdite di civili che sarebbero state prevenute dall'azione militare. E questo funziona bene, dice l'avvocato, quando si parla di nazioni democratiche che come Israele collocano le loro basi militari lontano da dove vive la gente. Se un nemico vuole attaccare Israele, può farlo senza toccare le città. Al contrario, sia gli Hezbollah che Hamas attaccano dall'interno di centri abitati, lanciano missili siriani e iraniani caricati a esplosivo e a miriadi di proiettili di piombo per massimizzare la perdita di civili israeliani. Li lanciano da case, moschee, scuole, in modo che qualsiasi risposta appaia «sproporzionata», ovvero in modo da provocare la morte del maggior numero possibile di civili da ambedue le parti. Una concezione della guerra fatta apposta perché il coro di condanne a chi, attaccato, cerca di fermare la guerra, giochi come arma strategica a proprio favore. «Aritmetica della sofferenza» l'ha chiamata Dershowitz: i morti nell'uno e nell'altro campo giocano a favore di chi mette i civili nel mezzo della guerra, e li gioca tutti quanti come proprie pedine. È del tutto evidente, a chi non voglia chiudere gli occhi, che questa nuova situazione non richiede un coro bigotto di condanna, ma un ripensamento il più umano e giusto possibile delle regole di guerra.

Il primo punto è che chi usa i civili sia considerato il vero responsabile del loro destino, come stabilisce la Convenzione di Ginevra: proprio come un rapinatore che si procura un ostaggio è considerato responsabile della sua vita se la polizia colpisce l'ostaggio nel conflitto a fuoco con il criminale. In secondo luogo, lo Stato aggredito deve difendere le vite dei propri cittadini innocenti. Israele non può pensare prima ai civili tenuti in ostaggio dagli Hezbollah e poi ai propri cittadini bombardati ad Haifa: non lo si può chiedere a nessuna nazione del mondo. Una democrazia deve poter scegliere di difendere la sua gente senza diventare oggetto del biasimo internazionale. Dopo il bagno di sangue della Seconda guerra mondiale, oggi anche i bombardamenti degli alleati su Dresda per battere Hitler o degli americani su Tokyo dopo Pearl Harbor riuscirebbero inaccettabili.

Per questo, come abbiamo spiegato, l'esercito israeliano, tenendo fermo l'imperativo categorico della difesa, pure è costruito in modo tale da non ignorare la dottrina basilare dell'uomo moderno, la legge internazionale e l'ispirazione umanista del sionismo. Ma ecco la maggiore causa di antipatia del mondo dei media verso questo Paese: l'invidia etica. Il radicale antagonismo del giornalismo internazionale nasce nell'idea che Israele, pure in perenne guerra contro nemici carichi di un odio primitivo e nazista, pure si sia messo in testa – questi presuntuosi ebrei che credono ancora di essere il popolo eletto – di agire preservando una fiaccola di moralità. È proprio questa fiaccola che i giornalisti, portavoce della decadenza dell'Occidente, vogliono strappare a Israele, rappresentandolo come *il* criminale di guerra per eccellenza.

Quando incontriamo il comandante Aleph, i giornalisti che entrano con me nella base di Hazor lo bombardano con domande tutte dello stesso tenore. Sembra che a loro non interessi molto capire come si combatte davvero una guerra asimmetrica sul terreno, e neppure di che pasta sia fatto un comandante che compie scelte tanto fatali. Cercano con le loro domande una preda soltanto: dimostrare che Israele è un criminale di guerra. Come sapevate che da quella casa si sparavano veramente dei missili? Come si fa a decidere se vale la pena di uccidere anche dei civili? Che razza di servizi avete se non sapevate che dentro la casa di Kana c'erano dei civili? Ma allora lo sapevate o no? Perché avete colpito i quattro rappresentanti dell'Onu? Perché state ancora bombardando i quartieri sciiti di Beirut? Non si rende conto che il mondo vuole il cessate il fuoco, cessate il fuoco, cessate il fuoco? E se ad attaccare sono stati per primi gli Hezbollah, questo non ha nessuna importanza, né conta nulla il loro immenso potere di fuoco, o la determinante sponsorizzazione iraniana, o semplicemente l'odio, la primitività, la volgarità omicida dell'atteggiamento antisemita e antioccidentale di Nasrallah. I giornalisti esprimono palesemente una preoccupazione unica, non gli importa affatto che i missili stiano piovendo sulle città israeliane e non chiedono come sia possibile fermarli. Le domande non mirano a nient'altro che al livello di criminalità dell'ottimo comandante di Hazor.

Il comandante risponde diventando sempre più pallido di collera repressa, spiega di nuovo cose che a lui sembrano ovvie: se un lanciamissili sta sparando sui tuoi bambini e l'hai già visto sparare più volte su Haifa o su Hadera, come vi mostro in questi film, lo devi ovviamente distruggere, o che altro? E se è stato nascosto dentro il garage di quella casa, che resta da fare se non sparare sulla casa? Magari dopo due, tre volte che abbiamo rinunciato a farlo perché abbiamo visto che una donna o un bambino vi stavano entrando dentro? Magari dopo che per un giorno e una notte abbiamo chiesto con volantini di sgomberare? Proprio ieri un mio pilota ha cancellato una missione mentre era in volo perché ha visto una donna avvicinarsi a un obiettivo; e io approvo quando si fanno queste scelte. E tuttavia, una volta identificato il nido di missili, si impongono delle scelte, devi agire. Voi avete dei consigli migliori? Ma i giornalisti, uno australiano, uno britannico e uno francese, non si fanno distrarre: perché non si sapeva che a Kana c'erano tanti civili? E lui: erano 27 e non 56 come è stato scritto, ma per ognuno ci dispiace terribilmente. Sono danni collaterali, abbiamo sbagliato.

Ma per gli Hezbollah non esistono danni collaterali, essi sparano direttamente sui civili, che sono il loro obiettivo; e come mai, se i giornalisti se ne preoccupano tanto, come mai non hanno mai scritto che Nasrallah è un doppio criminale di guerra, visto che usa i civili come scudo umano, e quindi la Convenzione di Ginevra lo considera responsabile della loro sorte? Il comandante non lo fa notare, è stanco e disorientato, ogni tanto inciampa, balbetta in un inglese sempre più *sabra* che arrotola le erre, sembra non sapere che ciò che guida tutto l'interrogatorio, pieno di autentico astio e di vero antagonismo, è né più né meno che una differenza antropologica primaria e una profonda invidia legata a questa differenza.

Il mio amico Amnon Lord, direttore di un giornale israeliano, la spiega in questi termini: ai giornalisti europei è stato inculcato, ed essi lo hanno coltivato, un sistema di valori proiettato verso un certo tipo di ideale, verso un mondo in cui è bandita la sofferenza, il valore personale, l'amore per la patria e per il collettivo, la dedizione fino alla morte alla propria terra, alla propria tradizione. In cui l'uso della violenza da parte occidentale è escluso, mentre da parte di quelli che loro ritengono poveri e sfruttati, tutto è legittimo. Qui vedono davanti a sé, nella base di Hazor, un personaggio che incarna una sfera di valori antica e ferma, che non solo ha le sue radici nell'ebraismo, ma che ha anche saputo ancorarsi alla morale contemporanea dei diritti umani, tanto che il comandante si preoccupa che non vengano colpiti inutilmente innocenti di ambedue le parti. E che tuttavia è pronto a combattere senza compromessi per la sua gente. Un simile personaggio è, per un'ideologia nichilista, un oltraggio, un oggetto di distruzione e di scherno. E lo invidiano.

Invidiano anche quel ragazzo di diciotto, diciannove anni che quando viene buio entra camminando a passo regolare in territorio nemico a dieci metri dal suo compagno più vicino, e non si sente solo né ha paura, eppure sa bene che forse morirà.

4

«Mai più»? Il rischio di un nuovo Olocausto

Fra poco i missili degli Hezbollah, e quindi degli iraniani e dei siriani, cadranno anche su questo prato verde di fronte al mare. La spiaggia del kibbutz Nachsholim da una parte è costeggiata da rovine che raccontano storie di duemila anni fa, i moli di Tel Dor, l'antico porto di epoca biblica, e poi persiana, e poi ellenistica, e poi romana, ancora sfidano le onde; i fiori gialli orlano le spiagge che si susseguono una dopo l'altra, sabbiose, sassose, fatte di pezzi di conchiglia che bucano i piedi; nel caldo diventano spine, vincono i cardi viola che ondeggiano al vento. A sinistra sulla spiaggia, nella direzione del *moshav* Dor, famiglie con svariati neonati che aumentano il rampante tasso di natalità israeliana si accumulano sotto le poche tende, i bagnini intimano dalla palafitta ai bambini fra le onde e le meduse di tornare indietro subito, e lo dicono come nell'esercito il loro superiore, il *mem-pei*, darebbe l'ordine di spegnere i motori del carro armato.

Fra i gruppi di gitanti, che arrivano al massimo da cinquanta chilometri di distanza data la minuscola dimensione di Israele, i pensionati sembrano, col cappello, la borraccia, lo zaino, preparati a una traversata interatlantica in solitaria; un gruppo di soldati oggi, sabato, a riposo fuori delle fabbriche del terrorismo come Jenin o Nablus, camminano sulla spiaggia contenti di esser liberi per qualche ora, ragazzi e ragazze mescolati, con le maniche e i pantaloni della divisa arrotolati, qualche giovane religioso con la *kippà* in testa. L'albergo con le sue camere sulla spiaggia è tutto esaurito, donne in costume da bagno con cappelli di paglia siedono nella parte più esclusiva della spiaggia e su un prato verde retrostante. Ogni mezz'ora la radio trasmette le notizie: l'esercito è dovuto rientrare a Gaza quando un missile Grad, dopo un migliaio di missili Kassam caduti su Sderot e dintorni, ha sfondato il tetto di una scuola della città di Ashqelon; un soldato è stato ferito a Beit Lahia, mentre la sua unità, i Givati, occupava un nido di Kassam; i genitori di Gilad Shalit si tormentano ma non dicono una parola sulla decisione di non trattare con i rapitori del loro figlio, che è nelle mani di Hamas a Gaza da ormai dieci giorni; stasera alla Brihat ha-Sultan, il grande emiciclo romano sotto la Città Vecchia a Gerusalemme, si apre il Festival del cinema; si è aperta al Museo d'Israele la mostra della storia del pane nel suo significato pratico e simbolico, tutti quelli che vogliono fare il pane compresi i bambini sono benvenuti. La mamma di Eliyyahu, il diciottenne rapito e ucciso, dice alla tv dopo che i soldati hanno catturato i rapitori del ragazzo: «Sono così fiera dell'esercito, che grande gioia avere dei ragazzi così valorosi che difendono il popolo d'Israele. Mio figlio certo li guarda da lassù, specie quando mi vengono a trovare e mi abbracciano».

I membri del kibbutz si mantengono lontani dall'albergo sulla spiaggia, si sentono come un aristocratico dinosauro che si autopreserva dal rumore dei turisti, un pezzo di storia, un po' snob e un po' depresso, uno squattrinato gigolò in un mondo che gira troppo veloce. Meduse che evaporano sulla sabbia diventano oggetto di curiosità dei bambini ebrei e arabi provenienti dalla cittadina di Fureidis. Amnon, dopo anni di amicizia, all'improvviso racconta *en passant* che suo fratello fu ucciso nella valle del Giordano durante la Guerra di attrito che seguì immediatamente a quella dei Sei giorni, quando lui aveva sedici anni e suo fratello ventuno; dice che tutto il mito della grande gioia, della soddisfazione dopo la guerra vittoriosa, è una balla, che immediatamente le famiglie, ancora rintronate, si trovarono a un rinnovato continuo stillicidio di perdite.

Il mio amico procede, e racconta con uno strano sorriso di resistenza che qualche anno fa cercava informazioni sul fratello, e quindi telefonò al suo comandante. Gli rispose la moglie: stupita gli chiese se non sapeva che suo marito era stato ucciso successivamente, nella guerra del '73, dai siriani. Amnon resta immobile, con quel sorriso strano. Mi ricordo, dice, di quando nella stessa strada di Talpiot a Gerusalemme nel 1982 vivevano due soldati con lo stesso nome, Yuval Harel. Il padre di uno dei due fu avvertito dell'uccisione del figlio. Era un errore; si trattava dell'altro. Vennero le scuse. Poche ore più tardi, gli angeli della morte tornarono: stavolta, era accaduto davvero. Tutti e due gli Yuval erano stati uccisi. «Be', ci compriamo un drink» dice la moglie di Amnon, che è una scrittrice: è contenta, sta per partire per un ciclo di lezioni in un'università americana. Va via per tanto tempo, sei mesi. «Avrà nostalgia del marito?» chiedo. Un professore dell'università di Bar Ilan tornava, le racconto, ogni fine settimana dagli Usa: gli israeliani considerano spesso l'America come il cortile di casa, è l'unico posto nel mondo dove trovano simpatia. A volte ci restano per sempre; ma in genere, nonostante la sete di partire da quel mondo chiuso da nemici da tutti i lati, tornano a vedere cosa succede in questa guerra e a dare una mano.

Poco lontano prende il sole un medico italiano che ha una casa e una storia di famiglia nel paesino quasi toscano, in collina, di Zikhron Ya'aqov, dove nel 1880 cominciarono ad arrivare i coloni della prima *'aliyyà*; prendevano quasi tutti la malaria mentre piantavano i primi eucalipti. Vi si fa oggi del buon vino, alla salute della memoria del barone De Rothschild, che finanziò i primi insediamenti ebraici in Palestina, le prime coltivazioni e i centri sociali. A Zikhron c'è una lapide per un contadino di provenienza tedesca che era anche un violinista provetto; la sera quando la gente tornava dai campi veniva a sentirlo suonare da virtuoso lo strumento portato dall'Europa. Il padrone della stanza che abbiamo affittato nel kibbutz è un artista del vetro e una persona silenziosa, ha perduto sua figlia che si era avventurata nel solito viaggio che, dopo il servizio militare, tutti i giovani fanno in Oriente cercando di prendere tempo prima di affrontare la vita; tutto il kibbutz per due giorni seppe della morte della fanciulla, perché la segreteria fu avvertita dall'ospedale, ma nessuno fino all'alba del giorno dopo ebbe il coraggio di bussare alla porta nella casa verde di due stanze in cui ancora abita. Adesso il nipote di Avi, così si chiama il mio vicino, è caduto a diciotto anni nella Guerra del Libano, e lui e suo fratello rispecchiano il loro dolore l'uno nel viso dell'altro, vicini di casa in piccole stanze bianche ricche solo del rumore delle onde.

Mentre parliamo, la radio trasmette notizie del soldato Gilad Shalit. Tzahal ha appena bombardato l'ufficio di Ismail Haniyeh, leader di Hamas e a suo tempo braccio destro dello sceicco Yassin, oggi primo ministro, badando però che non fosse in casa, erano le tre di notte. A Tel Aviv la notte bianca ha tenuto aperte tutte le mostre d'arte fino alla mattina: buona affluenza di pubblico. La radio parla, parla, ogni mezz'ora spiega l'inspiegabile, spiega la guerra in tempo di pace, la pace in tempo di guerra; fra una vigorosa spiegazione e l'altra, politici e commentatori si scontrano furiosamente; da quando sono qui, le cose non sono soltanto peggiorate, ma anche migliorate, perché Israele come tutte le democrazie deve sviluppare la qualità della vita. Così, mentre i figli sono al fronte e si piangono lacrime di sangue, si impara dalla tv a fare gli gnocchetti di patate al pesto; i concerti, i dibattiti, il teatro, le mostre, le iniziative umanitarie si moltiplicano. Le notizie avvertono gente in carne e ossa, di continuo, che terroristi con la cintura sono stati catturati di qua e di là mentre uscivano da Betlemme, mentre entravano a Gerusalemme, mentre entravano a Netanya provenienti da Jenin, mentre si infiltravano in un kibbutz provenienti da Nablus... Insomma, un po' dappertutto, e che ce ne sono altri per strada, e poi che un altro Kassam è caduto ora e ci sono quattro feriti. La radio chiacchiera, l'abbassi quando vai in macchina e il ragazzo al checkpoint dalla sua guardiola ti fa segno con la mano di passare: «Ti ho già visto qui ieri?». «Sì, anche l'altro ieri, e il giorno prima» sbadiglia il soldato ormai mezzo addormentato, mentre la radio racconta che a un altro checkpoint il gruppo di guardia è stato attaccato, stavolta a pugnalate.

Questa gente che vedo sulla spiaggia può tacere tante ore da farti diventare pazzo e geloso dei suoi segreti, eppure tutt'a un tratto è viva e rumorosa, sofisticata e moderna o selvaggia e maleducata, perplessa e determinata a vivere. È scettica e populista, poi all'improvviso piena di una fede ardente, una sicurezza di identità che può dare solo il Padreterno, o quel Padreterno che è la storia plurimillenaria di un popolo che della memoria ha saputo fare qualcosa. Stavolta, adesso che ha un esercito per la prima volta da duemila anni a questa parte, vorrebbe che il consueto appuntamento degli ebrei con la morte, *rendez-vous* fisso nella storia, fosse evitato anche se si sta affacciando di nuovo. Ed è decisa a farlo.

Avevo paura per gli ebrei, e scrissi: «Temo che torni l'antisemitismo»; poi è tornato. E allora ho scritto: «Temo che l'antisemitismo sia la mosca cocchiera del terrorismo per tutti». Adesso, scrivo questo libro perché temo che questo antisemitismo segnali il rischio dello smottamento, fino forse al crollo, dell'intera società occidentale. Gli ebrei non ne sono ospiti marginali; la peggiore di tutte le persecuzioni antiebraiche, quella hitleriana, ha quasi segnato la conclusione della storia d'Europa. Scrisse Hannah Arendt in *Le origini del totalitarismo*:

> Molti continuano a considerare un caso che proprio l'antisemitismo abbia costituito il nucleo e il punto di cristallizzazione dell'ideologia nazista. E ritengono di poter spiegare col fattore psicologico di un fanatismo vicino alla follia l'irremovibile coerenza della politica del Terzo Reich, che su tale punto non è mai scesa al compromesso e si è conclusa con lo sterminio di tutti gli ebrei rintracciati nella sua sfera di potere. Soltanto l'orrore [...] ha fatto affrontare la questione ebraica seriamente come una questione politica. Ma ciò non ha impedito che si considerasse semplicemente un pretesto, un comodo trucco propagandistico, quella che i nazisti stessi vantavano come la loro principale scoperta, il ruolo del popolo ebraico nella politica internazionale, quello che essi proclamavano come il loro principale obiettivo, la persecuzione e alla fine lo sterminio degli ebrei nel mondo intero.
> La riluttanza a credere alle fonti e a prendere sul serio

> i nazisti nelle loro affermazioni ideologiche è abbastanza comprensibile. Nessun aspetto della storia contemporanea urta il buon senso più del fatto che di tutti i grandi problemi politici insoluti del nostro secolo proprio la questione ebraica, apparentemente così insignificante, abbia avuto il dubbio onore di mettere in moto l'intera macchina infernale di un apparato di potere totalitario. La palese discrepanza fra causa ed effetto non solo offende il buon senso, ma sconcerta anche lo storico, che non si raccapezza più in un mondo così scompaginato.[7]

Lo stesso capita oggi: in molti, dopo una quantità imponente di dimostrazioni che gli ebrei sono l'ossessione del pensiero genocida contemporaneo, non riescono ad afferrare l'idea che Ahmadinejad sia serio e concreto quando dice che «Israele è un albero marcito che deve essere spazzato via dalla faccia della Terra» o, ancora più precisamente, che «L'Islam non potrà dirsi realizzato finché l'entità sionista non venga distrutta»; o quando il ventenne francese Ilan Halimi viene torturato per giorni in un edificio della *banlieue* parigina fino a essere ridotto quasi a un cadavere e gettato a morire in una scarpata, non si coglie come questo sia un segnale e un risultato della «lotta contro i crociati e gli ebrei» in corso nel mondo intero, e che il conflitto israelo-palestinese si è trasformato in un comma, in uno dei teatri della più generale lotta jihadista.

Per Hamas, che fa parte della Fratellanza Musulmana, è molto più importante affermare, come fa nella sua carta, che gli ebrei hanno causato tutte le guerre mondiali e che il Rotary, il Lions Club e il governo americano agiscono per loro conto e che sono figli di cani e di scimmie, piuttosto che conquistare uno Stato per i palestinesi. Più determinante dei finanziamenti internazionali, della vita dei loro concittadini, della salute e dell'istruzione dei loro bambini, è lanciare i Kassam su Sderot. Altrimenti, una volta acquisito il potere politico nell'Autonomia palestinese con le elezioni del dicembre 2005 e un discreto pezzo di terra a Gaza dopo lo sgombero di Israele, e una quantità enorme di aiuti economici per promuovervi lo sviluppo, avrebbero usato ciò che avevano per ottenere anche la terra del West Bank: infatti Israele ha promesso di sgomberarne gran parte per andare alla soluzione «due Stati per due popoli»; il governo è stato eletto su questa precisa piattaforma, *hitchansùt*: rientro dai territori. Invece, i palestinesi hanno preferito la guerra.

Su Radio Tre in Italia, dove la musica si intreccia ai commenti e alla lettura dei giornali, è facile cogliere un elemento tipico della cultura italiana, che si ritrova però in tutta Europa: gli intellettuali hanno un tono morbido, fanno spesso uso di espressioni come «se si vuole», «si può dire che...», «in un certo senso», ostentano dubbi e incertezze. La mia preferita è «in qualche modo», espressione di pura confusione mentale. La discussione è spesso metodologica, se ci sono accuse sono indirette e velenose, nella disputa spesso si sottintende che l'interlocutore sia inattendibile e indegno. Indegnità rispetto a che cosa? Rispetto a uno sfondo culturale condiviso e non negoziabile, in una dimensione antropologica quasi totalitaria: uno sfondo secondo cui il multiculturalismo è un bene senza inconvenienti, l'Islam è quasi sempre moderato, George Bush è «stupido», e Israele è la causa di tutta la confusione. Chi non ci sta è indegno, anzi, è di destra. Le notizie su Israele suggeriscono un'interpretazione univoca. È vero o no che i palestinesi dentro Gaza stanno morendo di fame per colpa dell'occupazione e non anche della loro *lea-*

dership? È vero o no che la famiglia Ghalia è stata sterminata sulla spiaggia di Gaza da un proiettile israeliano? Anche se non è vero, e nessuno dei due casi è vero in base ai dati che si possono raccogliere sull'argomento da fonti più credibili di quelle degli attivisti palestinesi, pure resta per sempre vero sulla base della coscienza collettiva indotta. Soprattutto si spalma sulle notizie il miele avvelenato, particolarmente appiccicoso, dell'equidistanza: e così nasce «il ciclo della violenza», slogan popolare, ripetuto in tutto il mondo, per cui se la Corea del Nord lancia un missile verso il Giappone nella giornata della festa dell'indipendenza americana, l'origine sottintesa dell'esibizione dei muscoli di Pyongyang sta nell'intrinseca violenza della prepotenza americana, disvalore universalmente riconosciuto come tale; e se Israele cerca di fermare i missili Kassam, i commentatori dicono che ha aggredito Gaza e la vuole rioccupare.

E dopo sei anni di attacchi gratuiti degli Hezbollah dal Libano anche dopo che Israele se n'è andato, quando Israele reagisce perché sul suo territorio nazionale si sono rapiti due soldati e uccisi altri oltre a sparare sulla gente nelle case del Nord, un giornalista che mi intervista alla radio mi chiede di parlargli della situazione in Israele: «Ora che Israele ha attaccato il Libano così duramente, gli Hezbollah rispondono con missili Katiusha» introduce. Questa è l'informazione. La sua struttura e il *bon ton* della società sospirosa impediscono «in qualche modo» di capire alcune cose semplicissime, come per esempio che l'Italia entrerebbe in guerra, eccome, se la sua terza città, Napoli (come Haifa in Israele), venisse bombardata e i suoi soldati rapiti; che se una città, Sderot o Ashqelon, viene bombardata tutti i giorni, bisogna difendere i cittadini, fermare i missili; e se hai già provato mille volte a porgere la mano a qualcuno per fare la pace, e quello rifiuta, non resta altro che la deterrenza.

Sembra molto difficile comprendere che ci sono stati tre disimpegni totali di Israele, fino all'ultimo centimetro, il primo da tutte le città palestinesi in base all'accordo di Oslo, e poi da Gaza e dal Libano, e che proprio da quei territori, contro il sogno che immagina che il ritiro da territori porti pace, sono venuti attacchi che hanno portato a una nuova guerra; e le terre consegnate nelle mani di coloro che avrebbero dovuto costruire, se davvero intendevano con la loro lotta ricevere territorio e non distruggere Israele, sono diventate casematte, depositi di Kassam e Katiusha, profondità strategiche in cui usare le case come nascondigli e la gente come deterrente al contrattacco. Quanto alle eliminazioni di capi terroristi e dei loro aiutanti, come può non essere evidente al buon senso che dopo aver cercato la resa o l'arresto di chi ti vuole uccidere, alla fine, se lui seguita a sparare o ha un ruolo determinante nel preparare la tua morte, non hai che da spararagli a tua volta per evitare che ti uccida? Molto spesso l'eliminazione avviene quando il terrorista è in procinto di ucciderti, o è impegnato nell'organizzazione dei crimini.

Secondo l'indagine compiuta dal generale Giora Eiland, dopo il rapimento di Gilad Shalit nel giugno 2006, i terroristi, una volta usciti dal tunnel che avevano scavato per attaccare quella postazione dell'esercito di stanza sul confine di Israele con Gaza, non sono stati abbattuti o messi in fuga perché non è arrivato ai soldati di Tzahal l'ordine di sparare. Prima di darlo, i comandanti devono seguire precise regole di ingaggio. Eliezer Shkedi, il capo dell'aviazione israeliana, ha dichiarato che se vede un terrorista che sta per sparare un missile ma tiene per mano un bambino, anche se Sderot è in immediato pericolo, ferma l'operazione. È giusto questo? L'avvocato Alan Dershowitz, già citato, ha cercato recentemente di individuare i criteri per cui ci si possa difendere senza ledere i diritti umani di cui la nostra civiltà va fiera. Il principio fondamentale è: se qualcuno ti vuole uccidere, ed è certo che ti vuole uccidere, e sta venendo a ucciderti, o sta pianificando la tua prossima fine, devi fermarlo. Non farlo è una violazione dei diritti umani ben peggiore, è una forma di collaborazione con gli assassini. «Se si vuole», direbbe un nostro intellettuale, «in qualche modo», in caso non lo si faccia, si muore, e si permette che vengano uccisi i nostri cari.

La nuova antropologia dell'Occidente a rischio, che anche se ci bendiamo gli occhi vive immerso nello scontro delle civiltà, si deve mutare in prospettiva – che gli piaccia o meno – nel volto dello Stato ebraico, del sionismo stesso, che disegna oggi un modello: quello di una democrazia in guerra. Israele è sul confine, noi nelle retrovie, ma siamo nella stessa condizione: dobbiamo conservare il rispetto del diritto unito alla determinazione a difendere se stessi e i propri cari senza remissione.

È perché questo è vita quotidiana, è perché se un terrorista suicida viene identificato deve esserci qualcuno intorno, e c'è sempre, pronto a gettarglisi addosso e a scoppiare con lui pur di spingerlo lontano dalla comunità: è per questo che si è definito un carattere nazionale nuovo, che consente di difendersi, senza perdere di vista la cultura dei diritti.

Il coraggio è una conseguenza di questa educazione: quando piovono le Katiushe su Naharia e Haifa, i sindaci hanno un grande problema, come convincere i cittadini a entrare nei rifugi quando la sirena annuncia il prossimo missile: «Tanti saluti a Nasrallah, lo invitiamo a venirsi a godere il mare di Naharia, invece di tirarci le bombe. Noi, comunque, che lo sappia bene, non ci muoviamo di qui, non ci fa paura» fa il bullo alla radio un cittadino che racconta di non aver rinunciato alla sua nuotata quotidiana.

Il tono degli israeliani alla radio è diverso dal nostro fin nelle voci degli speaker: è grave e determinato quando si parla della gente e dei suoi drammi; resta scherzoso e ironico e molto scettico nel racconto delle scelte del potere, ma conserva delle inflessioni militari, riflette ammirazione per l'eroismo dei soldati, disprezzo per le dichiarazioni antisemite di Ahmadinejad, determinazione nel non sopportare le minacce continue di Hamas; quando riferisce che il ministro degli Esteri palestinese Al Zahar ha detto che lui sogna di attaccare alla sua parete una carta geografica senza lo Stato d'Israele, un po' gli viene da ridere, un po' si sente che è arrabbiato sul serio. Quando c'è scontro fra opinioni, è radicale, diretto e feroce. Ma c'è un sottinteso che presso di noi non esiste, ed è che i due o i tre che litigano alla fine abitano nella stessa casa che deve essere salvata dal fuoco.

Spesso la persona che oggi discute alla radio di politica è stata, nel passato, come Ehud Barak o Bibi Netanyahu, membro della *Sayyeret Matkal*, l'unità speciale di combattimento, che ha salvato ostaggi sugli aerei e compiuto missioni molto difficili all'estero. Tutti parlano della guerra per esperienza diretta, nessuno si fregia di idee buoniste. Ephraim Sneh, un signore piuttosto grassoccio che è stato viceministro della Difesa al tempo di Rabin, oggi deputato dei laburisti, che alla radio dice le sue opinioni con poche parole borbottate, è stato il medico al seguito della missione a Entebbe. Fra i giovani che incontri a una conferenza o in discoteca, parecchi servono in unità dove le azioni che richiedono un coraggio quasi impraticabile sono la norma. I *mistaravim*, per esempio, infiltrati fra i palestinesi e nei Paesi arabi, possono per giorni fingersi parte di comunità locali parlandone la lingua e interpretandone perfettamente usi e costumi, fino a che compiono d'un tratto un rapimento o fuggono dopo aver carpito informazioni decisive. La doppia lettura delle parole di un interlocutore che si esprime sui media è centrale nel peso che di fatto, anche senza esserne consapevole, gli dà il pubblico. La radio, la tv, trasmettono, per così dire, sempre fatti oltre che discorsi e questo rende gli ascoltatori, i cittadini, meno manipolabili. Il riscontro è sempre nella storia recente.

I cittadini di Gerusalemme mandano a dire, sempre per radio, a quelli di Haifa che nei giorni in cui il terrorismo suicida non ha risparmiato un angolo, nessuno è scappato da Gerusalemme: «Non vi muovete neanche voi, tenete la posizione, noi vi abbracciamo, come il momento brutto è passato da noi, passerà anche là. Andrà tutto bene, *iyyè be-seder*». Shkedi, oggi comandante dell'aviazione, figlio di un sopravvissuto dell'Olocausto, dice: «Quando ho conquistato le ali, il giorno in cui a vent'anni sono divenuto pilota, ho sentito che stavo facendo qualcosa che restituiva significato alla vita di mio padre». Il pilota militare che mi ha raccontato che una volta ha fermato un'azione di eliminazione mirata perseguita per mesi perché è uscita una donna da un portone, molte altre azioni, invece, racconta tranquillo, le ha portate a termine: «Perché mi dispiace premere il grilletto, ma mi dispiace molto di più quando salta per aria un autobus perché non l'ho premuto».

La vita di confine che Israele vive non potrebbe continuare senza tutte queste facce della medaglia, senza l'impasto della cultura democratica e dei diritti umani tipici delle democrazie, con la lezione di una vita difficile. Anche le madri devono saper sopportare per i tre anni della ferma e per tutte le chiamate nelle riserve, anno dopo anno, devono fronteggiare l'evento sconvolgente che il bambino di diciotto anni sia al fronte in condizione di pericolo di vita. Quel figlio, come da noi, è tutto per lei, e la democrazia non consente di costruire ideologie retoriche e guerrafondaie in cui i ragazzi invece che fini diventano mezzi.

Il bambino resta tale anche quando è in missione, non diventa mai uno strumento di Dio o del Popolo. Ma la madre, magari dopo aver scelto di partecipare a tutte le organizzazioni e a tutte le manifestazioni contro la guerra, alla fine è patriotticamente al suo fianco, sostiene il figlio e l'esercito. I cantanti pacifisti durante la guerra si pregiano di esibirsi per la Tzavà.

Il Paese resta unito anche durante uno scontro interno senza quartiere come quello che si è svolto a Gaza nell'agosto 2005, al tempo dello sgombero, dove non a caso il testa a testa dei coloni con l'esercito si è concluso senza morti e feriti. «Io ho ragione perché adempio a una legge dello Stato» ho sentito un soldato dire a un giovane colono che gli rispondeva: «Io ho ragione perché eseguo la volontà di Dio». Dopo questo perentorio scambio di idee, il colono si è lasciato trascinare al pullman che per sempre lo sradicava da casa sua. Il primo dovere dell'uomo che sa combattere il terrorismo è la condivisione delle scelte della democrazia: la regola della legge fornisce il ritmo, ma la sopravvivenza è il leitmotiv. Questa melodia è la caratteristica dell'uomo sionista odierno.

«Sionismo» è ormai una parola controversa, una parola che invece di essere percepita come buona, positiva, piena di vita e di amore come di fatto è, viene disprezzata: «sionista» è nell'uso corrente quasi un insulto. È un errore che potremmo pagare caro. Perché nel sionismo, invece, è contenuta la salvezza. Esso tenta di realizzare, infatti, il modello di costruzione di uno Stato democratico che sappia combattere per la salvezza dei propri cittadini e della propria forma politica. Per quanto possa certo meritarsi delle critiche anche serie per ciò che non riesce a controllare nell'ambito sia civile sia militare, pure, per quello che riesce a controllare, è un Paese che non compromette i suoi princìpi giuridici e morali, la cui Corte Suprema è un esempio per i giudici di tutto il mondo, la cui libertà di stampa rasenta la rissa, il cui esercito ritiene la purezza delle armi indispensabile, ma che agisce senza esitazione quando si tratta di fermare un terrorista; una società che non si fa spaventare dagli attentati e seguita a vivere la sua vita in cui riunirsi, aggregarsi, parlare liberamente in pubblico contraddicendosi l'uno con l'altro è lo sport nazionale.

Il cittadino che ha costruito la sua terra in questi sessant'anni di sfida permanente ha la consapevolezza che la vita non è regalata, e che la responsabilità dei suoi cari e di se stesso non è altro che sua. Responsabilità è la parola chiave. Con tutti i suoi limiti, i suoi difetti, le sue umane miserie, un nuovo tipo di cittadino democratico è il protagonista della storia del sionismo.

Ma l'aggettivo sionista è stato ormai accordato in una sola emissione di fiato con «nemico». E anche chi non fa uso dell'espressione «il nemico sionista» al posto di «ebreo» giorno dopo giorno come gli Hezbollah, l'Iran, la Siria, Hamas, pure ha ormai nel cuore e nella mente una nera galleria in cui si è annidata la calunnia. Crimini di guerra, razzismo, apartheid, atrocità, disumano attacco, occupazione... Le associazioni con la parola «sionismo» hanno tutte un carattere criminale.

È vero tutto il contrario: da quando l'indipendenza ebraica fu distrutta dai romani nel 70 d.C., l'ebreo errante è divenuto per duemila anni l'incarnazione stessa del popolo ebraico, che, al contrario di tutti gli altri popoli dell'epoca, è sopravvissuto come nazione e come cultura grazie alla sua forza morale e al suo attaccamento alla propria identità di cui Gerusalemme è la colonna portante. Obiettivo di incessanti pogrom, cacciate, stermini, gli ebrei sono stati l'agnello sacrificale di tutti i tiranni, re e despoti che li hanno governati in ogni parte del mondo. Gli ebrei hanno subìto ogni accusa infamante che potesse farne, ai fini egemonici di questa o quella potenza secolare o religiosa, l'oggetto innocente dell'odio popolare: l'accusa della sete di sangue e quelle legate alla teoria della cospirazione per conquistare il mondo sono la base dell'antisemitismo, e ambedue oggi si presentano, pur dopo la Shoah, con agghiacciante puntualità. Israele, l'ebreo collettivo, è diventato la sentina di tutti i mali, i sionisti, i suscitatori di disordini di ogni tipo, in particolare i responsabili di ogni tumulto mediorientale, anche di quelli in cui palesemente non c'entrano proprio niente.

Nella più profonda sofferenza gli ebrei non hanno mai dimenticato la loro madrepatria, Israele. Lo hanno amato per duemila anni e più, come oggi. Anche nei campi di concentramento gli ebrei pregavano volti verso Gerusalemme e invocavano il ritorno nella loro città elettiva. Non stupisce che Winston Churchill abbia detto: «Dovete lasciare che siano gli ebrei ad avere Gerusalemme: sono loro che l'hanno resa importante». Dopo millenni in cui ogni giorno gli ebrei hanno pregato per tornare a casa, una volta riuscitici vivono con spirito di missione questa fase storica, che siano religiosi e credano in un dono di Dio, o laici e credano nell'eccellenza umana.

Ci può essere un movimento più morale di quello che vuole tornare alla propria madrepatria per costruirvi una democrazia, nonostante dintorno il panorama sia disseminato di dittature? Che resiste dal primo giorno della sua nascita all'assalto di forze sempre totalitarie, sempre antisemite, sempre terroriste? Nonostante Israele sia costruito sul confine di Stati per lo più aggressivi e islamisti, assediato da movimenti pieni di odio verso l'Occidente cristiano ed ebraico, gli israeliani da soli, senza chiedere aiuto a nessuno, hanno resistito agli attacchi creando un tipo di cittadino per cui la democrazia risulta la trincea della sua stessa salvezza. Vero o falso, così sente la destra e la sinistra.

Basti pensare a quanto sarebbe stato facile per Israele limitare la libertà di azione e di parola dei suoi cittadini arabi, che spesso sono alleati del nemico. Certo, i problemi sociali non mancano, e neppure quelli politici, ma sono paragonabili a quelli di ogni società divisa fra un Nord e un Sud. Gli arabi israeliani si trovano in Parlamento e nei ministeri, hanno un ministro che fino a ieri era vicepresidente della Commissione difesa, sebbene come il deputato Azmi Bishara facciano visite di solidarietà a Bashar Assad di Siria e ad altri leader in guerra con Israele, e si uniscano al loro coro nel condannare lo Stato ebraico a morte. Che alla fine gli arabi d'Israele però scelgano questo Stato, lo dimostra la battaglia senza quartiere che fanno all'idea di scambio territoriale fra zone abitate da loro e zone a maggioranza ebraica. La definiscono un'idea razzista e di *transfer*. La sola idea di rinunciare alla cittadinanza israeliana li riempie di orrore.

Sarebbe stato facile per Israele anche proseguire con il recinto di difesa secondo le linee stabilite all'inizio, e invece ne è stato modificato il percorso in base alle indicazioni della Corte Suprema per non causare ulteriore sofferenza alle popolazioni. Sarebbe facile per Israele usare il suo esercito senza freni nelle operazioni di difesa, nelle azioni di polizia, negli attacchi aerei, mentre invece i criteri seguiti, cercando di risparmiare la popolazione civile, legano sempre un braccio dietro la schiena a chi combatte. E quanto sarebbe stato anche facile per il sionismo, per Israele, perdersi e perdere innumerevoli cittadini, in nome di astratti princìpi e della paura dell'opinione internazionale, invece di combattere per la sopravvivenza.

La dura vita d'Israele è vissuta così anche per noi, Israele non è la misera narrativa dell'occupazione e di «terra in cambio di pace», è invece l'epopea di un popolo che ha subìto tutte le peggiori ingiustizie del mondo e che è tuttavia rinato ogni volta grazie alla sua forza morale. Ma per conservare la menzogna che ci consente di andare d'accordo con gli arabi e con l'Onu, accederemo, e ci siamo già in mezzo, alla trappola concettuale in cui l'Europa è caduta, e che ha al centro come esca e come prima preda la questione ebraica.

Israele, che è l'espressione più rilevante e completa dell'ebraismo, si trova sulla pericolosa prima linea dello scontro in cui l'Islam tenta di nuovo la conquista del mondo. Ma tutta la sua vicenda viene letta in modo che non solo nega questa realtà, ma che ne stravolge completamente i connotati fino a renderlo oggetto di un odio i cui documenti, sin da prima della sua stessa nascita, sono in possesso di tutti. La narrativa suggerita dal mondo arabo ha fatto di Israele un criminale internazionale, gli ha attribuito tutte le caratteristiche che lo rendono degno della pena di morte, dall'illegittimità della nascita all'apartheid. Un infelice incontro fra questa lettura e il diffondersi della guerra jihadista anche dentro i confini dell'Europa hanno gonfiato il fenomeno.

Nei giorni del luglio 2006 in cui Israele cercava di liberare il soldato Gilad Shalit, rapito dentro i confini di Israele durante un'azione militare in cui altri due soldati erano stati uccisi e quattro feriti, dopo lunghi mesi in cui da Gaza ormai del tutto palestinese i missili Kassam erano piovuti sulle cittadine israeliane dentro la Linea Verde, da tutto il mondo venivano a Israele inviti alla moderazione, a non entrare dentro Gaza, a lasciare liberi gli arrestati appartenenti al governo di Hamas, che pure è un'organizzazione terroristica in piena attività.

I giornali hanno dato segno, con i loro commenti, di ritenere che i pazzi non siano quelli che una volta ricevuta in mano Gaza invece di farne un esperimento di governo e di produttività l'hanno trasformata in una base di tiro per colpire civili israeliani; che i pazzi non sono quelli che hanno fatto a pezzi le serre e le strutture industriali ricevute in eredità dagli israeliani, e neppure quelli che si sono accaniti con i picconi contro le pietre delle sinagoghe come fossero stati esseri umani da fare a pezzi. I pazzi sono quelli che si difendono dal terrorismo, che vogliono destrutturare un potere che ha come scopo quello di distruggere il loro Paese e di uccidere i loro concittadini e familiari.

Ma è un cemento irrinunciabile per tutto il sistema

della politica europea che la narrativa della guerra israelo-palestinese resti ancorata alla stessa errata costruzione ideologica di tutti questi anni, anche se Hamas, palesemente, invece che le aspirazioni nazionali palestinesi difende quelle della *'umma* dei Credenti: l'occupazione è responsabile di tutto, *land for peace* la soluzione, l'apartheid la conseguenza di un immaginario rifiuto a cedere terra in cambio di pace da parte del governo di Gerusalemme. L'apartheid, proprio il Paese che con le operazioni «Salomone» e «Mosè» è andato a prendersi i suoi neri in Etiopia e in Sudan.

Da quando alla fine dell'agosto 2001 la conferenza internazionale dell'Onu a Durban sul razzismo si trasformò in una conferenza razzista su Israele, la definizione di Israele come Stato di apartheid è diventato il segnale della trasformazione genocida dell'odio musulmano, il segnale che uno Stato indegno e delegittimato deve essere distrutto: non è un caso che all'escalation antioccidentale di quei giorni sia seguito l'attacco alle Torri Gemelle, il primo grande gesto della guerra jihadista guerreggiata.

L'odio verso Israele che emanava fino dalle mura del palazzo sede della conferenza e dallo stadio adiacente sede delle Ong che la affiancavano era uno squillo di tromba. Israele divenne il nemico pubblico numero uno, ancora di più che ai tempi della Guerra fredda, che ne aveva fatto la *longa manus* dell'imperialismo americano. Qui la teorizzazione dell'indegnità di Israele comincia un suo cammino di conquista anche degli intellettuali europei e americani, portandoli fino alla contestazione della nascita dello Stato ebraico e a proposte, come quella dello Stato Binazionale, che di fatto lo cancellerebbero.

Mugabwe, Fidel Castro, Yasser Arafat furono le star di

quella conferenza che metteva insieme la denuncia degli Usa per l'antica deportazione dei neri verso la schiavitù e quella dell'apartheid di Israele. Ambedue queste denunce (basate su una quantità di scemenze storiografiche ripetute come vangelo dai militanti fino a un documento ufficiale che non chiedeva ancora la distruzione di Israele, ma, per esempio, non menzionava la Shoah come parte della storia del razzismo) avevano un carattere definitivo, di condanna storica senza appello, in nome dei diritti umani più basilari. Gli Usa e gli ebrei erano, nel discorso pubblico di Durban, schiavisti e razzisti perché la loro malvagia attività è sempre radicata nello stesso ceppo, nella natura dell'Occidente imperialista. Le folle delle Ong per le strade inneggiavano a Bin Laden, mentre i manifesti che mostravano George Bush e Sharon erano ornati di svastiche, di immagini di sangue e morte. In quella stessa città dove il presidente Mbeki metteva in scena il suo indiscutibile festival di vittoria contro l'apartheid, si lanciava di nuovo a livello planetario, con l'ombrello dell'Onu, la condanna a morte degli ebrei e dei loro supposti sponsor, gli americani.

Davanti al palazzo in cui si svolgeva la conferenza, un mercatino di oggetti africani molto frequentato dai delegati era sede di interviste e colloqui sporadici. Ho incontrato i Dalit, gli intoccabili indiani, o gli indios e gli aborigeni dell'Australia sull'orlo dell'estinzione, e nessuno mancava, alla fine dei nostri tragici colloqui sulla loro condizione, di accusare gli Usa e – quel che è più sorprendente – Israele, di cui a malapena conoscevano la posizione geografica su questo globo, e che era così remoto dalle loro vite disperate.

I ragazzi ebrei del luogo e quelli delle delegazioni venivano inseguiti e picchiati quando dai marciapiedi osservavano stupefatti le manifestazioni che gridavano slogan antisemiti, alcuni si toglievano la *kippà* per non farsi individuare, chi osava parlare per difendere Israele nelle assemblee allo stadio veniva cacciato, fischiato, malmenato. Da allora una quantità di obiettivi occidentali in tutto il mondo sono stati fisicamente attaccati, e hanno avuto luogo molti omicidi e violenze antisemite. Come ricordavamo, Ilan Halimi, un ragazzo ebreo parigino come ce ne sono tanti, è stato rapito e martirizzato senza che nessuno, negli appartamenti del casamento popolare da cui i rapitori entravano e uscivano e dove si udivano i rumori dell'assassinio, dicesse una parola. E dopo la sua morte solitaria in una scarpata dove era stato gettato dal gruppo di giovani musulmani che lo aveva rapito e torturato, non pochi hanno sostenuto a lungo che non si trattava di un delitto a sfondo antisemita, ma di uno dei tanti comprensibili gesti di rivolta di una *banlieue* emarginata. Un'interpretazione dei fatti simile a quella per cui si dice che le «critiche allo stato d'Israele» sono critiche politiche, e non dettate da odio antisemita.

5

Mai più

Cosa vuole dire «mai più», la formula che l'Europa e il mondo hanno cominciato a ripetere in coro subito dopo l'Olocausto? Dovrebbe essere una promessa del mondo, non tanto agli ebrei quanto a se stesso, che gli eccidi di massa, le pulizie etniche, le atrocità che distruggono interi popoli non avranno più luogo.

Ma si vede che non è così: in Cambogia negli anni Settanta, in Bosnia negli anni Novanta, in Darfur da troppo tempo e ancora mentre stiamo scrivendo, la comunità internazionale ha visto, vede svolgersi dei genocidi. E non fa molto per evitarlo. La Shoah è stato un genocidio gigantesco, sistematico, senza precedenti né paragoni, ma anche questi sono genocidi. Abbiamo creduto che la Shoah avrebbe insegnato al mondo ad astenersene per sempre. Ma invece di diventare un insegnamento, come dice il professor Yehuda Bauer, direttore del Museo della Shoah di Gerusalemme, è diventato un precedente: «Il mondo, studiando l'Olocausto, ha visto quanto sia facile perpetrarlo. Gli estremisti islamici hanno imparato che lo possono fare di nuovo».

Il genocidio è esistito dai tempi della nascita della civiltà umana. Ed esserne testimoni o complici, anche molto da vicino, non è servito a niente. Con la conferenza di Teheran che nel dicembre 2006 ha negato ufficialmente e coralmente l'Olocausto, il mondo occidentale si è trovato di fronte alla presentazione del più aggiornato teorema per l'eliminazione del popolo ebraico: gli ebrei, dicono i negazionisti iraniani, hanno usato la Shoah per pretendere l'appoggio e persino la complicità del mondo nel costruire Israele (naturalmente, diciamo noi, la vicenda del sionismo è tutta diversa, anche se l'elemento della necessità ne è una parte); poiché, invece, la Shoah non è mai esistita, dunque Israele non ha nessun diritto di esistere. Non solo: per quel poco che possiamo oggi ammettere sulla persecuzione antisemita, dato che gli ebrei sono gli sfrenati e orridi persecutori dei palestinesi che congiurano e bevono il sangue arabo, suggerisce l'Iran, l'idea di eliminare gli ebrei era comunque buona; e dato che la Shoah nasce in Europa, è l'Europa che deve risolverla prima di tutto ripudiando Israele, e semmai ripigliandosi indietro gli ebrei superstiti. Questa la nuova teoria di base che Ahmadinejad usa per ergersi a leader della prossima soppressione genocida degli ebrei, per il completamento dell'Olocausto. Come per Hitler, la loro distruzione è per lui centrale come scopo strategico e tattico: per indurre la rivoluzione escatologica che porterà al trionfo dell'Islam, per essere il portabandiera dell'odio consensuale che il popolo ebraico solleva o può sollevare.

Il 4 luglio 1946, all'indomani dello sterminio, nella città polacca di Kielce, sulla base della testimonianza di un bambino polacco che sosteneva di essere stato rapito dagli ebrei, si sparse la notizia che gli ebrei avevano ucciso vari cristiani e ne avevano usato il sangue per scopi rituali. Le loro case vennero bruciate, gli ebrei vennero buttati dalla finestra, picchiati a morte,

500 operai dell'acciaieria Ludiwokow lasciarono gli impianti con coltelli, bastoni, forconi, sbarre di ferro e si precipitarono fra slogan antisemiti, accompagnati anche dalle mogli, a uccidere gli ebrei. Così di quei pochi disgraziati che erano riusciti a sopravvivere all'Olocausto, in quel giorno ne furono sterminati 60 e feriti altrettanti. «Dopo aver tanto studiato la Shoah» dice Bauer «capisco che l'intento genocida è innato nell'essere umano.»

Ma ciò che ha reso diversi i genocidi del ventesimo e del ventunesimo secolo sono i metodi e le cifre, ovvero la disponibilità di armi che rendono possibili stragi di massa. Lo studioso americano Rudolph Meller sostiene che nel secolo scorso 262 milioni di persone sono state sterminate. Nel Darfur, 400.000 musulmani neri sono stati sterminati da musulmani beduini. Su 4 milioni e 600 mila abitanti, almeno due milioni vivono nei campi profughi. Secondo il Consiglio per la prevenzione del genocidio di cui Bauer fa parte e che è formato da dieci studiosi di varie parti del mondo, ci sono 46 punti caldi dove ci si possono aspettare esplosioni di violenza di massa. Zimbabwe, Burma, Congo, una regione del Sudan orientale (non il Darfur); in Macedonia, il fuoco è stato per ora spento dalla Nato e dall'Onu; le cose vanno male anche ad Aceh, a Sumatra, in Indonesia, dove lo *tsunami* ha forse bloccato una strage imminente.

In Israele, sostiene Bauer, il genocidio è certamente possibile: ogni popolo secondo lui è genocida in potenza, ma mentre Israele ha solo un gruppetto di estremisti pericolosi per gli arabi, il mondo islamico, da quando l'eccitazione jihadista lo pervade, ha messo in moto una massa di odio che ha precedenti solo nel nazismo. Hamas è un'istituzione genocida nel programma e nella organizzazione, e lavora in collaborazione con l'Iran, con la Siria, con gli Hezbollah, talora con al-Qaida, con altri gruppi jihadisti che hanno dichiarato il loro interesse al genocidio degli ebrei come premessa per la disfatta degli Usa e la conquista di tutto l'Occidente. L'Iran è guidato da un fanatico demagogo antisemita che nega l'Olocausto e che di questa negazione fa una bandiera per preparare uno sterminio dichiarato: «Israele è un albero secco e marcito che sarà distrutto da una tempesta».

Queste volgarità tuttavia sono accompagnate da una decisa corsa alla bomba atomica e dalla costruzione di missili che acquistano sempre maggiori possibilità di volare lontano, sempre più lontano: lo Shihab Due già può raggiungere Israele, il Tre l'Europa, il Quattro arriverà alle coste americane mentre il numero delle centrifughe aumenta in misura di migliaia: un gioco del gatto col topo in cui il gatto prende tempo sapendo che il topo, dominato dall'incertezza, compirà una serie di movimenti inconsulti, fino a stancarsi. L'ayatollah Khamenei aveva spiegato già prima di Ahmadinejad che con una sola bomba atomica Israele, che è piccolo, può essere eliminato completamente, mentre l'Iran è molto grande.

Chi si chiede come mai Ahmadinejad sia così sfacciato, come mai non tema una rappresaglia fatale che comunque potrebbe distruggere Teheran, non pone una domanda giusta. Il presidente iraniano disprezza le questioni strategiche normali, quelle per cui elemento di giudizio primario è la salute del proprio popolo, che soppesano quanto sangue potrebbe essere sparso e che prendono in considerazione la possibilità di essere colpiti in modo letale a propria volta. La deterrenza non ha senso quando si parla di un leader sciita che pensa che il suo compito sulla Terra sia quello di consentire l'avvento del Mahdi, il dodicesimo imam che porterà la salvezza escatologica con la sconfitta degli infedeli e la vittoria dell'Islam. Gog e Magog sono cordialmente invitati, e non temuti, Ahmadinejad ha più volte detto che si sente destinato a questo scopo celeste, esaltato dall'entusiasmo delle folle dei guardiani della rivoluzione, e dal coro islamista mediorientale che lo considera sempre più come il leader della *reconquista* islamica.

L'avvento di Ahmadinejad non ha cambiato i termini dottrinali del khomeinismo, che era già perfettamente descritto nei testi di Khomeini in parsi e nei suoi discorsi incisi su nastro magnetico nell'esilio di Parigi e poi diffusi a Teheran; ma certo la situazione è molto peggiorata da quando la sua *leadership* detta l'agenda della Persia, una terra nobile, un impero antichissimo, una comunità compatta e dominatrice di artigiani, guerrieri e mercanti. I mediorientalisti notano un'arabizzazione dell'Iran, forse dovuta alla foga di diventarne potenza egemone in barba alla differenza di storia e di cultura.

Ahmadinejad conduce una guerra di conquista prima di tutto degli arabi (come si vede in Libano) sollevando l'ondata incontrollabile dello scontro sciita-sunnita. L'Iran finanzia Hamas, l'Iran trasforma col suo denaro, i suoi uomini, la sua influenza, tutto il Medio Oriente, tiene al calor bianco la situazione irachena, fa della Siria una tragica emanazione, una centrale di distribuzione di armi e denaro. E di Israele, il primo fronte occidentale da radere al suolo.

Ahmadinejad ha fatto per il khomeinismo ciò che Mao Tse Tung ha fatto per il comunismo. La sua è una Rivoluzione culturale contro le deviazioni borghesi dalla retta strada della religione, contro la corruzione e le mollezze, contro l'annacquamento della fede: i suoi appelli agli studenti a denunciare ed eliminare dalle università i professori borghesi, le sue lettere al popolo americano, i suoi inviti al presidente Bush a scegliere la retta via e a convertirsi sono lo sfondo populista dell'organizzazione di decine di migliaia di terroristi suicidi; la sua determinata negazione della Shoah è altrettanto importante, come sfondo ideologico, dell'atteggiamento di sfida, di sberleffo all'Europa e agli Usa quando Ahmadinejad ripete che il potere atomico è diritto inalienabile dell'Iran.

Da quando egli è al potere, di fatto, le ispezioni dell'Agenzia internazionale per l'energia atomica sono state ridotte all'irrilevanza, non se ne sa quasi più nulla, l'opinione pubblica è cieca se non per ciò che era stato raccolto in precedenza e per ciò che le varie *intelligence* suggeriscono o di cui l'Iran si vanta. Anche se abbandoniamo le ipotesi troppo allarmistiche, pure la prospettiva resta molto minacciosa. Si sa che, una volta raggiunte le 3000 centrifughe in grado di produrre uranio impoverito, la bomba sarà a portata di mano. Quindi, con le centrifughe probabilmente attive nella primavera del 2007, occorrerà raggiungere i 24 chili di uranio necessario a ciascuna bomba atomica (questo il peso che indicano gli esperti) e, a seconda della quantità predeterminata come obiettivo, ci vorrà un altro anno. Poi, possiamo calcolare che se le cose vanno male (per noi), ci sarà bisogno di un altro anno o due, due e mezzo se Ahmadinejad incontra qualche impiccio, perché l'esercito sia pronto al lancio. Insomma, quattro anni, poco più poco meno, ammesso che invece non sia vero che in qualche galleria sotterranea coperta dal nylon Ahmadinejad abbia già assemblato pezzi coreani, cinesi, russi, e sia già pronto. Egli suggerisce spesso di aver praticamente già portato a termine il lavoro, e il suo accordo con la Corea del Nord, che sembra svolga esperimenti per suo conto e gli fornisca grandi parti preconfezionate, sarebbe un elemento di micidiale accelerazione.

Comunque, anche nella migliore delle prognosi sui tempi previsti, dal 2010 circa il mondo cambierà strada: un leader che ha fatto allargare le strade di Teheran per facilitare l'ingresso del Mahdi e che sta facendo ristrutturare la città santa di Qom perché, secondo le Scritture, anche di là l'imam deve passare, che pensa che per farlo venire sulla Terra occorra creare la premessa per il potere totale dell'Islam e che non si debba certo risparmiare sangue per questo scopo; un leader che si sente, dice lui, circonfuso di luce e trasportato verso l'alto quando parla all'Onu, avrà presto l'arma finale che può colpire tutti quanti.

Non si tratta di istinti perversi, o della religione islamica stessa, che solo da poco tempo è lo scudo ideologico di istinti assassini, cosa che prima non accadeva. È la forza che hanno sempre avuto le ideologie a sfondo religioso, ovvero che propongono il bene assoluto contro i mali del mondo. Nel secolo scorso il comunismo e il nazismo hanno dimostrato a quali perversioni l'anima umana può arrivare quando si figura di potere «raddrizzare il legno torto» col suo sforzo, correggere il mondo, la storia, la natura umana stessa: a causa dell'ideologia sono stati fatti milioni di morti per migliorare il mondo. Dice lo storico dell'Islam Daniel Pipes che per sconfiggere il pericolo terrorista generato dall'ideologia non ci resta che «battere le idee che lo originano, in ogni modo e a ogni livello, facendo uso di qualsiasi istituzione», come è accaduto con il comunismo e il nazismo. E in secondo luogo, aiutare ovunque la diffusione dell'Islam che accetti la modernità, la moderazione, la liberalità, il buon vicinato, il rispetto per le donne. Questo lo si ottiene solo se respingiamo ogni proposta di avere a che fare con l'islamismo estremo e accettiamo il rapporto solo con i moderati, nei nostri Paesi e fuori.

Ma purtroppo non sembra che ne abbiamo la forza: la tendenza è proprio quella opposta, ad avere semmai un atteggiamento «realista» che ci induce a parlare e a trattare con tutti. A stabilire tregue e accordi. Non si capisce quello che è invece del tutto evidente: senza una nostra vittoria in profondità, la forza dell'ideologia jihadista non subirà mai nessuno stallo. Anzi, si servirà della pazienza e dell'incertezza altrui per costruire forze sempre più grandi e pericolose, e interpreterà la nostra buona volontà come segno di debolezza. Le prove di questo sono disseminate lungo tutta la storia mediorientale. Il famoso mediorientalista Bernard Lewis parla senza esitare di una «prossima conquista islamica dell'Europa» e per spiegarne il rischio cita «l'immigrazione e la democrazia dalla loro parte, e quello che posso solo chiamare autoannichilimento da parte europea in nome della correttezza politica e del multiculturalismo».

Il rischio iraniano è già passato dall'ideologia all'organizzazione della guerra: la nuova alleanza islamica tessuta da Ahmadinejad soprattutto negli ultimi anni combatte già su più fronti prima che la bomba atomica sia compiuta. Essa sfida la divisione tradizionale con i sunniti o cerca di rimandarla, con l'intenzione o di sussumerli nella promessa di una futura guerra vittoriosa contro Israele e l'Occidente, come nel caso di Hamas o degli Alawiti di Siria, o dell'alleanza in Iraq con al-Qaida. Il «Sunday Mirror» e altre fonti riportano che forze di al-Qaida operano in seno a unità delle Guardie rivoluzionarie iraniane, mentre io stessa ho verificato a Betlemme casi di conversione dalla Sunna alla parte sciita dell'Islam, mentre a Gaza nel gennaio 2007 gli uomini di Abu Mazen hanno arrestato (pare) sette iraniani che operavano con Hamas, e altrove, in Iraq, in Giordania, ovunque «gli iraniani» sono la grande realtà emersa in loco. Laddove l'Iran non potrà dominare la parte sunnita, cercherà di batterla, eliminando i nemici identificati specialmente fra i sauditi, gli egiziani, i giordani, i Paesi del Golfo.

Il caso del Golfo è particolarmente interessante. L'8 novembre 2006 il ministro della Difesa iraniano Mohammad Najar lanciava ai Paesi costieri la sua proposta di alleanza: essi, diceva, devono firmare un patto di difesa comune con noi per provvedere alla basilare linea costiera che controllano. «Potremmo espandere i rapporti militari, organizzare azioni comuni, combattere il terrorismo, combattere il contrabbando di armi e droga e promuovere la sicurezza regionale.»

L'Iran nel frattempo aveva però condotto audaci manovre navali proprio in coincidenza con le esercitazioni americane e durante quelle manovre aveva sparato per la prima volta durante un'esercitazione un missile Shihab Tre, capace di perseguire il suo obiettivo fino a più di duemila chilometri. Certo la cosa non ha mancato di avere il suo effetto fra gli spettatori dell'area.

Yahia Rahim Safavi, comandante dei corpi della Guardia rivoluzionaria, vantando che gli Shihab lanciati avevano solo «deviato pochi metri dall'obiettivo» (un successo, dato che l'esplosione copre comunque 20 o 30 metri di raggio), spiegava, nell'esporre un futuro di guerra e vittoria, che gli americani «hanno molte debolezze: di fatto» aggiungeva «abbiamo pianificato la nostra strategia sulla base della loro debolezza [...] Manca la motivazione fra i loro soldati; in Iraq, a volte abbiamo assistito a scene in cui li abbiamo visti persino piangere. Posso dire» spiegava «che il nostro vantaggio su di loro è morale e umano [...] e abbiamo equipaggiato le nostre forze con le armi più avanzate [...] Il regime sionista è solo a 1300 chilometri da noi, e se abbiamo un razzo che copre duemila chilometri, è naturale che sia alla nostra portata. E se gli Hezbollah li hanno sconfitti, come potrà Israele affrontare una grande nazione con 70 milioni di abitanti?». Queste minacce apparivano il 21 novembre 2006; intanto, il comandante della marina, ammiraglio Sejad Kouchaki, minacciava di affondare le navi americane e anche di attaccare le loro basi in Medio Oriente, e in un'intervista riportata il 20 novembre sul quotidiano kuwaitiano «Al Rai» il comandante delle Brigate dei Martiri, Firuz Rajai, spiegava la logica strategica corrente: «Se le basi nei Paesi del Golfo sono usate dalle forze americane come punti di partenza per attaccarci, non si devono aspettare nessuna sicurezza, dato che noi non ne abbiamo... Se alcuni dei Paesi del Golfo provvedono l'America di basi e campi di esercitazione per attaccarci, è forse logico che si sentano sicuri?». Rajai ha dichiarato nella stessa intervista di avere al momento a disposizione 56 suicidi in loco pronti a colpire. Insomma, il dispiegamento di forze e la minaccia, insieme alla convinzione dell'ideologia, alla feroce chimera antisraeliana e antiamericana, alla ricchezza, sono alla base di un lavoro fantastico di alleanze e appoggi, che nessuno dei leader panarabisti era mai riuscito a portare a casa. E infatti se l'uso della mosca cocchiera dell'antisemitismo per una guerra mondiale è simile a quello fatto da Hitler, la sua proclamazione corrente, che è quella della guerra a Israele, entusiasma tutte le masse mediorientali e appicca il fuoco anche alle più lontane terre dei diseredati, per esempio il Venezuela. Chi può ignorare che l'abbraccio tra Ugo Chavez e Ahmadinejad ha in mente piani di guerra all'Occidente?

Questa tessitura di alleanze senza precedenti è stata accompagnata dall'inizio dell'aprile del 2006 da manovre di approvvigionamento tipiche di ogni fase prebellica. Non dimentichiamo che dal 28 ottobre 2005 Ahmadinejad proclama la sua decisione di distruggere Israele. Intanto, la «Novaya Gazeta» riportava che parte dell'arsenale nucleare ucraino dell'era sovietica, 250 testate, aveva probabilmente preso la strada dell'Iran, e il governo ucraino ha smentito mentre i russi hanno preferito un «no comment»; il giornale svizzero «Der Bund», scrive Carolyn Glick, ha riportato che l'Iran ha ritirato 31 miliardi di dollari delle sue riserve in oro e moneta estera dalle istituzioni finanziarie europee.[8] Dopo un primo summit a Beirut nel novembre 2005, il 20 gennaio 2006 una riunione a Damasco aveva cementato l'asse islamista: Ahmadinejad, il presidente siriano Bashar Assad, il capo degli Hezbollah Hassan Nasrallah, il capo di Hamas Khaled Mashal, il capo della Jihad islamica Ramadan Abdullah Shalah, tutti insieme si ritrovano a Damasco. Anche Muqtada al Sadr, il violento capo religioso degli sciiti filoiraniani in Iraq, ha dichiarato la sua lealtà a questo esercito del *jihad*.

Poco prima, nel novembre 2005, un altro aspetto del *jihad* globale era stato messo drammaticamente in scena con i terribili attacchi di Amman, per i quali sono stati più tardi arrestati dei membri di Hamas. Contro la Giordania e l'Egitto c'erano già state ripetute condanne a morte da parte di al-Qaida, che nel frattempo aveva minacciato Israele di estinzione, e alcune sue formazioni avevano fatto la loro comparsa nel West Bank e a Gaza. Hamas aveva cominciato a percepire se stessa non come un semplice attore locale, ma come un combattente del *jihad* mondiale, e certo questo suo doppio ruolo di primo attore sunnita e di alleato dell'asse sciita le conferisce un ruolo molto importante.

La riunione di Damasco con l'Iran ebbe luogo cinque giorni prima delle elezioni palestinesi che videro la vittoria di Hamas, e nello stesso giorno un terrorista suicida si fece esplodere a Tel Aviv. Prima delle elezioni il capo di Hamas, Khaled Mashaal, dichiara da Teheran di voler trasformare Hamas in una versione palestinese degli Hezbollah. Hamas al governo, avendo alle spalle la protezione sciita (pur essendo un'organizzazione sunnita), ha potuto permettersi di mantenere, nonostante le pressioni internazionali, la posizione di disprezzo e di aggressione assunta dopo il ritiro di Israele da Gaza dell'agosto 2005. Gaza è stata destinata dall'alleanza a diventare, oltre che una terra islamizzata, una casamatta zeppa delle trenta tonnellate di esplosivo importate dalle gallerie sotto il confine egiziano e dal mare con l'aiuto della Siria e degli Hezbollah; un centro strategico dove preparare un attacco letale con missili di breve gittata migliorati e prodotti in loco con l'aiuto concreto (uomini, istruttori, tecnici) degli iraniani e degli Hezbollah. I Kassam hanno seguitato a martellare il Sud di Israele in una autentica scelta di persecuzione, pagata anche molto cara in termini di leader terroristi uccisi o imprigionati, di semplici militanti costretti a nascondersi continuamente, di uomini e di strutture: ma da Damasco, e quindi da Teheran, Khaled Mashal ha seguitato a concordare con i suoi alleati una strategia di tensione continua. Oltre alla possibilità di autoprodurre, e quindi di conservare senza che si deteriorassero, Kassam e Katiushe, Gaza ha ricevuto per la prima volta missili anticarro e antiaerei. Ismail Haniyeh ha compiuto l'ulteriore passo di andare a deporre nelle mani di Ahmadinejad, nel dicembre 2006, la promessa di distruggere Israele per recuperare al dominio islamico la Palestina, ricevendo in pegno 250 milioni di dollari in aiuti destinati a pagare le milizie per sei mesi.

Non vorrei si pensasse che in questa descrizione c'è una sottovalutazione, un'indifferenza per la condizione dei palestinesi. Non è così: la loro tragedia si è ulteriormente aggravata da quando Hamas è giunta al potere. Molti hanno attribuito il disastro civile e umano dei palestinesi alle sanzioni economiche subite a seguito della vittoria di Hamas, e prima ancora lo si attribuiva alla corruzione rampante nel West Bank. Ma la realtà dei fatti è che, solo dal maggio 2006 al dicembre dello stesso anno, Hamas è riuscita a contrabbandare 66 milioni di dollari in contanti attraverso la frontiera di Rafah. Hamas ha avuto svariati incontri segreti con i governi europei, ma anche con quello americano (sembra a Betlemme). Mahmoud al Zahar, ministro degli Esteri palestinese, nel novembre del 2006 è rientrato a Gaza da un giro dei Paesi islamici con valigie-regalo piene di 20 milioni di dollari trasportate a mano.

La fame a Gaza è grande, ma la spesa per le milizie, le armi, gli esplosivi lo è ancor di più, e soprattutto non tiene in alcun conto i bisogni del popolo. Gaza, mentre i giornali descrivevano la fame dei palestinesi, veniva inzeppata di nuove armi molto migliori di quelle anteriori all'alleanza con l'Iran; le milizie private si moltiplicavano, gli uomini di Hamas viaggiavano avanti e indietro tra Gaza, Damasco e Teheran, gli arruolamenti e le esercitazioni si svolgevano di qua e di là dei vari confini, il West Bank veniva a sua volta preparato con nuove armi e nuovi gruppi alla guerra progettata dal fronte islamista. La guerra di ferocia e distruzione fra Hamas e Fatah, che ha fatto una cinquantina di morti fra cui almeno otto bambini e centinaia di feriti in pochi giorni alla fine del gennaio 2007, ha dato una testimonianza inaspettata dell'identità odierna dei palestinesi. È difficile oggi seguitare a immaginare che si tratti di un popolo pronto a prendersi la responsabilità di uno Stato, di tutti i suoi cittadini. Rapimenti e assassini dentro le case degli obiettivi sia di Hamas sia di Fatah hanno avuto luogo sotto gli occhi dei familiari, l'inizio degli scontri è stato segnato dall'eliminazione consapevole, con tre colpi di grazia alla testa, di tre bambini dentro l'automobile del padre, peraltro assente. Sono stati cannoneggiati a colpi di missile o fatti saltare in aria uffici di sindaci e del governo, moschee, scuole, università, biblioteche, case private. Secondo i palestinesi stessi, un individuo su tre a Gaza è in possesso di un'arma. Privati, da ambedue le parti, armano eserciti privati, e se Abu Mazen ritiene che l'uso del terrorismo «danneggi» come dice «la causa palestinese», pure la tendenza jihadista che ha portato Hamas alla vittoria nel dicembre 2005 stabilisce dei paletti per cui anche Fatah deve pagare il consenso con l'incitamento, la prospettiva della scomparsa internazionale, l'adesione a un modello belligerante che toglie ai palestinesi la speranza e persino il desiderio di un loro Stato.

L'anno di uscita di questo libro, il 2007, potrebbe essere quello di una guerra senza quartiere e senza precedenti fra Israele e palestinesi, perché le armi sono quasi pronte e il fronte ideologico e internazionale di Hamas è quello, vasto e potente, della guerra islamista. Di questo dovremmo occuparci in Europa se vogliamo lottare per la pace realisticamente, senza ripetizioni di mantra inutili come «terra in cambio di pace».

La prossima guerra, prevista da molti servizi segreti dell'area, con grande preoccupazione dei Paesi sunniti come l'Egitto, l'Arabia Saudita, la Giordania, potrebbe essere destinata dalla strategia iraniana a diventare la scintilla di un grande scontro mondiale. Gli sforzi per preparare il terreno sono massicci.

Gli Hezbollah, finita la guerra d'estate il 15 agosto 2006, già alla fine dello stesso anno potevano avviare la guerra interna per istituire un potere islamico alla guida del Libano e per restaurare la forza siriana cacciata con la Rivoluzione arancione: il ministro Pierre Gemayel veniva assassinato proprio nel giorno in cui il governo del Libano guidato da Fuad Siniora avrebbe dovuto istituire il tribunale internazionale per giudicare Bashar Assad, indiziato dell'omicidio di Rafik Hariri. Prendeva così il via una sorta di rivoluzione sciita ma anche filosiriana contro le altre componenti del Paese. Le forze di Nasrallah avevano già accumulato di nuovo, con le armi iraniane e i camion siriani passati sotto il naso della forza internazionale dell'Unifil, 20.000 missili di breve, media e anche lunga gittata (gli Zil Zal possono arrivare a colpire persino Tel Aviv) che sono andati a riformare l'arsenale da poco in parte distrutto da Israele.

Lungo il confine con Israele all'inizio del febbraio 2007 gli Hezbollah avevano già piazzato grandi cariche di esplosivo e i loro uomini si mostravano impunemente con le loro bandiere gialle. Nasrallah dichiarava senza problemi a un giornale kuwaitiano di ricevere rifornimenti di armi, tramite la Siria, dall'Iran. Intanto, intimava al suo governo di dimettersi e di far posto agli Hezbollah, mentre il druso Walid Jumbatt lo dichiarava un agente di disordine al servizio dell'Iran.

La rete di rapporti dell'Iran è immensa: gli analisti occidentali hanno notato che l'esperimento atomico della Corea del Nord compiuto in luglio non sembra connesso al programma balistico di Kim Il Jong, ma piuttosto mirato a mettere alla prova il comando e il controllo dei sette missili lanciati. Si parla di undici ingegneri iraniani presenti all'esperimento e si suggerisce che il test potrebbe essere stato compiuto per conto dell'Iran stesso.

Fra tanti altri indizi: per intervento dell'Iran, come sostiene un rapporto dell'Onu del novembre 2006, 720 combattenti islamisti somali hanno raggiunto in Libano gli Hezbollah per unirsi alla guerra contro Israele. Sono stati pagati da 2000 fino a 30.000 dollari, da dare alle loro famiglie in caso fossero rimasti uccisi. Dei combattenti somali ne sono tornati a casa cento, mentre gli altri sono rimasti in Libano per «esercitazioni militari avanzate». «Per loro» dice il rapporto «è stato organizzato un ulteriore contributo dai governi delle repubbliche iraniana e siriana. Esso include missili antiaerei da spalla, lanciagranate, mitra, munizioni, uniformi, medicine... Inoltre la Siria ha ospitato altri 200 combattenti islamisti da esercitare nella guerriglia.» La Siria ha negato ogni coinvolgimento, l'Iran ha negato di aver mandato armi prima di luglio.

La lunga mano dell'Iran, è noto a tutti gli osservatori, arriva anche in Iraq: attraverso il confine siriano armi e uomini vengono contrabbandati con compiti che vanno dall'arruolamento all'addestramento al terrorismo suicida; la prospettiva di conquistare l'Iraq con la cacciata degli americani e la prevalenza degli sciiti khomeinisti suona particolarmente dolce all'antico nemico di sempre dell'Iraq, appunto l'Iran.

Non fa dunque specie che gli Hezbollah, che negano, siano stati accusati dall'*intelligence* americana di avere allenato l'Armata del Mahdi, quella di Sadr, il gruppo accusato degli attentati più orribili. I terroristi sarebbero stati preparati nei corsi in Libano, dice la fonte americana, con l'aiuto dell'Iran, e avrebbero cooperato anche ufficiali siriani, sebbene la fonte americana ignori se i più importanti leader di Damasco ne siano al corrente. Il «New York Times» ha aggiunto che 300 fra «i migliori combattenti dell'esercito del Mahdi» durante la guerra avrebbero raggiunto gli Hezbollah in Libano per combattere contro «l'entità sionista» e i suoi alleati americani.

L'organizzazione internazionale della Jihad può contare anche su un nuovo sforzo da parte salafita. Il 14 gennaio 2007 uno dei più importanti studiosi jihadisti salafiti, il kuwaitiano sceicco Hamed bin Abdallah al-Ali, ha pubblicato sul suo sito web un «Patto del Consiglio Supremo dei gruppi jihadisti». Ha ricevuto un'accoglienza entusiasta. È il primo documento di questo tipo da quando Osama bin Laden rese pubblica nel febbraio '98 la dichiarazione del Fronte islamico mondiale da lui fondato «contro i crociati e gli ebrei». Lo sceicco trae, sostanzialmente, le conclusioni della trasformazione di al-Qaida in un ombrello per tante organizzazione autonome sparse nel mondo e fornisce, forse in accordo con importanti leader operativi come Ayman al-Zawahiri, un documento strategico che sembra originato da un incontro internazionale già avvenuto in segreto. È una riflessione dinamica e aggressiva, sia contro il fronte sciita iraniano sia contro quello dei crociati e degli ebrei, in cui l'uso di molti attacchi terroristi in tutto il mondo e la varietà di obiettivi locali e globali viene trattata realisticamente, con ottima tolleranza verso la diversa sfumatura jihadista di questo o quello, sempre con un occhio di riguardo verso il nemico sionista.

«Entità sionista», l'espressione preferita per negare il diritto all'esistenza dello Stato degli ebrei, era passata di moda nel corso degli ultimi vent'anni, da quando i palestinesi e gli israeliani avevano cominciato a parlarsi. Adesso non è più così. L'avvento al potere di Hamas, e la conseguente definizione della nuova linea dell'Autonomia palestinese (ma esiste ancora l'Autonomia, dato che gli accordi fra Israele e palestinesi sono misconosciuti da Hamas?), fanno sì che Israele sia ormai obliterato non solo sulle mappe appese nelle scuole e nelle istituzioni pubbliche: i giornali, il discorso pubblico, sono ormai carichi del programma di Ahmadinejad, che fino a ieri era soltanto un sogno. L'entità sionista sparirà. Israele già non esiste. E questo Ahmadinejad l'ha ripetuto più volte: Israele è un Paese già morto perché non ha la forza di combattere, certamente indegno di esistere perché è un mostro criminale, forse mai esistito perché non ha radici storiche.

Il meccanismo di alleanze messo in moto da Ahmadinejad comprende una porzione della carta geografica graffiata da un andirivieni di terroristi, da un continuo stringere alleanze militari a scopo puramente aggressivo, dato che nessuno lo minaccia (ci siamo dimenticati una delle più importanti: l'accordo di reciproco sostegno militare fra Iran e Siria, un'autentica rivoluzione in Medio Oriente), ma anche dal gioco incessante sulla vastissima deriva del potere dei continenti e delle grandi potenze. Sulla guerra in Iraq l'Iran ha giocato duro per poter arrivare giusto dov'è arrivato, ovvero a che gli Usa gli richiedessero di aiutarli a mettere ordine, laddove il disordine esistente è in gran parte colpa sua: un po' come i taglieggiatori che chiedono di pagare il pizzo per fornire protezione da loro stessi.

Adesso, il potere degli ayatollah può sperare che gli Usa lascino in pace l'Iran e Assad per il tempo necessario a consolidare il potere militare e lo stabilirsi di un equilibrio atomico del terrore che però l'evocazione del Mahdi può rompere molto più facilmente dell'Urss di un tempo.

Il rapporto con la Russia è *in fieri*, ma tende naturalmente all'antioccidentalismo: se guardiamo a Putin, si sa che il suo coinvolgimento con l'Iran e i suoi alleati è tanto profondo quanto perplesso, una specie di attività egemonica compulsiva legata al passato sovietico e certo al denaro. Oltre all'aiuto nell'organizzazione di una parte delle centrifughe e la vendita all'Iran di un sistema di missili terra-aria caro e sofisticato, per esempio, i russi hanno di fatto svolto un ruolo principale nel consentire agli Hezbollah metodi avanzati di raccolta di informazioni su Israele. Nelle sue frequenti visite a Teheran il ministro degli Esteri russo Sergei Lavrov dimostra il suo scarso desiderio di applicare sanzioni all'Iran, con cui dal novembre 2005 ha un contratto da un miliardo di dollari per esportazione di armi; la Russia seguita a prendersi cura dei due reattori di Brushehr, seguita ad avere rapporti di compravendita di armi con la Siria.

La Cina intanto cova il futuro del mondo: è una

grande potenza in enorme ascesa, la cui antica competizione con l'Occidente la porta a costituire un ombrello nei confronti dell'Iran, che nella lunga prospettiva non ha certo interesse a favorire l'avvento del potere islamico sul mondo, ma neanche il consolidamento di Israele a fronte di un mondo arabo che può essere alla sua portata egemonica, né tantomeno la vittoria culturale e politica dell'America.

Il mondo dunque, e lo Stato ebraico in prima fila, sono minacciati da una nuova forma di nazifascismo: più vasto, perché potenzialmente ha dietro più di un miliardo di persone; più temibile, perché le sue forze non sono raccolte in Iran e neppure nel mondo arabo, ma sono anche diffuse in tutta l'Europa; più ricco, perché possiede il petrolio; più organizzato, perché ha messo in atto una vasta strategia di alleanze armate.

Ho letto su un «Jerusalem Post» dell'aprile 2006 una citazione dal giornale iraniano semiufficiale «Ettelaat» che racconta la guerra contro l'Iraq: «Prima di entrare nei campi minati, i bambini si avvolgevano in coperte, e poi rotolavano sul terreno, così che le parti del loro corpo restassero insieme e i loro corpi potessero essere portati alla sepoltura». Questi bambini venivano arruolati dal regime degli ayatollah e mandati, i figli degli iraniani, a morire dilaniati con una chiave di plastica al collo, per aprire le porte del paradiso.

Parecchi giornali hanno riportato che ultimamente sono state aperte a Teheran pubbliche stazioni di reclutamento per terroristi suicidi che raccolgono decine di migliaia di giovani impegnati a immolarsi contro l'America e Israele. Anche l'Occidente che non è d'accordo con Ahmadinejad ha accettato, a causa della sua preminenza nella politica mondiale, non solo l'ingresso nel discorso pubblico del possibile nuovo sterminio degli ebrei – questo era già presente da tempo fra i musulmani –, ma anche la sua volgarizzazione e la sua diffusione quotidiana, il suo ingresso sui giornali e alla tv come di un tema banale, possibile. Cosicché i numerosi intellettuali occidentali che da tempo sostengono lo stesso discorso in altri termini vengono poi percepiti come pacati critici di una realtà la cui sparizione è ormai discorso quotidiano.

È infatti ormai normale sentir dire che la fondazione di Israele è stata un errore, e anche che è l'origine di tutti i problemi del mondo, «quello staterello di merda». Le università, specie quelle inglesi dove si sente fortemente l'influenza dell'intellettualità multiculturalista, si vanno specializzando in proposte di boicottaggio dell'accademia israeliana. Sembra una fantasia nazista, ma ci sono docenti che dichiarano di voler ripulire gli atenei da qualsiasi presenza israeliana o cooperazione scientifica con Israele, non importa quale: vogliono spazzare via tutti, bravi e incapaci, di destra e di sinistra, scienziati e letterati. Vogliono eliminare una comunità di studiosi di primo piano nel campo dell'*high tech* e della ricerca medica. Su questa scia, una coalizione di prominenti intellettuali ebrei ha pubblicato sul «Times» del 5 febbraio 2007 una lettera intitolata *Il momento di esprimersi a piena voce: voci ebraiche indipendenti*, che accusa la comunità ebraica, con firme ebraiche, di sostenere troppo lo Stato, naturalmente, ebraico. Libri, articoli, discorsi in cui Israele viene chiamato brutale, assassino, corrotto, pericoloso, violento, in cui si suggerisce che questa natura sia legata al «peccato originale», all'«errore» della sua nascita, alla *Nakba*, il «disastro» del 1948, come lo chiamano i palestinesi, con parola ormai adottata da intellettuali laici cristiani ed ebrei di sinistra, sono sempre più comuni. Ebrei come

Richard Cohen che si chiedono sul «Washington Post» se Israele debba esistere, una domanda impensabile per qualsiasi altro Stato sovrano, sono sempre più comuni.

A parte quelli dei Judt e dei Chomsky, fioriscono studi anche negli Usa timbrati con il marchio di fabbrica, per esempio, delle università di Harvard e di Chicago. Due importanti professori di questi due atenei, rispettivamente Stephen Walt e John Mearsheimer, hanno pubblicato e diffuso nella primavera del 2006 sui siti accademici uno studio intitolato *The Lobby*, che spiega che Israele e la sua lobby americana, insomma «gli ebrei», controllano la politica estera degli Stati Uniti e quindi, dalla Somalia alla ex Jugoslavia all'Iraq, impongono la posizione che può servire a Israele nel conflitto mediorientale. Non per motivi strategici, né morali, né di opportunità, né di potenza: è la *hybris* ebraica del potere, ovvero la fame di dominio sul mondo dei soliti Savi di Sion, che usa gli Stati Uniti (i quali, cretini, ci stanno) come sua *longa manus*. Per converso, una quantità di testi di storia che si studiano nelle università, a partire da quelli di Edward Said, vedono invece Israele come un burattino dell'Occidente, e in particolare degli Usa. Il risultato di studi come quelli di Walt e Mearsheimer è che, secondo uno schema prettamente antisemita, l'immaginario collettivo vede ogni guerra, ogni azione in Medio Oriente, anche quella in Iraq, come dettate dagli interessi di Israele.

Le università sono divenute il terreno di coltura della lettura genocida proposta da Ahmadinejad. Non è colpa degli studenti: da anni ormai le mie esperienze di insegnamento sono intense e quiete, i giovani sembrano sapere, quando ci troviamo insieme in classe a studiare la storia del Medio Oriente, che non è per caso che il tavolo è così ingombro, che occorre districare i fili con cura, con cautela, con pazienza. I pregiudizi cadono via via che le domande si accumulano, gli occhi si accendono mentre finalmente alle semplificazioni imparate sui giornali si sostituiscono dei fatti, alla bidimensionalità del quotidiano si sostituisce uno sguardo più lungo sui testi. I ragazzi vogliono sapere, imparare dalla storia, vogliono cavarsela in un mondo in guerra, e vogliono in generale farlo con realismo, per un motivo di necessità prima ancora che per una ragione morale.

Ma non è più tanto facile studiare la storia nelle università, almeno in quelle italiane. La visione contemporaneista della storia è diventata da tempo molto politica, e le si toglie profondità tanto più quanto più si va semplicemente a caccia del colpevole della persecuzione, della deportazione, dell'imperialismo di cui si parla di nuovo in aula quel giorno. La versione terzomondista e politica è la chiave concettuale di una frequente distorsione degli studi storici in generale, e in particolare di quelli sul Medio Oriente.

Questa tendenza ha naturalmente come prima vittima la storia di Israele che, essendo un argomento molto frequentato dai giornali, prende la forma e la terminologia proprie del linguaggio giornalistico. Inoltre, gli studi storici sono stati anche drasticamente ridotti in diversi curricula. Per esempio, nelle facoltà di Scienze politiche ci sono poche cattedre di studi storici, e in genere sono di storia contemporanea o moderna. Quindi si impara la storia di Israele ignorando il passato del popolo ebraico, le sue radici, la sua cultura, in una parola la storia che ne rende sensato il radicamento nazionale nella terra di Israele, e a Gerusalemme in particolare. È molto triste sentire che qualcuno, su suggerimento della propaganda più ignorante, comincia ormai a seguire le tracce dei palestinesi nel negare addirittura l'esistenza del regno ebraico in Palestina durante tutto il I millennio a.C. È sorprendente, poi, rendersi conto che nella mente di parecchi giovani, invece dell'Impero ottomano e poi del mandato britannico, in Palestina c'era uno Stato palestinese su cui hanno marciato gli ebrei imperialisti in divisa, stranieri e avidi in una terra con cui non avevano niente a che fare: una terra da cui dovrebbero andarsene come i francesi dall'Algeria o gli inglesi dall'India.

Ma i giovani non possono conoscere la storia di Israele, o in generale del Medio Oriente e di tutto il mondo, se si propone loro una lettura in chiave politica, in cui le parole «colonialismo», «nazionalismo» (in senso negativo), «razzismo» hanno il ruolo di protagoniste e anch'esse vengono usate con censure e *ad libitum* (gli arabi non sono mai stati schiavisti, per carità!).

Di fatto questa tendenza crea un rifiuto culturale a identificare le vere radici del conflitto arabo-israeliano nel rifiuto arabo verso lo Stato degli ebrei, il tragico sviluppo dei Paesi arabi e della Persia verso autocrazie la cui ideologia si è impastata di simpatie fasciste e comuniste, e in cui *leadership* corrotte hanno praticato la persecuzione del dissenso e dei diritti umani, nella Jihad islamica. I fatti della storia si sono trasformati nella loro versione contorta e barocca, eppure di gran successo, in cui le vittime sono diventate carnefici e viceversa.

È facile insegnare, a giovani che non sanno nulla, un Israele inventato, un colonialista sadicamente aggressivo verso gli arabi, cieco persecutore di bambini, pazzo costruttore di muri di apartheid. Penso che in Italia questa tendenza sia accentuata anche dalla riforma universitaria che oggi dà una laurea breve in tre anni, una specialistica in altri due, e poi ammette eventualmente al dottorato di ricerca. Il primo tipo di laurea rischia di essere un corso in cui non c'è tempo per altro che per la versione più popolare dell'argomento che si studia. Questo contesto culturale, anche se la maggioranza degli studenti soffre solo di deboli pregiudizi incamerati dalla tv e dalla stampa, che possono sparire con lo studio, crea un grande spazio per un'alleanza politica fra una rumorosa minoranza di estremisti e professori che firmano documenti in cui si pregiano di boicottare le università di Gerusalemme e di Haifa. Così le università, per chi voglia parlare di Medio Oriente in maniera non propagandistica, sono diventate zone pericolose, e certo non solo da noi ma in tutto il mondo occidentale che soffre di problemi molto simili. Voglio citare solo qualche episodio italiano, anche se casi del genere ricorrono ovunque, compresi i campus americani.

Nell'aprile 2005 all'entrata dell'università di Torino fu costruito un modello del muro di separazione, e il rettore non lo rimosse per parecchi giorni. L'ostacolo fisico all'ingresso dell'università simboleggiava le sofferenze dei palestinesi nel passare di qua e di là del recinto di difesa. Giusta sottolineatura. Ma le sofferenze degli israeliani colpiti dal terrorismo suicida non trovavano nessuna fantasiosa rappresentazione. Poco tempo prima la professoressa Daniela Santus, che aveva invitato il numero due dell'ambasciata di Israele Elazar Cohen a parlare nella stessa università, aveva subìto un attacco a base di uova e minacce, e la lezione non aveva avuto luogo. Il famoso filosofo professor Gianni Vattimo chiese un boicottaggio contro quel governo «che usa una politica disumana di sterminio contro i palestinesi», e aggiunse che i palestinesi erano *obbligati* a usare i loro corpi come bombe.

Anche nell'uso degli intellettuali israeliani di riferimento per gli studenti non c'è dubbio che primeggiano autori che aiutano a mettere in discussione la legittimità stessa di Israele, il suo diritto a esistere, anzi, che propongono l'indegnità della sua nascita. Così il primo Benny Morris (che ha poi completamente rivisto le sue posizioni), Avi Shlaim, Ilan Pappe, Baruch Kimmerling, e tanti altri intellettuali e giornalisti israeliani, sono nomi citati nel mondo per condannare con parole scritte in ebraico il comportamento di Israele verso i palestinesi: ma anche, per esempio, per vilificare senza remissione l'atteggiamento degli ashkenaziti contro i *mizrachìm*, gli ebrei provenienti dai Paesi arabi. Anche l'Olocausto, ovvero l'uso che lo Stato ebraico ne avrebbe fatto, è diventato un crimine per la storica Idith Zertal, solo seguita da Norman Finkelstein. I testi degli intellettuali dissidenti sono quelli che vanno per la maggiore presso le accademie e i giornali internazionali. Ed è paradossale e un po' ridicolo che tanti accademici israeliani che hanno dedicato la loro vita a destrutturare l'immagine d'Israele oggi siano respinti dai loro colleghi stranieri con quegli stessi boicottaggi che hanno invocato.

L'accademia israeliana ha anche dato una mano a raccogliere elementi di accusa contro ufficiali e uomini politici israeliani da considerarsi, secondo loro, come criminali di guerra da processare. Forse sono stati proprio gli intellettuali israeliani i primi tessitori di una tela che, invece di avere i caratteri di una critica politica, sempre accettabile, ha avuto fin dall'inizio il colore della delegittimazione, il carattere concettuale di una condanna a morte, come di fatto quella di Judt sulla «New York Review of Books», ovvero su alcune delle più sofisticate ed eleganti espressioni dell'intellettualità occidentale. Le loro tesi oggi, inconsapevolmente forse, echeggiano in Occidente le posizioni di Ahmadinejad e di Hamas.

Fanno ormai scuola nel campo della più radicale politica di delegittimazione i sempre più diffusi tentativi di processare ufficiali israeliani che vanno a tenere una conferenza all'estero e si ritrovano inseguiti dalle polizie di tutto il mondo. Israele è un criminale internazionale degno di una cella per il reato di essersi difeso. L'ex capo di Stato maggiore «Boogy» Ya'alon ha rischiato l'arresto sia in Inghilterra nel 2002 che in Nuova Zelanda nel novembre 2006, quando la corte del distretto di Auckland ha emesso un mandato di cattura contro di lui sotto l'accusa di «crimini di guerra». Il capo di Stato maggiore Dan Halutz ha rischiato la stesso trattamento. Il generale del comando sud Doron Almog, in volo per Londra nel settembre del 2005, una volta arrivato non ha potuto lasciare l'areo ed è tornato in patria rincorso da un mandato di cattura per il suo ruolo nelle operazioni antiterroriste. Un altro militare importante, il colonnello Aviv Kochavi, ha dovuto rinunciare al suo piano di studi a Londra per le stesse ragioni: un altro uomo limpido e onesto, impegnato a rischio della sua vita nella lotta contro il terrorismo, che viene inseguito, come lo fu anche Ariel Sharon, ricercato a suo tempo dalla polizia belga. Il ministro della Difesa laburista Amir Peretz ha compiuto nel gennaio 2007 un viaggio a Bruxelles accompagnato da titoli sui giornali che si chiedevano: sarà arrestato? Sarà gentilmente risparmiato?

Che cosa può essere più oltraggioso di vedersi inseguito dalla giustizia di tre quarti del mondo, mentre cerchi di difendere il tuo popolo, il tuo Paese, da un continuo, dichiarato desiderio di soppressione, di annientamento da parte dei tuoi nemici, che invece vengono invitati a dire la loro, applauditi in sedi politiche e accademiche? Ahmadinejad non è inseguito da un mandato di cattura mentre in macchina passa dall'aeroporto all'Onu; non lo sono i tiranni arabi e africani. Nessuno di loro è condannato a morte. Solo Israele lo è.

Tre sono gli elementi che fanno pensare che lo sterminio sia possibile. Uno, il fatto che gli ebrei siano radunati nello stesso luogo geografico, dove è facile minacciarli, e che si preparino concretamente le armi per farlo. Due, il fatto che lo scenario strategico che circonda Israele sia quello di una grande guerra islamista che non ha niente a che fare con una disputa territoriale ma con il jihadismo, e che il nemico è molto deciso. E tre, il fatto che l'antisemitismo sia tornato a essere molto diffuso, e quindi costituisca uno sfondo in cui la disponibilità a un *appeasement* sia simile a quella dell'Europa degli anni Trenta.

La popolazione ebraica israeliana ha toccato circa sei milioni di abitanti, più un milione di arabi israeliani. La popolazione ebraica americana, che nel 1995 era di 5 milioni e mezzo, è oggi di circa 5 milioni e 200 mila, e di questo passo sarà dimezzata entro la metà di questo secolo.

La popolazione d'Israele invece cresce rapidamente, parla ebraico, sviluppa una sua cultura nazionale che è come una miracolosa prosecuzione della vita ebraica che si svolse in Israele finché i Romani, prima nel 70 e poi nel 135 d.C., distrussero i rivoltosi ebrei, ne deportarono decine di migliaia, ridussero Gerusalemme in rovine e la chiamarono Aelia Capitolina, con la proibizione per gli ebrei – sempre violata nei secoli – di vivervi. Dopo la Shoah, benchè il sionismo nasca nell'Ottocento per opera di diversi pensatori e culmini nella fondazione del Movimento sionista per opera di Theodor Herzl, la costruzione di Israele ha riportato la maggioranza degli ebrei nel medesimo posto, nel loro Stato, e questo assembramento fa certamente molta gola a chi li voglia uccidere. Hitler aveva massacrato gli ebrei concentrandoli: prima del suo avvento avevano potuto sopravvivere perché sparpagliati ai quattro angoli del mondo, benché dal tempo delle Crociate e via via attraverso i pogrom dell'Europa orientale fossero stati minacciati di sterminio. Nella larga diffusione geografica trovarono rifugi e vie di scampo.

Scrive Charles Krauthammer che adesso gli ebrei hanno invece «messo tutte le uova in un solo paniere, in un piccolo territorio largo otto miglia».[9] È vero che gli ebrei hanno costruito un esercito che li ha già salvati in tante guerre di sopravvivenza. Ma la tentazione di uccidere tutti gli ebrei, già concentrati in un solo punto, è molto attraente per Ahmadinejad e gli altri odiatori di Israele, e vale bene un nuovo sforzo.

Mahmud Ahmadinejad è certamente il miglior candidato al titolo di successore di Hitler, e dice chiare le sue intenzioni quando promette a Israele di distruggerla con «una sola tempesta». Prima di invadere la Polonia Hitler disse che, se ci fosse stata un'altra guerra, avrebbe annientato la razza ebraica in Europa.

Adesso il generale Mohammed Ebrahim Dahghani, uno dei capi delle Guardie rivoluzionarie, dice tranquillamente che «se l'America fa qualche danno all'Iran, il primo obiettivo sarà Israele». Ovvero, se Israele tira i fili del solito complotto mondiale degli ebrei, il colpevole è già individuato.

Hitler, in un famoso discorso che precedeva di poco la Seconda guerra mondiale, espresse grosso modo lo stesso concetto: se gli ebrei causeranno, secondo la loro attitudine complottarda, la prossima guerra, prometto che non ne usciranno vivi.

6

Restare se stessi: la sfida dell'ebraismo alla modernità

L'ebraismo si può vivere in tanti modi. C'è chi lo considera strettamente una religione la cui essenza sono i precetti come testimonianza della trascendenza della vita umana, per cui mangiare è un comma della benedizione del cibo e trova nel richiamo al divino il suo significato primario; per cui il tempo è insensato senza la sua scansione divina, la sua interruzione nel sabato o nelle feste comandate o semplicemente nelle preghiere della giornata per trovarvi, lungo tutto il percorso della vita, lo spazio per la trascendenza. D'altra parte, c'è chi lo considera una parabola della libertà il cui centro è l'Esodo come simbolo rivoluzionario, come rappresentazione del passaggio dell'uomo dalla libertà alla schiavitù.

C'è chi si esercita senza sosta a dimostrare che sionismo ed ebraismo non sono la stessa cosa. Io considero lo Stato d'Israele, sia per chi vi abita sia per chi vive nella diaspora, come la più alta esperienza e la maggiore garanzia della vitalità del popolo ebraico. Israele è il miracolo di una quasi trimillenaria capacità emotiva e intellettuale di sopravvivere fra le più grandi difficoltà. Per me, che registro e vivo da giornalista la sua realtà da più di dieci anni, è l'esperienza che mi ha insegnato, fra l'altro, quanto una cultura forte come quella ebraica possa sfidare la modernità e la globalizzazione, pur facendole in parte sue, senza perdere l'identità originaria. L'ebraismo di Israele non ha vissuto la modernità come una sfida negativa, un'aggressione da respingere. L'ha elaborata, fatta sua, articolata a seconda delle zone sociali: la religione è basilare, ma vive in un complesso equilibrio con lo Stato laico, e con esso naturalmente litiga spesso, senza mai rompere.

Continuamente gli intellettuali si lamentano del fatto che oggi i ragazzi nelle scuole apprendano poca storia dell'ebraismo e poca cultura ebraica. I *charedìm* di Bnei Beraq, a Tel Aviv, rifiutano per esempio la vita in comune fra ragazzi e ragazze, ma non l'educazione delle donne, che invece esercitano tutti i tipi di studio e tutti i lavori; non guardano alla tv gli spettacoli che ritengono inadatti alla loro cultura, ma sono tuttavia ottimi esperti di internet e di *high tech*, il cuore della comunicazione contemporanea.

La percezione della forza della loro cultura fa sì che protestino se si ride di loro o li si offende, ma raramente si abbandonano a sguaiate manifestazioni di odio contro la società moderna. Sentono che sono forti: Israele ha dato loro moltissimo, nonostante lo Stato nasca laico e socialista. Se il fatto che gli autobus non circolano di sabato è problematico per i laici, se tutte le feste comandate corrispondono a vacanze scolastiche e dei luoghi pubblici, se il certificato della *kasherùt* ai ristoranti e agli alberghi è causa di spiacevoli mercimoni, se il matrimonio è solo religioso e per sposarsi laicamente varie coppie vanno a Cipro, e se mi è capitato di sentirmi apostrofare con molta rabbia di fronte al Muro del Pianto perché non avevo una maglietta abbastanza modesta (con le maniche lunghe), secondo una ragazza che, insieme ad altri compagni, si era autonominata custode della morale pubblica pure ho potuto minacciarla di chiamare la polizia se non cessava di apostrofarmi, e farla retrocedere gridandole che Israele a causa sua rischiava di apparire un Paese khomeinista. I religiosi possono essere molto aggressivi, come quando tentano di impedire gli scavi archeologici perché la lettera della Legge proibisce di esumare le ossa, o nell'imporre l'ora legale quando serve a scopi connessi a scadenze festive. A volte vincono le loro battaglie, spesso le perdono. In generale, si vede una certa elasticità dalle due parti, quella dello Stato e quella del Rabbinato. In occasioni fondamentali, come lo sgombero da Gaza, ai rabbini che stabilivano che era proibito ritirarsi da terre di *Eretz Yisra'el*, se ne contrapponevano altri che li contraddicevano e che hanno consentito che lo sgombero si compisse senza che per la religione questo volesse dire abbandonare la Terra legata alla sorte del popolo ebraico dalla volontà divina. E anche se quei rabbini non avessero parlato, dalla mia esperienza di continua testimonianza del disimpegno in quei giorni, ho la sensazione che il tenue filo che separava un dissenso amaro e sofferente dalla ribellione non sarebbe stato superato comunque. Nell'essere religioso, per l'ebraismo sionista c'è l'essere israeliano: il Rav Kook sorveglia dai cieli che i Neturei Qarta non prendano tragicamente il sopravvento, e quindi alla fine si obbedisce alle leggi, anche se alle volte l'incrinatura tocca punti estremi.

Se si pensa quanto la religione sia la pura causa della violenza odierna dell'Islam, il suo terreno di coltura e di sviluppo, non si può fare a meno di rallegrarsi che le sinagoghe, all'infuori di qualche esempio infinitesimale, non siano diventate madrase di odio come le moschee di Gaza. L'ebraismo non contiene in sé questo seme, altrimenti lo avrebbe sviluppato ancor oltre gli orribili e oltraggiosi esempi dell'assassino di Yitzchaq Rabin e pochi altri, condannati a gran voce da tutta la comunità religiosa. Né il sionismo religioso cerca il consenso e poi misura la sua forza sulla beneficenza e la distribuzione di benefici a una comunità povera e bisognosa, come invece i suoi vicini religiosi di Hamas o degli Hezbollah. I religiosi israeliani, membri di una società democratica, talora disprezzati come oscurantisti, di fatto negli ultimi anni, via via che l'onnicomprensiva portata dell'odio musulmano si è fatta antisemita, hanno ritrovato il senso di portafiaccola di valori, di candela della tradizione in una società tuttavia moderna e laica. Insomma, la religione in Israele funge da pietra di paragone morale in uno stato di necessità, con qualche punta estrema.

Il senso del prodigio che Israele rappresenta domina con grande precisione la festa di Chanukkà, che ricorda il miracolo dell'olio durante la battaglia dei Maccabei; Pesach, con la fuga dall'Egitto, è l'odierna rivoluzionaria sensazione di recupero della libertà dopo millenni di schiavitù nella diaspora; Kippur, la necessità di espiazione a fronte della sofferenza dell'umanità e della propria. Dio è presente, anche se certamente non tutti ci credono, e invita a battersi per l'eccellenza. Ogni primo ministro laico, come Sharon, come Rabin e tutti gli altri, ogni tanto invita Dio a occuparsi degli ebrei e lo benedice, ma anche per un rabbino è più importante benedire in no me di Dio e obbedire ai suoi precetti che non credere nella sua immanenza. Senza Dio, insomma, si può vivere, ma non senza i suoi precetti.

Nel dicembre 2005, per l'ennesima volta, nella città costiera di Netanya un terrorista suicida ha fatto un centinaio di feriti e cinque morti. Prima che il giovane riuscisse ad attivare la sua bomba, una donna incinta, il maggiore della polizia Shoshi Atyas, lo aveva individuato fra la folla e si era messa a rincorrerlo gridando: «Terrorista! Terrorista!». La folla si è scansata, Atyas ha seguitato a correre verso il terrorista ed è quasi riuscita a togliergli la mano dalla tasca dove stava per attivare il congegno. Intanto cercava di afferrarlo anche un ragazzo di 26 anni, Hani Amiram, uno studente lavoratore che sorvegliava la porta del centro acquisti. Hani è morto cercando di bloccare col suo corpo il terrorista, Shoshi per fortuna è salva. Anche se non sono riusciti a fermare l'attentatore, il loro eroismo ha salvato molte vite.

In Israele, negli anni della seconda Intifada, ogni giorno autisti di autobus, camerieri, negozianti, medici, studenti hanno afferrato i terroristi con le mani, li hanno buttati a terra, hanno tolto loro dalle spalle la borsa con l'esplosivo e salvato i passeggeri di un autobus o i clienti di un supermarket o gli avventori di un caffè. Siamo, oggi, noi europei altrettanto pronti a considerare il nostro popolo più importante di noi stessi, o della nostra famiglia che ci aspetta? In Israele, quando chiedi a questi eroi se hanno pensato che avrebbero potuto morire, la risposta è uno stupito: «Certamente. Perché, tu che cosa avresti fatto?». Hani aveva già fermato un terrorista una volta, e i suoi fratelli hanno detto che era chiaro che avrebbe preferito morire che fuggire o semplicemente mettersi da parte. Durante l'Intifada, quando a Gerusalemme saltava per aria un autobus al giorno, la gente seguitava a vivere la propria vita, cinema, scuola, supermarket compresi, anche se ogni angolo della città era esploso e quasi in ciascuna famiglia c'era un morto o un ferito o un caro amico finito vittima di un attentato.

Cos'è lo spirito che salva Israele dal terrore, dalla fuga, dal vivere una vita sotto l'insegna della paura, che gli consente di lottare? Che cosa, nei secoli, ha consentito la sopravvivenza al popolo più perseguitato della storia, che cosa gli ha impedito la depressione, che cosa dopo i pogrom e le persecuzioni lo ha spinto, invece che a farsi da parte, a rimettersi al centro della storia? E quale spirito ha consentito a gente che aveva costruito le proprie case e tutta la propria vita lavorativa e familiare nella striscia di Gaza, di contenere la propria resistenza senza tracimare nella violenza, di lasciare tutti i propri beni in maniera relativamente tranquilla? Che cosa li teneva legati a quella terra e cosa ha invece consentito loro di andarsene? Cosa ha fatto sì che soldati e coloni, alla fine di lunghe giornate di scontri, si abbracciassero e si incontrassero di nuovo, due parti dello stesso popolo anche se in profondo contrasto? Che cosa rende un ragazzo di neppure vent'anni un eroe silenzioso che nottetempo entra in Libano a piedi insieme ai suoi compagni, senza un lamento? Che cosa costringe un professionista nel pieno della sua carriera a correre verso una base aerea lasciando il lavoro, la moglie, i bambini a casa e chiudendo lo studio o il negozio?

Ciò che tiene il popolo ebraico insieme, che lo fa vivere e lo rende anche capace alla fine di mettersi in relazione con gli altri è una scelta morale prioritaria. È questa che fa sì che in un certo momento nella Storia conti di più ciò che sei di ciò che sta avvenendo, ciò a cui aspiri come essere umano piuttosto che ciò che vorresti ottenere *illico et immediate*.

E dov'è la radice di questa scelta morale? Sinceramente credo che ci siano milioni di risposte a partire dalla discussione e dal commento della Bibbia, del Talmud, della Mishnah, del Midrash. Io non sarei certo in grado di darle, da ebrea laica e poco specializzata quale sono. Ma ci sono due o tre cose che mi sono chiare: la prima è che l'essenza dell'ebraismo crea la modernità ma non è contenibile in essa. È per l'uomo nei millenni che esso cerca risposte, e non per una sua confortevole collocazione nel mondo contemporaneo. L'ebraismo è tanto scomodo quanto vasto, quando lo si viva profondamente, sia da religiosi che da laici e soprattutto, oggi, da sionisti.

Quando ero piccola ero l'unica bambina ebrea della scuola elementare Giosuè Carducci di Firenze, e fin dall'inizio seppi che ciò era per me motivo di orgoglio e persino di felicità. Una volta una bambina di cui mi ricordo il nome (si chiamava Vivetta) già in prima elementare mi chiese se fosse vero che gli ebrei avevano la coda; seppi, mentre le tiravo uno spintone con ambedue le mani, che in questo c'era anche un dono.

Sentivo che la mia stessa separatezza mi conferiva un dono, faceva di me una piccola persona definita, diversa da tutte le altre bambine perché mi disegnava, mi attribuiva un aggettivo, un titolo, un'essenza di cui ancora sapevo poco, ma che sarebbe diventato il mio tesoro: non ero solo una bambina, ero una bambina ebrea.

Negli anni Cinquanta essere ebrei significava, innanzitutto, essere stati le grandi vittime del nazifascismo. Agli occhi degli altri ero figlia di sopravvissuti, ma dentro di me c'era tutto il fuoco del futuro.

Sulla mia famiglia aleggiava la grande nuvola del lutto della Shoah: quasi tutta la parte polacca della famiglia era stata sterminata nel campo di concentramento di Sobibor. Era la parte che era rimasta a Baranov, mentre mio padre e due delle sue sorelle avevano preso da ragazzi, negli anni Trenta, la strada dello *Yishùv*, che sarebbe diventato lo Stato d'Israele.

Della mia famiglia materna, di borghesia fiorentina, i fratelli di mia nonna Rosina Volterra erano stati deportati ad Auschwitz. Mio zio Nedo Fiano, che quando avevo pochi anni sposò la mia zia Rirì Lattes, aveva avuto tutta la sua famiglia trucidata ad Auschwitz e si era salvato a stento.

Mio padre Aron era sbarcato in Italia con la parte ebraica dell'esercito inglese alleato: voleva, con gli altri soldati ebrei, salvare l'Europa, ridarle la libertà. Libertà e democrazia abbracciavano l'identità ebraica, sionismo e sconfitta del nazifascismo si fondevano nel segno della vita. Mia madre Wanda, partigiana ebrea, e mio padre, soldato ebreo del nascituro Israele, si incontrarono a Firenze. Erano ebrei sopravvissuti all'Olocausto la cui giovinezza li proiettava verso il futuro.

Non ho avuto un'educazione particolarmente religiosa e neppure particolarmente sionista, ma il mio marchio d'origine era quello di una bambina ebrea nata nonostante la Shoah nel tempo della libertà. Così sono stata concepita, e così è cominciata la mia ricerca di identità.

Pochi anni dopo la mia nascita, mio padre tornò in Polonia a ricercare le tracce della sua famiglia, e là venne trattenuto dal potere comunista, ritenuto forse un agente sionista, bloccato lontano dalla sua nuova famiglia. Poté far ritorno in Italia solo dopo la morte di Stalin, quando le persecuzioni antisemite del regime comunista subirono uno stallo. Ogni totalitarismo ci metteva in pericolo di vita: questa fu la seconda lezione.

Ma chi erano allora gli ebrei? A quale Europa era ormai possibile legarsi dopo che essa aveva sterminato o prestato appoggio in gran parte al genocidio della più antica stirpe del monoteismo, quella che tanto aveva dato ai suoi natali filosofici e politici? Un divorzio straziante era maturato, e paradossalmente i primi ebrei che ricucirono un rapporto con l'Europa furono coloro che se ne erano separati per fondare lo Stato d'Israele. Già negli anni Cinquanta Ben Gurion cercò un rapporto con la Germania che rinasceva alla democrazia. Ma lo poteva fare proprio perché era ricco della sua separazione sionista. Nella separazione, e non nell'integrazione, le identità trovano la strada di un rapporto con le idee, con le identità di tutti. Ma gli ebrei, che si aggiravano fra le rovine del continente in cui avevano immaginato la loro integrazione, cercarono una patria ideale che non fosse quella dell'ebraismo che li aveva condotti nei campi di concentramento, e in molti approdarono con naturalezza nel mondo di chi aveva più combattuto la guerra al grande nemico, il nazifascismo.

Qualcuno ancora oggi ripete, come abbiamo detto, che l'identità ebraica è ontologicamente di sinistra per la sua storia di esilio, per la sua indicazione basilare: ama il prossimo tuo. Un'ideologia resistenziale diluì, sostituì l'identità ebraica più complessa. Fu il nuovo terreno di integrazione. Era difficile, per così dire, tornare in Europa: essere ebrei nella patria della Shoah.

Oggi questo tema è stato ulteriormente confuso da quello del multiculturalismo, che propone l'idea che l'ebraismo sia una cultura ospite anche se importante. Ma culturalismo ed ebraismo non c'entrano l'uno con l'altro, dato che l'ebraismo è una culla della cultura europea, e non un suo ospite. Confondere i due temi è strumentale e inutile.

La mia infanzia, la mia adolescenza, la mia giovinezza sono state un continuo entrare e uscire, dentro e fuori un'invisibile barriera, l'invisibile barriera dell'identità. Essa mi attraeva e mi appariva al contempo enormemente pericolosa. Ho lottato con la mia identità, l'ho trasformata più volte in qualcosa di fragile e permeabile in maniera che potessero condividerla i miei amici non ebrei, che somigliasse quanto più possibile a ciò che era già conosciuto o che la mia diversità diventasse vivibile secondo categorie gradevoli al nostro tempo, come quella dell'esilio o della fragilità sociale. Il modello dello *shtetl* descritto da Singer e da Joseph Roth appariva assai più accettabile di quello di Israele. Così voleva la cultura degli anni della mia formazione politica, quelli movimentisti. Gli anni Sessanta e Settanta, quando le vittime del nazifascismo erano di per sé un'icona di libertà, mi hanno reso facile pensare che essere ebreo significasse inserirsi nella grande corrente della sinistra prima socialista e poi semplicemente libertaria. Mi sono figurata che la mia, la nostra attuale funzione sostanziale di ebrei fosse quella di ricordare la sofferenza delle minoranze, di cercare alleanze che consentissero di tramandare come messaggio universale quello dell'esperienza della Shoah e in generale delle persecuzioni, e che questo fosse il moderno contributo che potevamo offrire al mondo.

Nel mondo dell'ebraismo postbellico la sofferenza ebraica fu resa simbolica e, appunto, universalizzata, così come venne universalizzato il suo messaggio, quindi sussunto all'ideologia dominante. Un presidente della comunità ebraica italiana ha sostenuto che l'ebraismo sia «ontologicamente di sinistra», e la sua opinione è senz'altro maggioritaria. Il ripetersi del destino di Giobbe rende gli ebrei assimilabili, dopo duemila anni, agli immigrati da tante nazioni, pregiando il loro ruolo di sfruttati e deboli, sottolinea il tema dell'esilio, del dolore, della miseria, del domicilio coatto, dei nascondigli. Inoltre, essere ebrei è diventato un vezzo, la forza del messaggio etico ebraico si è diluita. In *Lessico famigliare* Natalia Ginzburg descrive con legittimo stupore l'addensarsi di una tragedia così grande come le deportazioni e l'Olocausto quando l'identità della borghesia ebraica torinese le si mostra quasi come un vezzo lessicale e di comportamento: così esigua, fragile, quasi frivola. Se l'identità ebraica fosse stata quella che si figurava la Ginzburg, e non l'immenso messaggio del monoteismo e dell'etica, davvero sarebbe incomprensibile la sopravvivenza di un popolo la cui storia, giganteggiante e compatta, lascia le sue tracce da non meno di 2500 anni prima di Cristo. Ricordo come, dopo la Guerra dei sei giorni, la Ginzburg si rammaricava (e certo non fu l'unica) che non si potesse più pensare al Paese degli ebrei come a un Paese «piccolo» e «inerme», una nazione, «in cui ogni cittadino potesse conservare la propria fisionomia gracile, amara, riflessiva, solitaria». La Ginzburg aggiunse anche che preferiva l'immagine dell'ebreo curvo sui libri a quella del *sabra* abbronzato che ara la terra e impugna le armi. Anche Primo Levi diceva che non era «questa Israele» quella a cui lui si sentiva legato da un vincolo profondo.

La mentalità ecumenico-umanista-progressista, molto aperta nei confronti dei non ebrei che si immaginava incarnassero gli stessi valori, si fece spazio tra gli ebrei italiani a partire dal secondo dopoguerra. Essere ebreo, per una sua certa interpretazione, vuol dire, paradossalmente, cercare quante più similitudini possibili con chi non lo è; credo che anche il mondo cristiano dopo lo shock della Seconda guerra mondiale abbia cercato e trovato la sua identificazione con la parte vincitrice in Italia, la Resistenza e poi la sinistra. È rimasto nella nostra cultura il prendere la strada opposta a quella della specificità ebraica, immaginarsi, per quanto possa sembrare strano, che l'ebraismo di fatto si potesse definire attraverso l'universalismo, attraverso l'assorbimento di un universo morale ed estetico mutuato da ciò che più colpisce la fantasia progressista. Stranieri, senza radici, poetici, inermi, vittime del potere, alieni alla concezione dello Stato, alla violenza, indifesi, con una cultura etnica e scarse capacità belliche e tecnologiche... Come gli immigrati, i neri, le donne, i bambini, il Terzo mondo, o anche come un vicino di casa cristiano che non mangia maiale.

Ma se così fosse, l'ebraismo non sarebbe stata una cultura così forte da restare al centro della storia mondiale benché consti di non più di 13 milioni di persone (come la popolazione del Guatemala, per esempio, e meno di quella del Madagascar).

L'ebraismo ha trovato la sua forza e la sua interazione con la storia costruendo la civiltà della libertà proprio perché ha detto no all'egemonia greca, no agli antichi romani, no alla conversione al cristianesimo, no alla conversione all'Islam, e, più avanti, no al totalitari smo. L'ebraismo non si limita a volare come nei quadri di Chagall, non è certo solo quello delle clamorose svolte culturali che è stato in grado di produrre tramite i suoi pensatori moderni, da Spinoza a Freud, a Einstein, a Schönberg. Anche questi ultimi non sarebbero esistiti se l'ebraismo non fosse un nocciolo di nazione, di identità rocciosa, che non si perde nella confusione, nel rumore del mondo contemporaneo, che lo sfida e non si fonde in esso, che non ha traccia di relativismo, che ha percorso un tracciato che molti vorrebbero andasse perduto.

Il volo verso il futuro fu consentito da un profondo radicamento nella propria identità. L'ebraismo è una sfida culturale, anche normativa che è combattuta e perseguitata per il suo contenuto specifico, e non al fine di portare una generica sfida alla norma come gli immigrati quale che sia, con tutto il rispetto, la loro provenienza e cultura.

Non è un'esperienza di fusione, che può rientrare dalla finestra della cultura di massa, non è una parafrasi del secolarismo, né una patente per rendersi simpatici, in quanto perseguitati, alla gran parte della cultura corrente. L'ebraismo è una legge con 613 precetti, che anche quando non sono seguiti sono un bastione di cultura; gli ebrei sono un popolo con una ideologia, quella del Dio unico, invisibile e personale, che ha sfidato a turno paganesimo, cristianesimo, totalitarismo moderni, e oggi è in prima fila a sfidare l'Islam estremo che vuole distruggere la sua massima espressione e quindi la sua stessa anima, lo Stato degli Ebrei.

Il monoteismo etico è forse la più influente e audace fra tutte le invenzioni della storia umana. L'idea che Dio sia al di sopra della natura, solo e onnipotente, al di sopra di qualsiasi tiranno e di ogni prepotenza, erige il pilastro centrale della ragione e ricrea i parametri della felicità umana, ponendola nell'osservanza dello Stato di diritto.

Se mi si chiede dove sto io, per quanto possa essere interessante questo minimo particolare, io che purtroppo non ho il dono della fede mi identifico con l'ispirazione del rabbino David Gelertner che non cerca Dio nella storia, ma che sente come sia in sé mirabile il velo che separa Dio e gli uomini, come sia interessante un Dio che passa e difende Mosè con la sua propria mano (il testo recita proprio così) dalla sua stessa vista mostrandogli solo la sua schiena, e non il suo volto. Gelertner indica come sia significativo il Muro del Pianto, una pura immagine di separazione con le sue gigantesche pietre bianche prive di ornamenti; ricorda che l'ebreo non pronuncia il nome di Dio; ricorda come il profeta Elia sentì il tuono e non era Dio, fu investito dalla voce del terremoto e non era Dio, e alla fine sentì una piccola voce solitaria, e non si sa se fosse Dio, ma certo era qualcosa che veniva da dentro, dall'uomo stesso che costruisce la storia a fronte di un Dio nascosto dietro un velo, lo aiuta nella creazione possedendo la grande arma dell'amore.

L'inconoscibilità e la trascendenza sono parte della Bibbia, poi sviluppate nel pensiero di Filone di Alessandria e di Maimonide, fino alla cabbala e al misticismo che mette Dio faccia a faccia col suo popolo attraverso l'amore, quando si canta all'ingresso del sabato o si cerca di prolungare lo stato di sospensione fra la sua fine e l'inizio di una settimana in una sottile striscia di tempo che non appartiene a nessuno fuorché all'amore.

L'amore mantiene sempre un suo posto centrale nell'ebraismo. Anche la magnifica elaborazione razionalistica di Maimonide nel dodicesimo secolo consente l'avanzamento della mente umana senza sottrarle la legge orale, che aiuta la fede a sopravvivere in tempi di persecuzione. È una scelta rischiosa che aprirà nei secoli a venire anche la strada dei falsi messia; ma sento come un gesto d'amore intellettuale questo mantenere un'area di misticismo e di irrazionalità, uno spazio vuoto, per evitare di distruggere Dio.

Ma con tutto l'amore che contiene, e proprio per questo a mio vedere, la cultura ebraica nella sua strategia di sopravvivenza ha continuato anche nei secoli delle persecuzioni e delle espulsioni a produrre i propri libri e i propri intellettuali, a finanziare in proprio la costruzione di commentatori e rabbini. Essi hanno svolto il tema del ruolo dell'uomo di fronte a Dio in libertà, senza nessuna limitazione, per seguitare a esistere consegnando il messaggio la cui importanza è oggi scritta in ogni codice civile, in ogni seggio elettorale, in ogni struttura di aiuto e di sollievo, in ogni monumento, in ogni sinfonia, in ogni piazza d'Europa.

L'hanno fatto perché non accettavano le regole provenienti dall'esterno, le mode, i costumi altrui: restavano se stessi anche al costo della vita, e per questo hanno contribuito a formare e definire il mondo moderno. Gli ebrei laici che hanno cambiato il mondo escono dalla costola del rigorismo ebraico anche quando lo respingono. Sigmund Freud ebbe genitori che provenivano dalla Galizia chassidica, conosceva lo Zohar prima ancora di inventare la teoria dei sogni, e se odiava la normatività ebraica pure ebbe eroiche virtù personali dettate da un'evidente scelta etica: Freud era un lavoratore formidabile, uno stoico difensore di tutto ciò che gli sembrava vero. Quando subiva i tormenti del cancro rifiutava la morfina e sceglieva una morte santa dicendo: «Preferisco pensare nel tormento che perdere la ragione». Einstein scavò nella teoria della relatività fino all'ossessione proprio perché voleva fornire il fianco alla contestazione.

Gli ebrei sono stati innanzitutto i paladini di Dio, senza compromessi: vorrei notare che fino a oggi le più virulente persecuzioni, anche se quelle cristiane sono state terribili, sono tuttavia provenute da parti secolari venate di motivi mistico-escatologici. Hitler dichiarò che la sua missione era «distruggere il tirannico Dio degli ebrei».

Gli ebrei hanno anche sempre avuto l'obbligo di proclamare pubblicamente la loro fede. Dice Maimonide: «Gli ebrei hanno l'obbligo di proclamare la vera religione al mondo, senza paura di nessuna offesa. Se un tiranno ci obbliga a negarla noi non dobbiamo farlo ma dobbiamo piuttosto affrontare la morte. E non dobbiamo neppure ingannare il tiranno facendogli credere che abbiamo negato Dio quando continuiamo a credergli nel nostro cuore».

Per me, l'esperienza ebraica più importante e più dura riguarda non la fusione, ma la separazione. Via da Firenze, via dalla mia cara famiglia, via da Roma e dai miei amici a Gerusalemme, la strada della lontananza è quella che a me personalmente è sembrata la più fertile. Il caos deve subire mille separazioni per diventare creativo; l'ambizione di costruire una torre di Babele, che forse è la prima rappresentazione di una *koinè* narcisisticamente convinta della propria mancanza di regole, porta alla confusione in cui tutto è perduto; il popolo ebraico trova la strada della libertà quando le acque si separano ed esso stesso può allontanarsi dagli egiziani. Separare fra l'ordinario e lo straordinario, fra la luce e il buio, fra Israele e le altre nazioni: ma guai se questa separatezza significa isolamento, perché oggi come ieri l'ebraismo si trova sulla prima linea di una lotta di libertà il cui esito è tutt'altro che scontato.

Il nazismo, certo un regime il cui contenuto è stato forse il più malefico della storia, ha ritenuto gli ebrei i suoi principali nemici. Anche il comunismo li ha ritenuti suoi nemici mortali. L'Islam estremo a sua volta oggi li ritiene tali, e così i suoi alleati consapevoli o inconsci. L'antisemitismo è la mosca cocchiera dell'odio antidemocratico.

Oggi una consistente quanto ripugnante ondata di antisemitismo sporca di nuovo il mondo. Ahmadinejad, il presidente iraniano, spiega esplicitamente che la sua intenzione antisemita è semplicemente genocida, che Israele deve essere eliminato; gli ebrei appaiono senza tregua nelle vignette sulla stampa araba con le zanne, i dollari e le armi americane; che nella mente malata dell'Europa ormai indebolita e terrorizzata Sharon beve il sangue dei bambini palestinesi nelle vignette dei giornali britannici; che il muro di difesa, che salva vite di innocenti viaggiatori sugli autobus, è diventato nella coscienza comune un muro di apartheid, e i terroristi suicidi sono chiamati militanti o guerriglieri. Gli ebrei sono di nuovo al centro di un attacco mondiale, e se è vero che non tutti gli antisemiti sono terroristi, tutti i terroristi tuttavia, mi sento di affermarlo senza esagerazione, sono antisemiti. La condizione ebraica è di nuovo al centro di una enorme battaglia identitaria sul nostro pianeta e nel nostro continente in particolare. Stabilire chi e che cosa è l'Occidente significa anche stabilire delle linee di confine fra ciò che è accettabile e ciò che non lo è, fra ciò che fa parte di noi e ciò che invece deve essere combattuto senza tregua.

Per Hitler a suo tempo uccidere gli ebrei fu il segnale di battaglia che travolse nel sangue la costruzione di un'Europa democratica e liberale per cercare di trasformarla in un impero soggetto a una dittatura in cui i valori della cultura ebraico-cristiana venivano cancellati. Per degiudaizzare Gesù, Hitler mandò emissari in India a cercare le tracce di un Gesù ariano. Oggi il programma di conquista terrorista dell'Occidente usa la distruzione innanzitutto morale e poi fisica degli ebrei, la violazione delle loro sinagoghe e dei loro cimiteri, i roghi delle scuole ebraiche, e sopra a tutto il resto l'indicazione al mondo dello Stato d'Israele come di un'entità da distruggere connotata di tutti i peggiori aggettivi: Stato razzista, nazista, di apartheid; tutto il contrario di ciò che è e tenta di essere nonostante l'attacco continuo cui è sottoposto. La storia recente degli ebrei è stata obliterata e stravolta in pochi anni, la sua verità seppellita sotto un cumulo di falsa informazione: Israele dal suo primo inizio accetta la spartizione dell'Onu e gli arabi la rifiutano aggredendolo; Israele fin dal primo momento offre di nuovo il territorio fino alla larga offerta di Ehud Barak e al ritiro unilaterale di Sharon, e gli viene risposto ogni volta, nei fatti, che non di terra si tratta, ma di sparire dal mondo. Fare la pace con Israele è proibito, soprattutto nel mondo arabo. E del resto, come si può fare la pace, o semplicemente discuterla, con un Paese di cui neghi il diritto stesso a esistere, come fa il governo di Hamas con Israele?

E come la minaccia nazista fu minaccia non solo agli ebrei, ma al mondo intero, così oggi il mondo intero (cristiano e musulmano moderato) è minacciato dal terrorismo islamico frontalmente, è considerato con disprezzo, con la certezza che debba soccombere. Non l'Occidente vuole la guerra, ma chi piuttosto vuole cancellare la sua forma politica attuale, la democrazia, i costumi delle donne e degli uomini del nostro tempo, e la nostra cultura, l'idea della religione come sacro tempio interiore di ciascuno i cui princìpi illuminano e non costringono.

Di fatto quindi, la situazione attuale da sola suggerisce la saggezza delle parole di Rabbi Hillel che nel trattato *Avot* della Mishnah dice: «Se io non sono dalla mia parte, chi lo sarà?». E aggiunge: «Ma se io sono solo dalla mia parte, che cosa mai sono io?». Bin Laden ha detto chiaramente che i nemici sono gli ebrei, i crociati (ovvero i cristiani) e gli apostati, e ha promesso morte a tutti loro, ai loro costumi, alle loro leggi. Nelle moschee, il cui sacrosanto ruolo sarebbe quello della propagazione della religione e della preghiera, talora si consegna a vasti strati di giovani un messaggio politico e morale che dà energia a un grande movimento antidemocratico.

Questo ci indica la strada dell'unità fra le tre grandi religioni monoteiste, e mi sembra fuori di dubbio che si tratta di un terreno di difesa comune. Mi sembra che in gioco oggi non sia il sogno del multiculturalismo, il culto delle differenze che sarebbero fertili e anche meravigliose ma che serve ormai a giustificare costumi e sistemi politici per noi inaccettabili, quanto piuttosto lo sia ciò che ci unisce e non ciò che ci distingue. Quindi non è sul terreno multiculturale, credo, che gli uomini di buona volontà oggi si incontrano, ma nella lotta e se occorre persino nell'alleanza per la democrazia e per la libertà.

L'islamismo di al-Qaida, come quello di Hamas o degli Hezbollah, ha più volte definito, anche attraverso *fatwe* con valore religioso, la democrazia come un nemico da battere. Queste idee sono sostenute con abilità ideologica e militare: il fronte Nord di Israele è ormai diventato un fronte iraniano, dato che vi operano gli Hezbollah; il fronte interno del terrorismo palestinese, malgrado le buone intenzioni di Abu Mazen, seguita a produrre attentati e un'inarrestabile pioggia di missili Kassam grazie a una mobilitazione internazionale del fronte terrorista, del resto incitata dall'ayatollah Khamenei, che nel dicembre 2005 ha chiesto più terrorismo, più conflittualità, più aggressività e nessun accordo con Israele. In Europa ormai si contano a decine gli attentati terroristici. Il patrimonio che ci tiene uniti, e che fa sì che io ebreo mi riconosca in te fratello cristiano o in te fratello musulmano, non è quello del reciproco apprezzamento delle differenze culturali. È quello della concordia su un punto: fronte unito per la democrazia e la libertà, guerra al totalitarismo e tutela intransigente dei diritti umani a tutte le latitudini.

Le delusioni sui rapidi risultati della lotta per la democrazia in Medio Oriente sono state cocenti, specie in Iraq. Ma si è visto in Libano cosa accade quando la bottiglia viene stappata, lo si comincia a vedere in Siria, lo si è visto soprattutto in Afghanistan, lo si vede dove dittatori consumati come Gheddafi fermano la produzione di armi di sterminio di massa, o in luoghi lontani dalla democrazia come l'Arabia Saudita o il Kuwait, dove tuttavia si allarga il diritto di voto e dove le donne osano farsi avanti e ottengono diritti civili. Il discorso sulla democrazia corre sui blog e nelle case, il numero dei dissidenti aumenta, anche se le elezioni si sono dimostrate a volte, per esempio tra i palestinesi, un antidoto piuttosto che un incentivo alla pace e alla democrazia. I Fratelli Musulmani e i loro simili assediano le urne per usarle, e non per onorarne il significato liberale.

Le armi per vincere sono la buona volontà e il coraggio, e alle volte, come oggi di fronte alla minaccia atomica dell'Iran, bisogna tirare un profondo respiro e cercare di restare compatti e franchi, pronti allo scontro che essa cerca di imporre, prima di tutto sul piano diplomatico. In Iraq, è importante la richiesta degli stessi iracheni democratici di restare finché la democrazia comincerà a camminare sulle sue gambe, e benché sia certo indispensabile andarsene, a me è sembrato truffaldino e soprattutto controproducente stabilire un'agenda che non tenga conto della stessa ragion d'essere del conflitto.

La guerra per la democrazia oggi, la guerra contro il terrorismo, ci richiede anche un grandissimo sforzo creativo, una mutazione delle nostre categorie, e forse la promozione della società civile prima delle elezioni, può fornire una chiave.

Mi spaventa e mi appare molto pericolosa, anche moralmente e intellettualmente, l'incapacità europea di definire il terrorismo; a partire da quell'odiosa conferenza dell'Onu a Durban nell'agosto del 2001, a cui io ero presente e che precedette solo di pochi giorni l'attacco alle Torri Gemelle, ho avuto l'impressione che non solo ci sia uno stato di acquiescenza della cultura occidentale verso il terrorismo, ma persino una segreta, forse inconscia approvazione. Se leggiamo gli articoli sui giornali, le sentenze dei giudici, i libri sul terrorismo che escono dal nostro continente, infatti, e cerchiamo una spiegazione del terrore, la troviamo in questi termini: il terrorismo esiste, oltre che come delitto contro la vita umana, anche tuttavia come risposta ai mali della nostra storia. Il terrore, secondo le nostre Ong, le tv e i giornali, è una reazione alla miseria, al colonialismo, all'oppressione dei bianchi, all'imperialismo americano, all'occupazione israeliana, al razzismo antimusulmano, alla mancata comprensione degli immigrati, al disprezzo dei diritti umani da parte dell'Occidente. Insomma, bisogna quasi ammirarne gli intenti morali se non i risultati sanguinosi.

Ma è un errore: il terrore risponde a un sogno di conquista degli esponenti estremi del *jihad* – e poi dei giovani da loro indottrinati – di un continente che un tempo ha tremato al suo cospetto, e che ora essi sperano di recuperare al loro dominio. L'incontro fra noi oggi è vitale e indispensabile e implica determinazione e senso dell'importanza morale della propria identità.

Fra tutte le brutte esperienze che sono rimaste nei miei occhi in questi anni, ce n'è una particolarmente insopportabile, ed è quella di papa Giovanni Paolo II al tempo della visita in Israele, quando incontrò a Quneitra, nei confini siriani, il presidente Bashar Assad. Non posso dimenticare come Assad disse al papa e ai media che gli israeliani seguitavano a fare ai palestinesi ciò che gli ebrei avevano fatto a suo tempo a Gesù. E il papa tacque. Niente apparve ai miei occhi più perverso ed errato che cercare di strappare l'una dall'altra, in modo così palesemente intimidatorio, le due culture madri della democrazia moderna.

La mia impressione è che anche se oggi un mondo che ha tanta paura del terrorismo non lo vuole sentire, un messaggio molto forte e per niente conciliante, e carico invece di possibilità di pace, venga di nuovo dal popolo ebraico, che combatte il terrore in maniera contenuta ma decisa, che non cerca scappatoie ma guarda in faccia il pericolo. Il risentimento non espresso può portare all'avvelenamento di una civiltà e il *Levitico* dice chiaramente (19,17): «Non coverai nel tuo cuore odio contro il tuo fratello; rimprovera apertamente il tuo prossimo».

E la Bibbia ripete nel *Deuteronomio* (30,19): «Scegli la vita, perché viviate tu e la tua discendenza». La moralità della Bibbia parla soprattutto di pace, ma non cancella la realtà della guerra quando essa sfortunatamente si presenta e ti costringe a difenderti. Ma quando i *Salmi* dicono (29,11): «Possa Dio dare forza al suo popolo», continuano: «Possa Dio benedire il suo popolo con la pace».

7

Il sionismo, una meraviglia della storia

Una volta, dopo un grosso attentato terroristico a Gerusalemme con molti morti e feriti, la radio cominciò a chiamare i cittadini a donare sangue. Era il tempo in cui l'aria stessa della capitale tremava di una inusitata vibrazione, ogni angolo era la casa di incubi mai sognati in precedenza. Camminare per la strada era già una sfida, mandare i bambini a scuola un atto di eroismo. La morte abitava nei caffè, nei supermarket e un po' ovunque: autobus, cinema, cliniche, pizzerie. La città sembrava disegnata non per ospitare gli uomini, ma i loro assassini, divenuti l'oggetto principale dell'attenzione di tutti invece delle faccende di ogni giorno.

Fanciulle palestinesi, coperte secondo la tradizione religiosa da lunghi abiti bianchi e neri, venivano trasportate da vecchie macchine, nell'ultima più intima ora che precedeva la loro morte, insieme a uomini con cui prima non avrebbero avuto il permesso di condividere solitarie ore di viaggio verso la città; avevano il tempo di gettare uno sguardo sul traffico e i negozi illuminati, e poi lanciavano i brandelli del loro corpo e del loro spirito insieme a pezzi di acciaio acuminati contro i nemici ebrei per ammazzarne quanti più possibile. Una volta ne intervistai una che si era tirata indietro all'ultimo: disse che in quel bar aveva guardato i bambini e non aveva sentito odio verso di loro, così aveva rinunciato. Ma molti giovani figuravano sui teleschermi la sera degli attentati come fantasmi muscolosi e palestrati quando erano già morti, bei figli di madri che poi incontravo fiere e snaturate quando andavo a intervistare le famiglie: avevano perso figli giovani e anche ragazzi che avrebbero potuto essere avvocati, operai, ambasciatori, ritornati, già morti, a salutare dai teleschermi occidentali con un grottesco costume in cui i paramenti verdi, il nastro del martirio intorno alla fronte e il mitra ornavano la loro promessa di morte agli ebrei; e queste immagini venivano sempre trasmesse, nel 2000, 2001, 2002, 2003... giorno dopo giorno, di concerto con quelle delle autoambulanze che correvano istericamente in angoli conosciuti, gli angoli della vita di ogni giorno.

Eravamo tutti esausti e stupefatti, cittadini e giornalisti. Arafat era certo di riuscire a creare negli ebrei una disperazione che li avrebbe spinti via da Israele, era tornata in voga la barzelletta che all'aeroporto fosse stato appeso un cartello: «L'ultimo spenga la luce». Invece la luce non la spense nessuno, e anzi fu inaugurato il nuovo aeroporto, ornato da una stupefacente piazza rotonda interna, con al centro una fontana luminosa capace di stupire ventiquattro ore su ventiquattro, affinché tutto il mondo spalancasse la bocca in ammirazione. Le mie amiche e io seguitavamo a prenderci il caffè sedute al Cafit (sulla cui porta fu preso un terrorista col tritolo) e al caffè Hillel (saltato per aria), gli autobus circolavano anche se lasciavano carcasse bruciate di qua e di là, le fermate erano sempre affollate, le scuole e i supermarket restavano aperti, tutti i posti che erano stati fatti esplodere riaprivano dopo due giorni. Come un torero assediato da un toro infuriato, Israele non abbassava la sua bandiera, anche se le vie di notte si svuotavano, i giovani non uscivano, i turisti non arrivavano.

La mia amica Ruthie quella mattina andò a offrire il sangue che la radio richiedeva e, una volta raggiunto il centro di raccolta, dovette mettersi in fila nella folla che si spintonava e si accalcava. Erano più di un centinaio i volontari, tutti erano riusciti a scappare per un'ora dal lavoro o dalla famiglia per questo scopo, e adesso stavano in coda ma dovevano tornare ai loro impegni. O, semplicemente, erano impazienti e prepotenti. Cosicché ciascuno cercava, con mezzi molto meno nobili dell'intenzione originaria, di scavalcare chi era arrivato prima: «Tocca a me, che cosa vuoi, stai zitto, non rompere, lasciami passare, non ho tempo da perdere» e peggio. Gli israeliani corrono a dare il sangue ma non stanno in coda. Il loro amore per la vita è ansioso e maleducato, la loro scelta per la democrazia è frettolosa passione, non un ordinato e valoroso processo storico simile a quello dell'Inghilterra.

L'uomo democratico israeliano conquista il proscenio gridando la sua smania di normalità dopo secoli di oppressione, conquista la vita democratica con immensa fatica e quindi con accanimento senza pari. L'uomo israeliano che danzava nelle strade quando David Ben Gurion proclamava lo Stato degli Ebrei era tornato a casa dopo duemila anni e aveva appena sofferto il genocidio nazista, e nel momento stesso in cui danzava per la pace, era costretto dall'assalto arabo ad affrontare una guerra. E mentre veniva alla luce, ancora molto povero, lacero, reduce dai campi di sterminio, non solo affrontava la guerra, ma per la prima volta da duemila anni si gettava in un corpo a corpo col potere, l'unico problema che dal 70 d.C. non aveva più dovuto fronteggiare.

Gli ebrei avevano fatto dell'assenza di potere una virtù, avevano teorizzato nel pensiero rabbinico il rischio che esso comporta, lo avevano disprezzato e temuto; il rabbino Kook, fondatore del sionismo religioso moderno, sosteneva che gli Stati erano per natura simili ai lupi. Ma Ben Gurion imboccò istintivamente una strada che consentiva allo spirito ebraico di farsi Stato: quella della completa presa di responsabilità. Fu così che, come ricorda Michael Oren, fu inventata la parola *mamlakhtiyyùt*, un neologismo che significa insieme «sovranità» e «responsabilità», suggerendo che la strada ebraica allo Stato era solo quella di gestire il potere non come un fine ma come un mezzo per il miglioramento di sé e del mondo, per essere sensati, giusti, e soprattutto responsabili.[10]

La *mamlakhtiyyùt* è complicata e contraddittoria: ne fanno parte il Bagàtz, cioè la Corte Suprema, e la scelta di non scrivere una costituzione, così da non escludere i religiosi dallo Stato; e ne fa parte il reattore di Dimona, che fu costruito per difendere gli ebrei dopo che erano quasi scomparsi dalla faccia della terra (un tentativo *ex post* di difendere la sopravvivenza e la pace del mondo libero, possiamo dire oggi col senno dell'era iraniana: non a caso il suo principale ideatore fu il pacifista Shimon Peres), così come la Filarmonica di Tel Aviv e come le infinite *'amutot* (organizzazioni private) che aiutano quasi accanitamente qualsiasi gruppo sociale in difficoltà, dagli alcolisti, ai genitori orbati dalla guerra, all'esercito.

Tutto è gestito dentro un guscio democratico la cui autocritica ha un che di talmente corrosivo da fargli rischiare di mangiare continuamente se stesso: la Corte Suprema, il cui lavoro è quello di emanare sentenze definitive e inappellabili su qualsiasi materia e che raccoglie la fiducia di tutti, ha dovuto affrontare in novembre un appello non solo contro il recinto di difesa, non solo sulle eliminazioni mirate, o sui rimborsi ai palestinesi colpiti per sbaglio nei loro beni, o contro qualche costruzione araba o ebraica a Gerusalemme, ma contro se stessa come istituzione ingiusta, e l'ha fatto con la massima serietà. Tutto questo nel momento dello scontro quasi sempre cruciale fra i poteri politico, militare, giudiziario, dell'informazione, fra istituzioni popolari come il sindacato e cittadini stufi degli scioperi, fra religiosi e laici, fra liberisti e socialisti.

È una lotta terribile, perché ognuno di questi agglomerati combatte per quello che ritiene il bene assoluto, e intende battersi fino all'ultimo. E tuttavia, quando si tratta di faccende fatali, come il reattore di Osirak, l'operazione di Entebbe o la guerra al terrorismo della seconda Intifada, l'*homo israelianus* torna all'origine. Trova l'unità dopo scontri in cui la propria opinione viene sperimentata allo stremo; dà il sangue per il suo concittadino dopo che ha cercato di sopravanzare il suo predecessore in coda. È per questo che l'Iran non deve illudersi, come ha ripetuto più volte, che Israele sia ormai uno Stato indebolito dal lusso occidentale. Anche a Gaza nell'agosto 2005, dopo lo scontro mortale fra coloni e governo, è venuta la resa alla legge democraticamente votata, e i coloni sono tornati nell'alveo dell'unità israeliana, perché ciò è indispensabile alla sopravvivenza.

È importante notare tuttavia che la presa di responsabilità, adesso che Israele ha la sua *mamlakhtiyyùt*, si risolve spesso in esitazione e paura di usare la forza in maniera eccessiva: cosicché si origina un altro fenomeno unico al mondo, un popolo le cui città vengono bombardate dai missili Kassam per più di un anno dopo che i soldati si sono ritirati interamente da Gaza, non reagisce se non in maniera molto modesta, anche se questo non riesce a evitare i danni collaterali a una guerra asimmetrica. Ogni tanto l'esercito commette errori e ci vanno di mezzo anche degli innocenti, ma qualsiasi Paese del mondo distruggerebbe senza guardarsi tanto intorno le rampe di lancio da cui i suoi cittadini vengono inondati di Kassam ogni giorno. Israele seguita inoltre a permettere l'ingresso di palestinesi sul suo territorio anche dopo molti esperimenti della loro fatale aggressività: innumerevoli episodi provano il rischio di questa politica. Ogni minuto, durante una delle facilitazioni al passaggio in Israele dal West Bank che Israele consente a fitte scadenze, si scoprono bombe e terroristi suicidi che ne approfittano. Mentre scriviamo, il 14 dicembre 2006, otto chili di tritolo sono stati trovati in un'auto a uno dei checkpoint di Nablus, ma l'apertura non è stata interrotta.

Alla fine del 2006 il Bagàtz ha approvato un principio di pagamento di indennizzi ai palestinesi che abbiano subìto danni di guerra, dando per scontato un principio di innocenza dei colpiti che ha lasciato molti senza parole.

Nel novembre del 2006 Jabar Derabiya, del Comitato di Resistenza Popolare, è stato arrestato dopo che aveva utilizzato un permesso di accesso in Israele per ricevere assistenza ospedaliera: era risultato un terrorista, come molti altri che passano nelle maglie umanitarie del rapporto con Israele.

Molti cittadini arabi israeliani che si dichiarano palestinesi nel cuore, che visitano in Siria Bashar Assad e Hamas nell'Autonomia palestinese, che apprezzano gli Hezbollah, e che proclamano la vittoria dell'Islam e la distruzione di Israele come loro scopo, seguitano a venire eletti alla Knesset e a ricevere incarichi importanti in Israele. I movimenti integralisti islamici, che fioriscono sempre più vasti fra i cittadini arabi israeliani e riuniscono folle di decine di migliaia contro lo Stato, non smuovono Israele da una politica di parità sostanziale, anche se la condizione degli arabi israeliani è certo svantaggiata rispetto a quella degli ebrei: ciascuno ha la propria questione meridionale, le sue ingiustizie sociali, le sue ali di popolazione ignorante da una parte e popolazione razzista dall'altra. Ma se poi si chiede a un arabo israeliano se voglia lasciare la sua cittadinanza per prendere quella palestinese o di qualche Paese arabo, la risposta è decisamente negativa.

La rinascita nazionale nella sua patria di origine di un popolo trimillenario minacciato di estinzione non per inedia, ma per la crudeltà umana, specie quando la sua terra arida e minuscola si situa nel mezzo di un mondo che ne contesta violentemente la stessa esistenza, dovrebbe rappresentare, specie agli occhi della nostra civiltà, una storia meravigliosa, una promessa di redenzione per tutta l'umanità. Chi non lo vede è cieco e sordo. Eppure questo Paese è oggetto di tutti i possibili pregiudizi, oggetto di una costruzione barocca di epiteti e di teorizzazioni semplicemente pazzeschi, eppure divenuti ormai senso comune. Piuttosto, sarebbe molto interessante per i pensatori, gli intellettuali e i giornalisti osservare, analizzare come il Paese degli ebrei, che da tanti anni non avevano una patria, si sia potuto sviluppare nell'era moderna, come la responsabilità può essere gestita in democrazia su un fronte che è il nostro, quello fra Occidente e Oriente.

L'Europa non lo sa, e potrebbe imparare. Israele è l'unico Paese in cui ogni soldato, oltre che con il fucile e lo zaino, va in guerra con un codice di comportamento che gli impone con rigidità di salvarsi ma anche di evitare a ogni costo di colpire gli innocenti; e finora questo gli ha consentito, oltre che di mantenere uno standard morale elevato, anche di vincere le guerre. Non puoi sparare se non sei direttamente minacciato con un'arma, ma quando spari hai una motivazione maggiore proprio per questo; anche se sei molto forte, trattieni il fuoco; non miri al predominio ma solo alla difesa; aborri il sangue, non ti prendi neppure la libertà di agire come gli americani in Afghanistan e in Iraq. I palestinesi, con tutta la loro tragedia, sono ben fortunati a non avere di fronte i loro amici europei, i francesi o gli inglesi, che li avrebbero annientati.

Ma nessuno sa osservare bene questo fenomeno: tanto che, se capita che un proiettile di cannone colpisca per sbaglio un edificio mentre cerca di fermare i missili Kassam e il resto (per esempio è successo a Beit Hanun, nel novembre 2006) e uccida 19 persone, si troverà sempre un politico importante, come il ministro degli Esteri italiano Massimo D'Alema, che dichiarerà che questa tragedia è la conseguenza di una deliberata strategia israeliana di aggressione. Non solo, ma, oltre a questa versione contemporanea dell'«accusa del sangue», egli istintivamente userà – come ha fatto – l'altro elemento dell'antisemitismo classico, ovvero la teoria della cospirazione: Israele ha colpito i civili per impedire l'avanzamento della pace che lo costringerebbe a cedere territori. Quanta ignoranza della storia, quanta mancanza di conoscenza dell'argomento vi è in osservazioni come queste e simili, e quanta strumentalizzazione! E intanto, se in un mese 300 missili (è la cifra vera) verranno lanciati da Gaza sulle cittadine israeliane, ci sarà sempre un giornale che per sbaglio scriverà nel titolo che i missili hanno colpito «insediamenti israeliani».

Non interessa la vera storia dello Stato degli ebrei, all'Europa forse è persino antipatica la fissazione per la democrazia che lo caratterizza, la annoia la proclamazione di princìpi; preferisce, con scelta semplicistica ma politicamente molto conveniente, privilegiare come chiave di ogni lettura la pietà per il sangue versato dai palestinesi, anche qui applicando uno schema che non c'entra niente, quello della lotta anticolonialista, la solidarietà per il debole contro il forte. Ma, abbiamo spiegato, niente è più intellettualmente scandaloso del suggerimento che gli ebrei, tornati alla loro terra di fatto, giungessero proditoriamente in una landa con cui non avevano nessuna connessione, e in secondo luogo che, come un esercito francese in Algeria o italiano in Etiopia, venissero in Israele per fame di conquista e non necessità storica. Gli ebrei non erano certo un esercito mandato a conquistare un luogo per conto di un popolo o di una nazione in cerca di ricchezze. Erano un popolo che finalmente arrivava alla sua unica terra e lasciava dietro l'esilio e la persecuzione, senza per questo disconoscere il diritto dei palestinesi a reclamare la metà di quella terra, a spartirla, come del resto sancì l'Onu. Israele accettò, i palestinesi rifiutarono.

Certo, la storia di una nazione in guerra suo malgrado è sempre piena di violenza come di gloria, di errori come di felici intuizioni, di balzi in avanti come di ostacoli; ma è così miserabile che gli osservatori per eccellenza di questa vicenda, i giornalisti e i politici, non riescano almeno a intravedere, al di là del quotidiano rumore delle armi, l'eccellenza della scelta di Israele di combattere la sua guerra restando fedele ai princìpi basilari del suo popolo, che sono quelli del progresso verso un mondo migliore.

Per esempio, come non viene notato che le celebrazioni del valore militare propongono uno stile e quindi un contenuto diverso, non sono vanitose come nel mondo delle dittature, pompose alla francese, o retoriche alla spagnola, ma intime e giovanili; i soldati che hanno dato la vita per Israele sono ricordati in cerimonie prive di retorica nazionale e con molto epos familiare, con un'esaltazione dell'amore e del coraggio priva di connotati bellicistici: niente minacce al nemico, niente feroci accuse, niente razzismo... Molte lacrime, le fidanzatine e i fratelli ricordano i viaggi, lo sport, la passione per la musica dei propri cari scomparsi, e anche la loro perizia nelle armi per trasformarla tuttavia in un valore civile e morale. Pochissimo si parla di Dio, e anche i religiosi nelle eulogie dei soldati perduti lo ricordano sempre in maniera molto marginale, semmai per parlare del compito di pace del popolo ebraico e non certo di supremazia e tanto meno come metro di una ragione assoluta che prevarrà sulle altre.

I valori civili e quelli militari si mescolano nel giorno istituzionale del ricordo, *Yom ha-Zikkaron*, in cui, per ventiquattr'ore di cerimonie, programmi televisivi e radiofonici, si pregia senza sosta la pace, e non la guerra. Il pensiero della pace, bandito completamente dai nemici di Israele, che non hanno mai, neppure per una volta dalla nascita di questo Stato, dichiarato di volere stabilire un regime di convivenza e che anzi si fanno una bandiera pubblica e dichiarata della loro volontà di uccidere gli ebrei, è, nell'epos israeliano, indispensabile: l'ottenimento della pace, di una qualche pace, è la stella polare di qualsiasi governo. I governi, tutti quanti, anche partendo solo da quello di Begin che ha ceduto il Sinai, a quello di Shamir che ha convocato la conferenza di Madrid e non ha risposto ai missili di Saddam, a quello di Rabin con la pace con la Giordania e l'accordo di Oslo, a Barak con lo sgombero dal Libano con Camp David, a Sharon con lo sgombero da Gaza, a Olmert che non sa bene dove guardare in tempi di minaccia integralista islamica e tuttavia seguita continuamente a proclamare la sua fede in Abu Mazen, tutti, destra e sinistra hanno sempre ripetuto la parola che i vicini di Israele non dicono mai: pace.

Lo ripeto: quando sento dire che l'ebraismo è intrinsecamente di sinistra, mi viene da ridere. Semmai è la sinistra che potrebbe cercare di rivendicare di essere intrinsecamente ebraica, prego, se se la sente. *Be my guest*, se vuoi essere progressista sul serio e non per scherzo. «In principio, Dio creò il cielo e la Terra; la Terra era però informe e vuota, e sulla faccia dell'abisso erano tenebre, e lo spirito di Dio si librava sulle acque.» Si librava sulle acque, e poi mise mano alla creazione. Che immagine inquietante, liquida, fluida e indecifrabile, e proprio per questo tuttavia ricca di promesse. Dio dunque, dopo aver mosso appena la superficie di queste onde oscure librandosi sulla loro superficie, si decise a migliorare il creato, a far progredire ciò che era vuoto, informe, tenebroso. Il mondo è stato costruito mentre, come dice il *Bereshìt Rabbà*, l'antico commentario rabbinico alla *Genesi*, «lo spirito di Dio si librava». Il mondo non era creato, né finito, né era all'inizio di un ciclo che si sarebbe ripetuto, come tante volte la filosofia antica ha creduto; invece, cominciava a muoversi, con la creazione, in avanti, verso il suo compimento, il suo perfezionamento, e dopo i sei giorni la creazione è ormai molto sofisticata; oltre che viva, è anche pensosa per l'invenzione spirituale del sabato, in base al quale l'uomo diviene un aiutante di Dio nel miglioramento, nel *tiqqùn* di ciò che vediamo intorno a noi.

L'ebraismo crede in una lieta conclusione alla creazione, rappresentata dall'avvento del Messia; ovvero, in termini laici, di un mondo giusto e pacifico, e in questa costruzione l'uomo, razionale e «progressista» come Dio, ha un grande ruolo. Senza l'uomo il mondo non ha senso per gli ebrei. Il suo ruolo di protagonista è potente, la responsabilità è il tema principale e anche indispensabile con cui è chiamato a misurarsi. Ed è una responsabilità pari a quella della creazione, o quasi: comunque, le è richiesto di essere altrettanto armonica ed essenziale.

Se chiedi a un saggio musulmano se l'uomo sia fatto a immagine e somiglianza di Dio, la risposta è negativa: Dio non è comparabile a nulla. Ma sia padre Claude Geffré, ex direttore dell'Ecole Biblique Française di Gerusalemme e professore di teologia, sia il teologo e rabbino David Rosen risponderebbero entusiasti di sì. Quando insieme a Giorgio Montefoschi li intervistavo in un'antica torre di Gerusalemme, Geffré spiegò che vede la somiglianza dell'uomo con Dio nella libertà e nella sovranità che lo rende metro di giudizio dell'universo; mentre Rosen la individuava nella spiritualità e nella capacità di pensare e quindi di agire in maniera razionale. Invece, Mustafa Swai, teologo e professore universitario, disse che nel Corano non si parla di somiglianza, quanto di sottomissione, la parola che tradotta in arabo suona *Islam*. Il *hadith* del Profeta tuttavia parla del fatto che l'uomo è creato «a Sua immagine», ma non mette l'espressione in risalto, intendendo che «non si fa riferimento alla vera essenza di Dio, ma al modo in cui l'uomo può immaginarsi Dio».[11]

Anche a chi non sia un teologo, la differenza appare subito molto grande. Per esempio, il rapporto col corpo umano certamente ha un significato ben diverso quando si pensa che esso ricordi, rappresenti, sia connesso a Dio stesso. Certo l'idea che esso possa ricordare in qualche modo la struttura divina porta forse a una diversa affezione alla vita, alle membra, alla carne, al sangue, alla sessualità. Mi domando se le donne dovrebbero comunque portare il velo se i musulmani al fondo pensassero che quel volto di donna è creato proprio a immagine e somiglianza di Dio. Ma forse è una domanda peregrina.

L'idea – riaffermata anche da papa Benedetto XVI – della razionalità umana come forma di somiglianza con il Creatore nasce nell'ebraismo, che le conferisce un carattere progressivo, dato che la creazione mira a un punto all'orizzonte dove si trova il Bene, anche se non si sa cosa sia. C'è un *happy ending* alla fine della storia, c'è un dovere morale di costruire il mondo con Dio e di andare avanti, di fare meglio, di lavorare duramente per inventarsi un mondo migliore. E mentre lo si cerca, di prefigurarlo nel proprio impegno.

L'uomo, per gli ebrei, ha il dovere primario di dare un senso in avanti alla sua vita, e questa ricerca di significato impregna tutta la storia del sionismo, quello laico e quello religioso, quello socialista e quello conservatore. È la fortuna e la disgrazia di Israele. David Ben Gurion, ebreo socialista laico nato in Russia, era un attivista del partito dei *Po'alei Tziyyòn*, il partito dei lavoratori socialisti che aderiva alla seconda Internazionale. Fece la sua *'aliyyà* (immigrazione) nello *Yishùv* (insediamento) ebraico nel 1906. Veniva a combattere per la giustizia anticapitalista insieme alla creazione dello Stato ebraico, anche se, come ha scritto Hillel Halkin, non c'erano capitalisti in Israele, e i membri del suo partito erano 60.[12] Ma l'idea di creare un Paese in cui prevalesse la giustizia dei poveri e degli oppressi era parallela a quella di creare il Paese con la bandiera bianca e celeste su cui campeggia la stella di David. Per Ben Gurion socialismo e sionismo erano inestricabilmente connessi, il compito del sionismo era creare una società giusta ed ebraica, e non, invece, ebraica e giusta, come invece pensava il suo rivale ideologico Ze'ev Jabotinsky, che mirava a una società prima di tutto nazionale, e poi liberale con un sistema economico capitalista. Jabotinsky era religioso e lo Stato degli ebrei rappresentava per lui un fine degno di essere perseguito in sé, esso stesso capace di curare il mondo; ma Ben Gurion, che pure non era religioso per nulla, era il più forte propugnatore di un'idea ebraica di Stato degli ebrei.

Fu la Seconda *'Aliyyà* quella che elaborò, con la Bibbia in mano nei deserti e lungo i sentieri della Galilea o della Giudea, una sublimazione moderna dell'ebraismo, con tutto il suo carico di messianismo, di moralismo, di ascetismo. Ben Gurion portava dentro di sé il mondo chassidico dell'Europa dell'Est, e anche per questo pensò che uno Stato ebraico, per poter avere un significato, avrebbe dovuto essere migliore, più giusto, più saggio di qualunque altro Stato. Che avrebbe dovuto marciare *in progress*: è per questa idea originaria che la sinistra e la destra in Israele sono così duramente opposte l'una all'altra e nello stesso tempo però così decisamente convinte, ciascuna, di essere nel giusto.

Ambedue si battono per l'eccellenza della loro idea, chi pro e chi contro lo Stato palestinese, chi deciso a sgomberare i territori occupati, chi sicuro che vedrà sorgervi un «Hamastan» irto di missili. I detentori di queste posizioni ritengono ambedue che sia definitivo, vitale per la stirpe umana in generale e per gli ebrei in particolare realizzare la propria idea, perché la individuano come la strada per fare il bene.

Ed è quindi per questo, *si parva licet*, che quando qualche politico, come in Italia il ministro degli Esteri Massimo D'Alema, sostiene, come dicevamo, che Israele ha fatto apposta a colpire nel novembre 2006 delle abitazioni civili facendo 19 morti innocenti per il machiavellico disegno di impedire la creazione di un governo di coalizione palestinese, mostra purtroppo, oltre alla faziosità, una grande incompetenza nel capire quello che è Israele: un Paese che può certo fare errori, ma non farà mai quello di rinunciare volontariamente a essere se stesso, ovvero un Paese che pensa di aver valore solo se persegue un ideale. Altrimenti, ne andrebbe del Significato, che per gli ebrei è importante quanto la Vita.

Seguire un ideale può essere talvolta, invece che esaltante, molto demoralizzante, come accade quando la *leadership* non è all'altezza dei suoi compiti, o quando i grandi vecchi come Sharon, o prima di lui Rabin, improvvisamente scompaiono per fare posto a politici modesti, o quando gli alti gradi di un esercito abituato a considerarsi invincibile mostrano delle falle di comprensione e anche di giudizio, come durante l'ultima guerra in Libano; oppure può darsi che di fronte alla minaccia strategica di un antisemitismo di Stato come quello di Ahmadinejad, armato di Shihab che presto potrebbero portare una testata atomica, Israele esiti e tema. O quando addirittura il presidente Moshe Katzav si rivela un maniaco sessuale, e altri personaggi politici, compreso il primo ministro Ehud Olmert, vengono sospettati di corruzione.

Israele ha le stesse terribili falle che la natura umana sempre porta con sé, pensarlo come un Paese di supereroi che devono dimostrare continuamente di essere tali, e non soltanto, ma anche di essere puri, affascinanti e buoni, è fuori luogo come lo sarebbe nei confronti di qualsiasi Stato.

E tuttavia c'è una cosa che ci si può sempre aspettare da Israele: la presa di responsabilità. Anche troppa, anche quando non ce l'ha: Israele corre sempre a scusarsi e capita sovente che debba ritirare le scuse perché le inchieste dimostrano, come nel caso di Mohammed Al Dura, o a Jenin, o nel caso di Kfar Khana, che le cose non stanno come le ha raccontate la stampa. La *mamlakhtiyyùt*, la via della sovranità responsabile, comporta anche questo.

Dopo la Guerra del Libano, Israele non ha esitato, sia pure fra mille difficoltà, a mettere sotto accusa il suo proprio cuore, l'esercito. Ancora di più della spietata messa sotto accusa del capo di Stato maggiore Dan Halutz dopo la guerra e le sue dimissioni, è significativo il caso del colonnello Gal Hirsch. Hirsch è il soldato quintessenziale, quello senza il quale l'esercito israeliano non esisterebbe. Credo che nessun altro esercito avrebbe mai costretto alle dimissioni un tipo come lui, il comandante del Fronte Nord, con la sostanziale accusa di non aver saputo prevenire il rapimento dei due soldati da parte degli Hezbollah durante una ronda: un incarico al quale, secondo il generale-giudice incaricato Doron Almog, per la loro inesperienza non avrebbero mai dovuto essere assegnati.

Il curriculum di Hirsch è quello di un quarantaduenne ferito gravemente due volte in battaglia, famoso per la sua dedizione e la sua instancabilità, intento al suo lavoro e ai suoi soldati giorno e notte, primo sul campo di battaglia e padre di famiglia amorevole. Per la sua bassa statura, il volto quadrato, lo sguardo e il passo deciso, l'alta definizione del suo pensiero strategico, i soldati per scherzo lo chiamano Napoleone. L'ho intervistato varie volte: la prima fu a Ramallah all'inizio della seconda Intifada nel 2001, quando ancora Oslo vibrava nell'aria, e Hirsch si preoccupava di come affrontare il nuovo problema dei checkpoint assaliti da uomini armati (non era mai successo prima) senza essere costretto a sparare alla folla fra cui si nascondevano i terroristi. Ultimamente l'ho rincontrato sul confine oltre il quale gli Hezbollah ci osservavano con i loro cannocchiali dagli avamposti.

Adesso, il rispetto che circonda Hirsch si avvertiva nell'aria della vetta alberata, la baracca da cui andava e veniva senza tregua per sorvegliare il confine col Libano era un pullulare di soldati che venivano a prendere ordini ed erano ansiosi di stargli qualche minuto vicini. Di fatto il rapporto che è stato compilato dall'esercito, fra le molte verifiche compiute dopo una guerra per tutti insoddisfacente, lo riempie di personali complimenti oltre che di accuse, ma alla fine conclude che i suoi ordini non sono stati confacenti al rischio che le ultime minacce di Nasrallah comportavano. Da un punto di vista tecnico sarà certo vero. Ma è difficile immaginarsi invece un comandante più consapevole di Hirsch: «Questo è diventato il confine di Israele con l'Iran, gli Hezbollah sono ormai armati dal governo degli ayatollah con le armi e le tecnologie più moderne» disse sconsolato e stanco, e aggiunse, ben prima dell'inizio della guerra, che non riusciva a capire l'indifferenza del mondo di fronte a questa nuova situazione che di fatto metteva l'Iran in diretta frizione con l'Occidente. Penso, anche dopo che Olmert ha chiamato Hirsch «un eroe di Israele» ma l'ha mandato a casa, che nessun Paese occidentale avrebbe infilato il coltello nella sua propria piaga come ha fatto Israele dopo la Guerra del Libano.

Anche spingere Dan Halutz, certamente un comandante e un pilota di rilievo, fino alle dimissioni, è stato un gesto di decisa autocritica, di impegno a cambiare, e un serio sacrificio. Ma capita sempre così in Israele: l'autocritica senza remissione fa capolino ogni volta che la straordinarietà della performance richiesta innalza nuovi ostacoli, per esempio fronteggiare i 15.000 missili degli Hezbollah o il nuovo pericolo strategico dei Kassam che piovono da Gaza, come a suo tempo lo è stato fronteggiare il pericolo dei terroristi suicidi. La critica corrosiva è finora sempre riuscita a sfoderare un asso dalla manica: dopo un anno e mezzo di agghiacciato stupore di fronte all'Intifada, Sharon ha deciso per l'operazione «Scudo di difesa» (primavera 2002) e poi per lo sgombero. Intanto, imboccava la più pacifica fra tutte le soluzioni del problema, quella della costruzione del recinto, che nei modesti tratti in cui è un orrido muraglione è più fotografato di una star cinematografica.

Dato che esso ha effettivamente in parte risolto pacificamente il problema del terrorismo degli *shahid*, la sua condanna da parte del Tribunale internazionale come «muro di apartheid» è una delle più ripugnanti manipolazioni propagandistiche che Israele abbia subìto, perché è basata sulla decontestualizzazione e la perdita volontaria del nesso causa-effetto.

«Un muro è un muro è un muro». Certo, è orribile, nega la corrente ideologia del *melting pot*, dà noia, fa soffrire. Ma a che cosa serve? Perché è là? Il mondo non ne parla mai, parla solo delle sofferenze pur gravi dei palestinesi e non si preoccupa del fatto che il recinto salvi molte vite da un fastidio non temporaneo ma definitivo, quello della morte.

Non stupisce che Kofi Annan abbia scelto di dedicarsi, dopo la fine del suo mandato all'Onu, a un nuovo centro di raccolta dati fondato a Vienna per i danni sofferti dai palestinesi a causa della divisione. È anche del tutto logico che Jimmy Carter sia il nuovo portavoce del neorazzismo antisraeliano che taccia Israele di essere uno stato di apartheid basandosi su una serie di menzogne fattuali contenute nel suo libro *Peace Not Apartheid*: che altro ci si poteva aspettare da un ex presidente americano che da tempo è un militante, che durante la conferenza di Camp David in cui Sadat arrivò alla pace con Menachem Begin fece di tutto per costringere Anwar Sadat a inserire la questione palestinese nei trattati molto oltre le intenzioni del presidente egiziano, ottenendo quasi il collasso dei colloqui?

A volte vorrei semplicemente costringere i giudici come Carter e Annan, i pii accusatori di Israele, a proporre una soluzione sensata, in grado di prendere responsabilità nei confronti della popolazione civile di Israele. Il danno che essi fanno con le loro prese di posizione moralistiche non solo risulta un aiuto oggettivo alla guerra in atto contro Israele da parte del fondamentalismo genocida, ma è anche un trapano, un verme nella mente occidentale.

Se si pensa che Amnesty International, una superpotenza con un budget di 200 milioni di dollari, promuove soltanto un'agenda politica che diremmo senz'altro di sinistra, si capisce che questo distrugge di fatto la Dichiarazione universale dei diritti umani adottata dopo la Shoah. Perché gli attacchi di questa e altre organizzazioni simili si focalizzano soprattutto sui Paesi che tentano di difendersi dal terrorismo, in particolare Israele. I diritti umani degli israeliani rapiti o bombardati dai Kassam, o degli americani presi di mira dal terrore, sono ignorati sistematicamente; le organizzazioni umanitarie ormai sono gruppi di parte, e quasi sempre di quella parte che tradisce i diritti umani. Anche la Comunità europea finanzia una quantità di organizzazioni, come la Emhrn (Euro Mediterranean Human Rights Network), che hanno emesso durante la guerra rapporti unilaterali filo-Hezbollah, e che indicono col denaro pubblico campagne di supporto ai palestinesi e campagne contro il «muro di apartheid» parlando di «resistenza», di «martirio» contro le «forze di occupazione israeliane». Le parole vengono usate senza senso di responsabilità, e il risultato è che la testa dell'Occidente produce ormai equivalenze morali destinate a renderci inerti di fronte alle stragi terroriste di cui la nostra era è testimone, mentre professiamo la difesa di terroristi e dittatori.

Nel dicembre 2006 il nuovo Consiglio per i diritti umani dell'Onu ha tenuto una sessione speciale, finalmente, sul Darfur, la prima che non avesse come soggetto Israele. La conclusione è stata una risoluzione debole e incerta, che esprime «preoccupazione per la gravità della situazione umanitaria e dei diritti umani». Gli europei avrebbero voluto esprimere «grave preoccupazione», ma gli alleati africani arabi e islamici del Sudan hanno trovato troppo pesante l'espressione. Il governo di Khartoum attraversa indenne il test dell'Onu, mentre in precedenza Israele era stato condannato per tre sessioni consecutive. Se i nostri figli non avvertono alcun senso di responsabilità verso le centinaia di migliaia di vittime in Darfur, dobbiamo solo condannare il sistema morale che abbiamo lasciato prendesse piede.

«Responsabilità» è la parola chiave per capire il senso della costruzione dell'uomo israeliano in generale, senza idealizzarlo nel particolare: mentre i Paesi arabi e i palestinesi hanno sempre fatto le loro guerre per eliminare Israele, Israele le ha fatte per costringere i suoi nemici ad accettarlo, e ha giocato le sue vittorie in questo senso, considerando le conquiste territoriali una *fiche* per ulteriori passi che conducessero alla pace.

Le carte strategiche giocate per cercare il consenso interno e internazionale mentre si fronteggiano duri problemi di sicurezza sono state e sono moltissime, oltre a quella della concessione territoriale e anche del ritiro unilaterale e sono tutte variazioni sul tema della responsabilità: aiuti economici e costruzioni di infrastrutture per i palestinesi, ospitalità nei propri ospedali e nelle proprie università, iniziative di commercio e di finanziamento internazionale per un nuovo Medio Oriente, liberazione di un grande numero di prigionieri in varie circostanze, appoggio ai leader ritenuti pacifisti o quasi, sgomberi preventivi degli avamposti dei coloni (sempre molto agguerriti nel cercare di impedirli) per convincere l'interlocutore della propria buona volontà e anche per rientrare nei canoni della propria legge... Si vede da tutti questi tentativi che l'ispirazione progressista è una variabile indipendente nell'*ethos* dello Stato degli ebrei. Israele può discutere su quale sia il suo fine, se quello di costringere il Messia a farsi vivo, o quello di costruire la ricchezza della regione, o quello invece di disegnare confini sicuri: ma il fatto di avere un fine morale è parte della convinzione nazionale, non verrà mai messo in discussione né dai religiosi né dai laici, né dalla destra né dalla sinistra. La sopravvivenza del popolo ebraico è un obiettivo che rende duplice la funzione dello Stato: in definitiva parla di Dio, di tradizione, di filosofia anche ai non religiosi; trascende gli individui, e gli individui stessi pensano che vivere sia in sé un fine connesso alla necessità di non lasciare che il male prevalga. Anche il tassista lo pensa, benché cerchi di fregarti sulla ricevuta, lo pensano il batterista del gruppo rap e persino il ladro e la prostituta. Tutti fanno in un modo o nell'altro la dura vita della guerra, nessuno ha il permesso di dimenticarsi del collettivo anche se lo vorrebbe, alla fine: il collettivo è la sua dignità e la sua vita. Le prostitute di cui parlava Ben Gurion quando diceva: «Il Paese sarà finalmente normale quando ci saranno ladri e prostitute», in realtà non sono del tutto prostitute normali. Magari hanno un paio di figli nell'esercito, con tutto ciò che questo significa. La figlia di mio cugino, perduta in Sudamerica in una di quelle vacanze dopo-l'esercito che rischiano di durare anni, seguita a chiedere se il lago Kinneret è cresciuto e di quanto, se piove, se la siccità lo intristisce. È un segnale di senso del collettivo.

Per questo la società israeliana è attivistica oltre la norma: mentre le manifestazioni di immigrati, di malati, di coloni, di pacifisti, di gente che vuole salvaguardare la raccolta delle olive dei palestinesi e di gente che vuole impedirla si sovrappongono a un ritmo furibondo, il numero delle fondazioni e dei *think tank* produce un ronzio di pensiero sovrastante, le invenzioni scientifiche e tecnologiche pareggiano quelle degli Stati Uniti, si ammonticchiano i premi letterari e l'attività musicale impazza, la gente si occupa di istituzioni e di strategia come di cucina e di educazione in una quantità incredibile di organizzazioni, la beneficenza è un costume diffuso come il volontariato, sul giornale in un solo giorno puoi leggere che gli studenti dei licei di Gerusalemme stanno pulendo il cimitero Sambusky del Monte degli Ulivi dove sono seppelliti 900 orfani sefarditi che non avevano soldi per la tomba, che gli etiopi stanno manifestando contro le difficoltà di integrazione, che i gay insistono per la loro manifestazione e i *charedìm* compiono violenze per impedirla, che c'è una gara di aquiloni a Herzliya e un festival di cinema israeliano a Beersheva. Intanto i missili cadono su Sderot, una donna è morta e ci sono molti feriti, a Gaza l'esercito in azione ha distrutto tre case deposito di armi, ha arrestato un membro delle Brigate di Al Aqsa e ucciso uno di Hamas.

A periodi, si può percepire una variabilità del peso della memoria della Shoah rispetto ad altri motivi finalistici, come quello messianico, o quello socialista-laico, nelle sue varie incarnazioni, da Ben Gurion a Rabin a Sharon, ma il motivo finalistico non manca mai. Il Messia è sempre dietro l'angolo, lo si chiami come si vuole. È incredibile e a volte preoccupante la costanza con cui Israele insiste, come ipnotizzato, verso un *happy ending*. Le madri che hanno i figli in servizio a Gaza, la gente che viaggia su strade che confinano con l'Autonomia palestinese o che passano negli insediamenti, i cittadini che tutti i giorni, ma proprio tutti, leggono di attentati sventati o riusciti, hanno certamente paura. Ma la gente pensa quasi per la totalità, secondo un sondaggio recente, che Israele fornisca un'ottima qualità della vita. Cos'è? È il progressismo nella sua essenza originaria.

Chi è progressista, per i motivi spiegati, dovrebbe esser naturalmente filoisraeliano e invece non lo è affatto, anzi spesso è antisemita. L'antisemitismo è una catena di fabbricazione lungo la quale si adoperano distrattamente una quantità di operai, e se dovessi dipingerli (mi piacerebbe) li mostrerei con cappelli, abiti, colori diversi: ne ho incontrati in giacca e cravatta nelle redazioni dei giornali e in giubbotto antiproiettile davanti alla telecamera, mentre mostrano il loro concitato compatimento per i palestinesi senza tuttavia nessuna pietà per le loro vite affamate e impoverite di pane e anche di pensiero a causa di prepotenti corrotti dittatori che spingono anche donne e bambini verso l'odio religioso e razziale, invece che verso il lavoro e la costruzione di sé; li ho visti virtuosi in corteo per difendere la vita di Saddam Hussein e la libertà dal dominio occidentale dei popoli musulmani; nelle università quando impediscono agli israeliani di parlare, e comunicano tuttavia la loro ammirazione per la storia del popolo ebraico; aggiungono che gli israeliani hanno chiuso i palestinesi in un campo di concentramento, e se gli chiedi, come a Saramago, dove sono le camere a gas, rispondono che «ancora non ci sono»; la giornalista francese che al posto di blocco di Kalandia, alle porte di Ramallah, mi dice che mi dovrei qualificare quando faccio domande, perché sembro ebrea, anche lei la mostrerei nell'affresco colorato che ritrae gli odierni antisemiti, e anche i colleghi a caccia dei «criminali di guerra».

Ci sono cose difficili da accettare per la ragione: i Kassam seguitano a piovere su Israele mentre si prepara da parte di Hamas una svolta strategica che si basa sulla hezbollizzazione del confine di Gaza con Israele, con la costruzione di una vasta area di sotterranei per le trenta tonnellate di tritolo collezionate da quando Israele ha lasciato Gaza, e nuovi missili antitank e terra-aria donati e azionati con l'aiuto degli Hezbollah finanziati dall'Iran.

Quasi non si riesce a credere che l'Unifil, la forza internazionale mandata dall'Onu per restituire al Libano la sua sovranità, abbia abbandonato il suo compito prima di cominciare: e lo ha evidentemente abbandonato, dato che, mentre è accertato che gli Hezbollah sono sempre dov'erano, ovvero nei villaggi del Sud sotto spoglie civili, le armi seguitano ad arrivare dal confine siriano. E il primo generale dell'Unifil, Pellegrini, ha osato inveire contro le violazioni di Israele, che seguitavano a volare sul Libano, almeno per sorvegliare quanto i suoi più acerrimi nemici stessero di nuovo preparando per ripristinare un fronte di attacco. Non è molto logico che Pellegrini addirittura minacci di sparare sull'aviazione israeliana in ricognizione; né lo è che la Germania, da una nave che non fa parte delle forze di pace, faccia alzare in volo per ben due volte elicotteri non riconoscibili, creando così un'evidente provocazione a Israele, che solo pochi mesi prima aveva dovuto abbattere un velivolo senza pilota che, carico di esplosivo, stava dirigendosi sullo spazio aereo israeliano. Del resto è ancora meno comprensibile che l'Europa abbia votato a maggioranza una risoluzione contro i voli di ricognizione di Israele, e non contro il riarmo degli Hezbollah avvenuto sotto gli occhi dell'Unifil, o contro il tentativo degli Hezbollah di rovesciare il governo Siniora, o contro il finanziamento iraniano ad Hamas...

E qual è la risposta europea? Chiedere a Israele di pagare il conto: che consegni un altro po' di terriorio al Libano per rinvigorire Siniora, che dia ad Abu Mazen altre terre per sostenerlo contro Hamas, e anche che consegni il Golan alla Siria... Perché alla fine non pensare che la richiesta, a fronte dell'odio infiammatorio di Ahmadinejad, non sarà un giorno di consegnare Gerusalemme alla *umma* islamica? L'Europa rivela di continuo il desiderio di vedere Israele legato e neutralizzato, è evidente dalle sue varie proposte di pace come quella di una forza internazionale che si piazzi a

Gaza, magari per impedire che Israele tenti di fermare il lancio dei missili (no, non ci dica che pensa di sparare su Hamas o su al-Fatah, quando le scoprisse mentre preparano i missili sulla rampa); senza sosta gli inviati della Comunità in Medio Oriente segnalano una loro evidente pulsione antisraeliana che cerca uno sbocco pratico.

Se si pensa che in Europa, dopo l'attacco degli Hezbollah a Israele, secondo un'indagine del Congresso ebraico europeo della fine del 2006, l'odio antisraeliano è aumentato e con esso l'antisemitismo, si capisce che ormai il rovesciamento dei valori è avvenuto. Ovvero: la democrazia non è un più un valore; chi attacca viene ritenuto attaccato; la parola di un'organizzazione terrorista vale come quella di un Paese organizzato e democratico; le intenzioni di distruggere Israele e il conseguente cumulo di operazioni, di addestramento e di armi, da Hamas ad Ahmadinejad, non contano niente, non diventano parte della politica anche se si presentano sul proscenio mondiale ogni giorno su tappeti rossi e in tv.

Ormai si può dire che è nata una specie nuova, quella dei democratici che di fatto sono fascisti postmoderni, nel senso che non prendono responsabilità nell'attaccare Israele, e di fatto coadiuvano ideologicamente la distruzione dell'unica democrazia del Medio Oriente, sostenendo forze le cui azioni e i cui valori esulano da qualsiasi visione morale e civile a noi consueta e consona. Sembra impossibile che Massimo D'Alema, un ministro degli Esteri europeo, sia andato fisicamente a braccetto con un leader degli Hezbollah, nonostante gli Hezbollah si pregino di gridare in piazza a ogni occasione «Morte agli Stati Uniti» e «Morte a Israele»; anche se scambiano pezzi di corpi di soldati israeliani rapiti con prigionieri che si sono macchiati di terrorismo; anche se sono i primi terroristi sucidi della storia con gli attacchi ai soldati francesi e americani in Libano nell'82; anche se agli ordini della Siria vogliono rovesciare il governo libanese pluralista.

Sembra impossibile anche che l'Europa si riproponga spesso di passare di nuovo ad Hamas i fondi che sono stati congelati in attesa che dalla sua *leadership* esca una parola di riconoscimento di Israele, invece che continue minacce di morte; è molto grave che l'Europa, a soli sessant'anni dalla Shoah, minacci Israele di abbandono e, peggio, lasci che i camion siriani seguitino a introdurre armi in Libano per uccidere ebrei.

È una ferita logica ed estetica vedere Ahmadinejad sulla copertina di «Time» e alla tv mentre ripete che la Shoah non è esistita e aggiunge che comunque lui ha intenzione di compiere la seconda, quell'Ahmadinejad che manda a Bush una lettera per invitarlo a convertirsi all'Islam, e che si vanta di aver reclutato decine di migliaia di terroristi suicidi, sembra voler annientare il nemico anche culturalmente, proprio come Dario e Serse volevano distruggere quella che sarebbe diventata la Grecia di Pericle. Non è un'enorme rivoluzione epistemologica – e quindi come tale capace di indurre una profonda confusione mentale – vedere Ahmadinejad, il Gran Re capo dell'esercito persiano integralista islamico in marcia, che viene intervistato come un qualunque capo di Stato oppure filmato sullo sfondo verdolino del palco dell'Onu con altissima *audience* di tutte le televisioni del mondo? Non comporta questo la più pericolosa confusione morale, come se Hitler fosse stato intervistato da tutte le televisioni del mondo che voleva distruggere?

Il risultato è *in primis* la perversione antisemita. I

dati sull'antisemitismo cui abbiamo accennato, raccolti dal Congresso ebraico europeo, mostrano come la Guerra del Libano, come a suo tempo la seconda Intifada e oggi lo scontro in atto con Gaza, ovvero tre situazioni in cui Israele aveva scelto di tendere la mano ed era stata poi attaccata, si sono traformate in una crescita di odio per Israele. In Austria, dall'aprile all'agosto 2006, ci sono stati 83 attacchi antisemiti, 43 in più rispetto allo stesso periodo dell'anno precedente. Anche la Francia ha visto 61 attacchi durante la guerra, il 79 per cento in più dell'anno prima. La Grecia ha record pessimi e durante l'attacco degli Hezbollah, in occasione di una commemorazione della caduta della giunta dei colonnelli nel 1974, Karolos Papoulias ha detto «di essere scioccato da questo attacco non dichiarato al Libano» e che la risposta di Israele non era «proporzionata». Lo stesso è accaduto in Italia col nostro ministro degli Esteri D'Alema. In Norvegia, in Svizzera, in Svezia, le sinagoghe sono state vandalizzate, le manifestazioni con grida di «morte agli ebrei» si sono moltiplicate, la piazza ha spesso urlato il suo aperto sostegno agli Hezbollah; in Olanda Jan Marijnessen, presidente del Parlamento e leader del Partito socialista, ha paragonato il terrorismo islamico nel Medio Oriente alla resistenza europea contro i nazisti. In Norvegia è uscito l'articolo del famoso saggista Jostein Gaarder che decretava per Israele la pena di morte. Il Consiglio centrale degli ebrei in Germania ha ricevuto più di 300 lettere contro le organizzazioni degli ebrei tedeschi perché «sostengono uno Stato fascista in Medio Oriente», e da noi D'Alema se l'è presa con gli ebrei italiani perché sostengono Israele.

Ho già dedicato parecchio lavoro, in altri libri, a dimostrare come l'antisraelismo europeo, specie da quando la presenza di milioni di immigrati musulmani ci terrorizza, ha acquisito il carattere di un autentico antisemitismo. Ma a che serve l'antisemitismo antisraeliano? Serve moltissimo: ha un compito fondamentale, irrinunciabile per quella sinistra che oggi, quando sente la parola «antisemitismo», reagisce dicendo che si tratta di critica allo Stato d'Israele. Esso può essere criticato come qualsiasi altro Stato, ma con sincerità e chiarezza di intenti e non secondo le famose tre D di Sharansky: doppio standard, demonizzazione, delegittimazione. E aggiungo io, si deve criticarlo senza alludere agli standard tradizionali dell'antisemitismo: teoria della cospirazione e accusa del sangue. Nei termini correnti, non è affatto una critica: è la preparazione teorica per un nuovo genocidio.

8

Senza Israele, la sinistra non sa dove incontrarsi

Ho dedicato parecchie pagine a suo tempo al fenomeno della trasformazione della cultura dei diritti umani in quella dell'antiamericanismo e dell'antisemitismo. Qui voglio sottolineare un altro punto: l'indispensabilità, la centralità della diffamazione di Israele nella sinistra, nell'ottenere consenso e per stringere alleanze specie in tempo di difficoltà.

L'intellettualità di sinistra, i politici, i giornalisti, gli studenti, i rivoluzionari delusi, i guevaristi e i maoisti sconfitti, i socialisti che soffrono o hanno sofferto il divorzio con la sinistra terzinternazionalista, in tempo di rottura verticale del loro sistema ideale e di perdita senza rimedio della vecchia tradizione della sinistra, dopo la caduta del comunismo e di parecchi dei suoi annessi e connessi ideologici, mentre ancora non sanno dove dirigersi né in campo ideologico, né sociale, né familiare, né culturale, hanno un solo spazio di unità: il campo internazionale. Qui è ancora possibile l'alleanza con il cattolicesimo di sinistra e terzomondista, come ai bei tempi. Quando tutti questi gruppi vogliono ristabilire un punto in comune, esso è soltanto quello di Israele e dell'America, e naturalmente di tutto ciò che ne deriva, compreso il tema capitale della lotta al terrore.

Israele è un fantastico «assetto strategico» della sinistra. In uno dei suoi film, *Aprile*, Nanni Moretti chiede a un leader politico di «dire qualcosa di sinistra», una preghiera estrema ma onesta di restituirgli identità, di lottare con lui per un mondo migliore. L'unica risposta di sinistra valida per tutti, in una babele in cui la sinistra si tiene insieme con gli spilli (oggi in Italia spilli di governo), non riguarda per esempio né l'attaccamento alla democrazia, né una filosofia della vita (matrimonio, figli, Dio, che so, proprietà dei mezzi di produzione, *welfare state*: non se ne parla, ognuno ha la sua idea). L'unica risposta di sinistra possibile riguarda Israele: ed è una risposta antisraeliana, filopalestinese, antiamericana e presunta anticolonialista e antimperialista. Non è antitotalitaria e antiterrorista.

Ho scritto sovente sugli «antisemiti progressisti» e non intendo ripetermi. Qui mi interessa la centralità della questione israeliano-palestinese, la sua indispensabilità politica che fa sì che essa resti al centro anche in situazioni e in contesti improbabili. La recrudescenza dell'antisemitismo dopo la guerra iniziata e proseguita dagli Hezbollah con una pioggia di missili sulle città isrąliane ne è un tipico segno, nella sua assurdità logica.

La storia della sinistra italiana è un caso di studio esemplare per indicare la centralità della questione, la sua cinica irrinunciabilità, l'incoscienza con cui Israele è stato trasformato in un reciproco, basilare pegno per tenere la sinistra in vita. Sarebbe bello se Andreotti, ormai anziano, carico e responsabile di questa esperienza, desse per primo, di fronte alla ferocia di Hamas e di Ahmadinejad con i loro annessi, un segno di resipiscenza: credo sia l'unico che potrebbe esserne capace. Ma forse anche Stefania Craxi, che cammina sul sentiero di suo padre Bettino, potrebbe *ex post* cercare di rimediare ai suoi errori; così come Piero Fassino potrebbe abbandonare ogni remora e proclamare a voce alta le ragioni di Israele, senza attardarsi in obiezioni sbagliate. Dovrebbe spiegare che la ricerca della pace cui Israele è stato spinto sempre scegliendo la strada delle cessioni territoriali, si è dimostrata sbagliata, e che il punto più importante da prendere in considerazione per il fronte pacifista è il rifiuto arabo. Ciascuna di queste persone darebbe in questo caso prova di capacità di *leadership*.

La storia della cecità di sinistra forse potrebbe cominciare col rifiuto di Natalia Ginzburg di accettare il manoscritto di *Se questo è un uomo* di Primo Levi per la pubblicazione presso la casa editrice Einaudi. Quella che fu ritenuta un'eccessiva ebraizzazione della Shoah è forse, in generale, un imponente scoglio su cui naufraga l'integrità intellettuale di una sinistra che aveva la necessità di identificare il male assoluto prima nel nazifascismo e poi nell'imperialismo e quindi il bene nell'Urss e in genere col movimento anticapitalista e antimperialista.

La Shoah era il male assoluto del nazifascismo alleato del capitalismo contro il mondo della resistenza. L'ebraismo, e di conseguenza lo sterminio degli ebrei, appariva allora un attributo di quella storia, un epifenomeno di uno scontro più significativo. Ho già detto che la Ginzburg – e si può leggerlo nei suoi romanzi e specie in *Lessico famigliare* – vedeva l'ebraismo come un residuo arcaico che riacquista significato suo malgrado con il nazifascismo: nei suoi romanzi c'è una visione dell'identità ebraica leggera, evanescente, ironica, persino in tempi di persecuzioni e sullo sfondo della tragedia incombente. Una stupidaggine da contrapporre a quell'antisemitismo che alla Ginzburg appariva soprattutto come un'altra stupidaggine, anziché come la tempesta che aveva appena allagato di sangue l'Europa intera. L'ebraismo sembrava un vantaggio intellettuale ancorché molto caro, e forse un'àncora di piombo nel mondo borghese che tramontava. Per gli ebrei del dopoguerra, assimilare la loro storia di perseguitati a quella dei poveri e degli oppressi fu un modo di farsi parte della sinistra. La questione ebraica a quel tempo fu vista come un cemento antifascista fra le varie forze del cosiddetto arco costituzionale: sui monumenti agli ebrei uccisi nella Shoah si crearono alleanze altrimenti impossibili.

Nel prosieguo della vicenda, nasce sulle spalle del conflitto israeliano-palestinese una ben importante alleanza fra comunisti e cattolici, un autentico asse strategico che sotto il mantello del terzomondismo legittima l'aggressività terrorista del movimento palestinese, ne raccoglie tutti gli slogan: e inoltre, un uomo della sinistra istituzionale che va in piazza per la «pace» in Medio Oriente, intesa come condanna di Israele, può tranquillamente pretendere di non vedere in piazza e nei cortei i giovani «pacifisti» che inneggiano ai terroristi suicidi o ai dittatori mediorientali. È successo in Italia come nel resto d'Europa molte volte. Basta dire «pace», «due Stati per due popoli», «la sofferenza del popolo palestinese», «siamo contro tutte le violenze», e il prezzo è pagato. Basta non fare attenzione quando i propri compagni di strada o di governo danno del «nazista» a Israele. Il gioco vale bene la candela, e in fondo non costa niente.

Quando il Pci resta senza lo Stato-guida ed entra in una crisi di consenso, gli è naturale andarlo a ricercare nel movimento pacifista che dopo tutto eredita le bandiere colorate del «movimento della pace» di memoria stalinista, la causa delle «democrazie progressive» e dei «Paesi in via di sviluppo». Su questo ponte, è possibile per la sinistra stringere ingenui accordi anche con i cattolici, che in Medio Oriente attaccano gli ebrei e difendono i terroristi che uccidono anche loro, per esempio quelli che si erano impossessati della Chiesa della Natività a Betlemme, un episodio che la Chiesa ha semplicemente finto di non valutare nella sua enorme portata simbolica e pratica, e che certo ha danneggiato i cristiani mediorientali.

La confusione è sempre stata un elemento su cui la sinistra ha potuto contare per avere le spalle coperte: si tratta della confusione concettuale che abbiamo già menzionato relativamente all'Olocausto, e che si estende anche a Israele. Nel passato, sullo scacchiere internazionale, l'Urss e la sinistra provavano simpatia per gli ebrei, ritenuti parte dello schieramente anticapitalistico e soprattutto antibritannico. Erano i tempi in cui Palmiro Togliatti chiamava Israele, nel 1948, «una grande vittoria antimperialista [...] che permette il ritorno degli ebrei dalla diaspora». Moshe Hess, Ber Borochov, i padri fondatori venivano visti come parte della famiglia. Il kibbutz rientrava nel mito collettivista, Terracini diceva ancora nel '67 che «le radici del socialismo, della resistenza e dell'antifascismo sono vive nel popolo ebraico». Insomma, il sangue versato dall'Urss nella guerra contro il nazismo faceva da cemento con gli ebrei. Ma poi la svolta sovietica finalmente libera il filoarabismo che era restato troppo a lungo accucciato: Israele viene collocato nello stesso schema concettuale della Francia in Algeria e dell'America in Vietnam, e l'America è il burattinaio del nuovo colonialismo, o gli ebrei lo sono dell'imperialismo americano. La teoria della cospirazione serpeggia nell'antiamericanismo che fa da ponte fra comunisti e cattolici e che ha come comma il ruolo di Israele in Medio Oriente, e affiora l'idea della forza della lobby ebraica negli Usa.

Già il 14 giugno del '67 «l'Unità» scriveva che Israele non era più frutto del risorgimento ebraico condito di marxismo e socialismo, ma il risultato di «un movimento tecnocratico e razionalista solidamente appoggiato dalle banche americane, fitto di pionieri di gran classe, conquistatori nati, che si abbatte sul Medio Oriente». Piero della Seta già suggeriva lo stato binazionale, ovvero la distruzione dell'idea stessa di Stato ebraico; Arminio Savioli *tout court* voleva «sostituire lo Stato ebraico con quello palestinese». I comunisti italiani furono fra i più fertili del mondo nel formulare la distruzione stessa dello Stato d'Israele, e la loro eccellenza era stimolata proprio dall'uso indefesso di molte idee nella ricerca di alleanze strategiche, prima di tutte allora, quella con il mondo cattolico. Enrico Berlinguer a Mosca l'11 giugno 1967 chiedeva «l'integrale riconoscimento del popolo palestinese», si creavano comitati di solidarietà e nasceva un altro micidiale scherzo concettuale, quello della invenzione dei diritti storici di una storica nazione palestinese con l'automatica destituzione della storia ebraica e la delegittimazione del sionismo: il 20 novembre 1969 aveva luogo la Conferenza del Mediterraneo, che includeva tutti i Paesi arabi e i palestinesi, ma escludeva persino i partiti comunisti israeliani. Anche oggi la sinistra israeliana e anche ebraica viene prima usata per confermare i propri punti di vista e poi gettata nella spazzatura della storia con il resto dello Stato d'Israele. L'Italia, con la Conferenza di Venezia e con il suo ruolo alla Conferenza di Rodi, è stata una capitale dell'esaltazione della «causa palestinese». L'asse Andreotti-Pci si è sempre dimostrato basilare per promuoverla in tutta Europa: la sua forza propulsiva nella politica italiana, il suo potere politico si imposero dalla Dc a Berlinguer al Psiup a Bettino Craxi.

Sul tema «Mediterraneo», un altro degli alibi incantatori come quello della tolleranza musulmana (com'è bello il mare, la musica, la pizza che diventa *pita*, o pane arabo, il pomodoro e le olive...), venne il convegno del «Manifesto», «Mediterraneo anni '70»; e di nuovo Israele non venne invitato. Tutte le conferenze internazionali hanno considerato un'offesa per gli arabi che fosse presente quel morto che camminava; anche ai congressi femministi, il Paese più emancipato dell'area è stato escluso. Il movimento dei palestinesi in quella occasione – negli anni delle stragi degli atleti a Monaco e dei bambini a Maalot, e del sequestro di Entebbe – viene equiparato alla resistenza greca.

È già nel 1970 che spetta a Giancarlo Pajetta la paternità della giustificazione del terrore come conseguenza non responsabile di sofferenze procurate da altri: «Un errore politico frutto di disperazione». E quando ha luogo la strage di Monaco, il «Quotidiano dei Lavoratori» di Giuseppe Vita protesta contro la produzione del kolossal televisivo su Mosè con Burt Lancaster e Anthony Quinn, letto come una legittimazione dell'oppressione sionista e una dichiarazione di supremazia ebraica. Questo episodio come tanti altri di estremo interesse li ha collezionati Maurizio Molinari nel suo libro *La sinistra e gli ebrei in Italia*.

È anche interessante come accanto a questa posizione se ne crei un'altra parallela e altrettanto irresponsabile: per Paolo Alatri, sempre nel '70, gli ebrei in Urss «vivono nel benessere e nella libertà». Era il tempo in cui Nathan Sharansky e molti altri *refusnik* languivano nelle prigioni e nei gulag. In quel periodo, diversi dirigenti ebrei vennero epurati dal Pci. Personalmente, io che ero comunista dal '69, mi imbattei parecchie volte nella difficoltà di essere ebrea nel Partito comunista. Il mio femminismo, le mie minigonne, la mia presunta o reale spocchia borghese furono sempre legate dai compagni al tema di Israele e dei palestinesi, specie perché nel '67 ero stata in un kibbutz al confine con la Siria ed ero tornata dalla Guerra dei sei giorni senza poi decidere che avrei dovuto strisciare per terra in atto di contrizione. Mi era rimasto un grande attaccamento, un innamoramento per Israele e un'inusitata fierezza per la mia identità, anche se ancora non avevo capito quasi niente ed ero di sinistra anche sulla questione palestinese.

Tuttavia, da allora la disapprovazione per il mio tono di ebrea fiera e nazionalista è stata una costante che ho sentito anche fra i miei più cari amici, e anche nei giornali: disapprovazione esistenziale, che nel Pci si esprimeva nella maniera più piena. A un certo punto subii un autentico processo, seduta in mezzo a un circolo di facce di presunti amici che, alla Casa del Popolo Buonarroti del mercato del pesce di Firenze, mi accusavano di mancanza di «costume di partito». Cos'era? A tutt'oggi non lo so, ma credo volesse dire che ero donna, ebrea e borghese.

L'«Unità» del 3 luglio 1976, quando Israele liberò in maniera meravigliosa gli ostaggi di Entebbe, parlò di «attacco all'Uganda» e disse che «Israele aveva sparato il primo colpo». Da allora, fino a quando nell'82 la Sinagoga di Roma fu attaccata da un commando palestinese che lasciò sul terreno decine di feriti e uccise il piccolo Stefano Tachè, la violenza verbale crebbe a dismisura, e il sindacato portò in corteo al ghetto di Roma una bara con la stella di Davide. Per le teorie marxiste gli ebrei erano figli e padri del capitalismo, un disgustoso agglomerato di modernità sfruttatrice e di arcaicità oscurantista. Era perduto nella sinistra il pensiero di Gramsci, che non pensava che gli ebrei sarebbero spariti quando fosse sparito quello che per Marx era il loro guscio naturale, il capitalismo.

Per dimostrare la centralità della questione ebraica per la sinistra, basterebbe la vicenda socialista. Israele e gli ebrei sono stati il pegno pagato da Bettino Craxi alla sua coscienza di sinistra e al suo terzomondismo garibaldino, in contrasto con tutta una serie di altri suoi atti e prese di posizione che lo collocavano invece in seno all'Occidente, per un socialismo liberale contro il leninismo, per l'installazione in Italia dei missili Pershing e Cruise. Ma sulla questione palestinese Craxi percorse la strada del gambero. Il suo partito non aveva affatto una tradizione antisraeliana, anzi. Fu Craxi a imboccare la barocca strada del rovesciamento delle ragioni, e ci trascinò anche Pietro Nenni.

Nenni, solidale col fronte laico di Spadolini e La Malfa (che amavano Theodor Herzl come un Mazzini ebreo e la comparazione fra «Roma e Gerusalemme» di Moshe Hess), rimase fedele a Israele a lungo, giusto fino alla svolta craxiana. Il giovane dirigente socialista Giorgio Cabibbe, quando il Pci era proprio in mezzo alla sua svolta antisraeliana, scrisse un articolo dicendo che questa negava i valori di libertà della democrazia, israeliana e non solo, dimostrando che il partito era servo di Mosca.

La battaglia fu cocente. I socialisti precraxiani e i repubblicani promossero appelli per Israele che furono firmati da Pier Paolo Pasolini, Federico Fellini, Norberto Bobbio, Italo Calvino. Pasolini scrisse: «Leggendo "l'Unità" ho provato lo stesso dolore che si prova leggendo il più bugiardo giornale borghese» e aggiunse che «per essere amici del popolo arabo bisogna aiutarlo a capire la follia politica di Nasser». Un geniale neo-conservatore *ante litteram*, o anche soltanto un uomo che ragionava davvero – e bene – con la propria testa. Eugenio Scalfari era già dalla parte opposta della barricata. Arrigo Benedetti si doveva dimettere dall'«Espresso» come Fausto Coen si era dimesso da «Paese Sera». Nei giornali, non essere antisraeliani costa.

Bettino Craxi cambiò la politica socialista. La linea antisraeliana del Psi era cominciata con Riccardo Lombardi, che nel partito giocò quella carta per allargare la sinistra di cui era il leader. Lombardi al contrario di Craxi non voleva spezzare la catena che univa il Psi al Pci. Craxi, che invece voleva staccarsi dalla vecchia sinistra e meritoriamente giocò la modernizzazione del Psi, ha poi dovuto pagare un ben caro prezzo per questo, e ha sfidato con coraggio la sorte che il Pci gli aveva giurato; la sua autopercezione come rivoluzionario, il suo volpino istinto politico, e forse la sua incapacità di capire il sionismo lo spinsero verso Arafat e contro Israele. Era il prezzo che pagava a sinistra per cercare di tenere legata la sinistra del partito, per mostrare al Psiup scissionista, al Pci, al «Manifesto» la sua purezza politica e per cercare di ancorarne una parte degli elettori che la sua linea di destra lasciava al Pci. Arafat era anche il dispetto che Craxi faceva al Pci per comunicargli la sua concorrenzialità rispetto alla piazza della sinistra libertaria.

Mi è molto difficile, personalmente, capire come Craxi non provasse nessun sentimento di critica per il terrorismo di Arafat contro gli ebrei e per il terrorismo in generale, che proprio il raìs palestinese ci ha per primo regalato nella sua forma globale. Non posso credere che il cinismo arrivi così lontano in un personaggio che pure aveva delle passioni, degli ideali. E non mi voglio avventurare in spiegazioni che non siano politiche. Ma l'ho conosciuto piuttosto bene nel corso del mio lavoro, specie all'«Europeo» quando facevo l'inviata di politica interna: gli piaceva scherzare dicendomi che ero sicuramente un agente del Mossad. A quel tempo sorridevo, anche se ogni tanto abbozzavamo qualche discussione sulla politica israeliana.

Oggi non mi fa più sorridere, questa proposizione l'ho vista scritta e ripetuta tante volte in modo minaccioso, una giornalista ebrea che descrive e commenta il conflitto mediorentale non resta simpatica a meno che non faccia atto di sottomissione; l'ho vista tradursi in accuse che sostanzialmente vogliono dire una cosa sola: «Tu non puoi parlare di questo argomento dicendo che Israele è stato attaccato, o che Hamas è un'organizzazione terroristica integralista islamica, perché sei ebrea»; la disapprovazione è stata sempre mia compagna. E costa abbastanza cara, se si pensa che dal 2001 una gentilissima scorta della polizia mi protegge sul suolo italiano.

Da una parte, dunque, su uno dei rami socialisti Nenni veniva in Israele nel '71 con la figlia Giulia e anche con Bettino e testimoniava, secondo le sue parole, «la rinascita di uno Stato e di un popolo»; ma dall'altra parte del ramo, nel '73, dopo l'aggressione dei siriani e degli egiziani a Israele, Lelio Basso si schierava «con gli arabi in difesa dei palestinesi» e nel '74 spingeva per l'espulsione di Israele dall'Unesco. Una scelta estremista, e non la sola, dell'Italia.

Israele già allora, proprio quando era a maggior rischio di distruzione, come fu con la guerra del '73, divenne oggetto di una più diretta, pesante inimicizia.

Craxi, che era stato amico di Shimon Peres, scelse una strada di completo appoggio ai palestinesi e di totale disapprovazione verso Israele. Craxi spinse il suo antisraelianismo fino ad abbracciare completamente la figura, l'ideologia, il terrorismo di Arafat, che divenne fino alla fine suo grande amico: aveva trovato così, direi bizzarramente, la sua *salvatio animae*, il modo per poter continuare a dirsi di sinistra, una strada per chiarire di non essere un traditore della sua origine. La sua passione risorgimentale diventò confusione, il mito del terrorismo buono diventò un suo modo *nonchalant* d'essere condito di civetteria rivoluzionaria, i suoi standard morali non vennero rivisti nemmeno davanti agli eccidi più impressionanti. La strada che prese fu quella di Tunisi, dove Arafat era stato esiliato dopo la Guerra del Libano, e si è scritto e detto che il leader del Psi e primo ministro italiano aiutò il raìs in tutti i modi proprio mentre gli ebrei subivano gli attacchi terroristici, che sono diventati un modello per tutti i terroristi del mondo, e anche mentre le Brigate rosse, che erano in contatto operativo con l'Olp, insanguinavano l'Italia.

In generale, la carta antisraeliana è stata determinante per cercare la simpatia dei giovani a una sinistra sempre in crisi, sempre spaccata e angosciata. Nel '75 l'«Avanti» già parlava di «interrogativi storici rimasti in soffitta» sulla nascita dello Stato d'Israele, mentre l'Onu ruminava la risoluzione «sionismo eguale razzismo».

Il cemento antisraeliano è fantastico: va forte nei salotti, negli uffici, nelle fabbriche e nelle università, mette insieme gente che non si piace, assemblò gli intellettuali che adoravano lo *shtetl* di Joseph Roth e Singer con la fedeltà terzinternazionalista di Pajetta e l'antiamericanismo cattolico di sinistra. Certamente questa fu una delle basi del compromesso storico; e ancor oggi come allora, svolge la stessa funzione nel governo italiano e nella maggioranza di sinistra, dove Prodi e Bertinotti o Diliberto non la pensano allo stesso modo su tante cose, e nemmeno sul Medio Oriente, ma trovano sempre un punto d'incontro nella condanna di Israele per questa o per quella ragione. L'antisraelianismo consente, ieri e oggi, una buona battuta antiamericana, una frase nobile sulla sofferenza e la miseria dei palestinesi, solletica l'antica pulsione della sinistra alla violenza, la frivola eccitazione del guevarismo e del maoismo latenti; sottovalutando il terrorismo, esorcizza il pericolo islamista attribuendo a Israele le responsabilità dei problemi mediorientali, e ipotizzando che se finirà l'occupazione, finirà l'assalto estremista. È vero il contrario: se finirà l'assalto estremista finirà l'occupazione, ovvero si troverà senz'altro un accordo per consentire ai palestinesi uno Stato e a Israele la sicurezza.

Anche il sindacato trova un bello «sfondo ideale» nella questione mediorientale, una distrazione da battaglie e controversie terra-terra che riguardano denaro, tasse, diritti dei lavoratori. Parlare di Israele e dei palestinesi porta con sé una redditizia irresponsabilità politica che però a volte da consenso si trasforma in tragedia: purtroppo lo testimonia un famoso discorso di Luciano Lama a Roma il 30 settembre 1982, che precedette di pochi giorni, e non per caso, l'omicidio del bambino Tachè. Nel gennaio 2002, a Roma, al Congresso nazionale della funzione pubblica della Cgil, Sergio Cofferati, allora segretario, ha fatto o lasciato mettere sulla sedia di ogni delegato una *kefiyya*. Il sindacato è sempre pronto ad attaccare Israele per l'ennesima volta: è un bel momento unitario. La disapprovazione per Israele, per il suo stesso diritto di nascita, resta sempre un segno di sostanziale concordia nella sinistra, un ammiccamento fra vecchi e giovani, così come fra varie componenti politiche che non la pensano allo stesso modo su tante cose.

Oggi alcuni intellettuali teorizzano che il sionismo è di fatto un danno per gli ebrei, che ebraismo e sionismo anzi si elidono (lo disse già a suo tempo Luciana Castellina, anticipando con lungimiranza Ahmadinejad), che gli ebrei sono buoni quando sono sconfitti e con la schiena curva sui libri. Anche quando sono morti sono molto amabili, e consentono a chicchessia di stringersi a coorte sui monumenti alla Shoah.

Israele invece crea la possibilità di consolidare un lessico comune della sinistra che comprende tante parole che altrimenti perdono di significato, e con loro la sinistra stessa: cominciò già negli anni Settanta a essere definito «Stato teocratico», e questa assurdità diventò uno stilema fisso, come «Stato di apartheid», la magnifica invenzione semantica priva di qualsiasi rapporto con la realtà inventata a Durban nel 2001. Dobbiamo ringraziare l'odio per Israele se le parole «razzismo», «imperialismo», «oppressione», «resistenti», «combattenti per la libertà», a volte anche «capitalismo», sono ancora in uso come lingua comune di un vasto mondo che sembrava tramontato e che aveva già apportato i suoi danni ai tempi dell'Urss. Anche i «diavoli» e i «vampiri» ebrei sono stati riesumati dalla fossa nazista in tutto il mondo musulmano e hanno acquistato nuovo diritto di cittadinanza.

Intanto, Democrazia proletaria marciava e scriveva sui muri «Bruceranno i covi sionisti» (e lo si scrive a tutt'oggi). Faruk Kaddumi veniva invitato da Pajetta a Roma, e Craxi lo incontrava, il legame dell'Olp con le Br si rendeva esplicito mentre tuttavia Arafat veniva nell'82 in visita a Roma. Spadolini, allora primo ministro, non lo ricevette. Ma il presidente della Repubblica Sandro Pertini non lesinava l'esaltazione resistenziale del terrorismo palestinese.

Anche io, *si parva licet*, firmai un manifesto che nell'82 chiedeva a Israele di uscire dal Libano. Me ne vergogno. Era il periodo dopo Sabra e Chatila, della cui controversa sostanza ho già scritto altrove. L'aria del tempo era sconvolta dal confuso e inevitabile ciclone ideologico in ogni campo, ma specie quando si parlava di Israele e dei palestinesi. Chiedere a Israele di uscire dal Libano era senso comune, era non perdere gli amici, era voglia di consenso. Persino quando Giuliano Ferrara, oggi uno dei più benemeriti fra gli intellettuali che capiscono le ragioni di Israele, era segretario della Federazione di Torino, uscì sulla copertina del settimanale del Pci una foto di Menahem Begin con sullo sfondo la stella di David trasformata in svastica. Questo, per spiegare quanto il vento fosse violento.

Nell'83 una nave italiana a largo di Tripoli evacuava 97 *feddayn* di Arafat. E l'Olp, rafforzando il magnifico istinto unitario delle parti politiche italiane, ringraziò Craxi, Andreotti e Pertini. Pertini presentava appelli personali in cui chiedeva una patria per i palestinesi, mentre nell'84 l'Italia – di nuovo l'Italia estremista – a Ginevra, alla 71esima Conferenza interparlamentare votava la mozione di Saddam Hussein che sosteneva il boicottaggio di Israele e difendeva il diritto alla «lotta armata». Il voto fu unitario, da Paolo Bufalini a Giulio Andreotti, esempio di come il mercato fra cattolici e sinistra avesse una sua buona base nella politica estera. In quello stesso anno, il 6 dicembre, Craxi andò a Tunisi da Arafat, che era ricercato dalla magistratura italiana per aver fornito armi alle Brigate Rosse, mentre l'Italia era tormentata dal loro terrorismo.

Nell'ottobre 1985 l'episodio di Sigonella fu un trionfo di *Realpolitik* italiana a sfondo filopalestinese. La motonave *Achille Lauro*, salpata da Genova e diretta al porto israeliano di Ashdod, venne sequestrata da terroristi palestinesi. Essi uccisero un passeggero ebreo americano sulla sedia a rotelle, Leon Klinghoffer, e lo buttarono in mare. Dopo molte trattative i cui fili venivano tirati da Arafat e dagli italiani, i terroristi (dopo una pantomima in cui il mandante fingeva di fare il mediatore) rilasciarono i passeggeri e si consegnarono alle autorità egiziane, che li fecero salire su un loro aereo con un salvacondotto per Tunisi. Il presidente degli Stati Uniti Ronald Reagan intercettò l'apparecchio con la Delta Force e lo fece atterrare nella base di Sigonella, dove aveva intenzione di arrestare i sequestratori e assassini del suo concittadino. Ma Craxi con un'azione condotta dai nostri carabinieri circondò gli aerei e salvò i terroristi. Bene, la reazione fu di grande, unitario orgoglio nazionale: finalmente un bel colpo antiamericano e antisraeliano, fatto in nome dell'orgoglio nazionale e dell'assoluzione del terrorismo palestinese! Che cosa ci poteva essere di meglio per ottenere il consenso della sinistra, oltre che dei cattolici, da sempre antiamericani? Che cosa poteva essere più italiano?

E per proseguire nella storia dell'utile nazionalizzazione del terrorismo palestinese, certo Craxi, pur tanto criticato a sinistra, piacque quando il 6 novembre 1985 paragonò di fronte al Parlamento Arafat a Mazzini e definì le vittime del terrorismo palestinese «più o meno innocenti». Un mese dopo, il 27 dicembre, la strage di Fiumicino, a opera sempre di terroristi palestinesi, faceva 16 morti e 75 feriti. Poco dopo, durante la prima Intifada, Natalia Ginzburg chiamava Israele uno Stato fascista, e svariati editorialisti e politici chiedevano agli ebrei italiani di dissociarsi.

Quando un vertice europeo a Rodi all'inizio del dicembre 1988 discusse la situazione, l'Italia fu accanita più di ogni altro nel condannare Israele, perché era forte della sua unità politica almeno su questo punto: Israele ha tutti i torti. E se abbiamo a lungo dipinto l'atteggiamento di Craxi è perché è molto interessante il ruolo salvifico che egli attribuì, forse sinceramente, alla sua deriva filopalestinese. Ne scrivo con un certo dispiacere, e mi preme sottolineare che tuttavia i comunisti e i cattolici di sinistra hanno sempre costruito una comune basilare teoria antisraeliana che ha fornito un alibi a tutto il resto dell'arco politico italiano. Lungo tutto il percorso della storia della sinistra, tutto il resto può essere oggetto di frenetiche controversie, ma sulla politica internazionale sembra esistere un patto, un ponte che salva dal non sapere a che santo votarsi per trovare unità, piazza, nuovo pubblico, nuovi giovani in tempo di crisi. C'è sempre Israele contro cui marciare, impiccare in effigie, bruciare bandiere, e questo è tanto di sinistra, così terzomondista... Ci sono sempre gli ebrei che non hanno diritto alla loro casa nazionale, c'è sempre la causa palestinese che funziona, anche mentre i palestinesi sono impegnati in una guerra fratricida, anche quando i palestinesi rifiutano uno Stato, o quando Hamas vince sul programma di distruggere Israele. Persino Spadolini non resistette all'onda palestinese. Nel '90 ricevette Arafat; l'anno dopo, con la Prima guerra del Golfo, Arafat si schiererà al fianco di Saddam Hussein.

In seguito, negli ultimi quindici anni, dopo un periodo di quiete legato agli accordi di Oslo, le alleanze nella politica italiana si sono determinate in base al rapporto con la guerra in Iraq e con la guerra contro il terrorismo globale. In Italia intorno al governo Berlusconi per la prima volta si è formato un fronte occidentale, partigiano degli Stati Uniti, per una presenza attiva nella guerra irachena, per la definizione del terrore come di un pericolo generale e terribile e quindi degno di essere combattuto. Si può pensare ciò che si vuole dell'esperienza di governo conclusasi nel 2006, ma quella della politica estera, delle nostre truppe in Afghanistan e in Iraq, del nostro atteggiamento di simpatia verso Israele, è stata una scelta molto coraggiosa, perché spezzava una catena di opportunismo e falsità in nome di una semplice verità incontrovertibile, quella che il terrorismo deve essere combattuto e che non è l'epifenomeno dell'imperialismo colpevole, ma un vero nemico.

Essere vicini a Israele non ha tuttavia, anche se il governo Berlusconi ha avuto il pregio di aprire quella pagina, niente che possa essere chiamato «di destra»: Paul Berman e tanti altri, non solo i neoconservatori (e modestamente anche io nei miei libri e articoli sull'argomento), hanno spiegato in tutte le salse che di fatto qui si gioca la democrazia, la libertà, il progresso, l'emancipazione femminile, insomma valori universali occidentali che non c'entrano con la destra e la sinistra.

Ma attenzione: ormai sui valori si è creato uno strabismo utilitarista che rende il pubblico incapace di intendere cos'è un povero, cos'è un terrorista, cos'è la libertà, cos'è la democrazia. A sinistra c'è stato uno stravolgimento di queste parole, anche di parole basilari, per cui un «bambino» palestinese è un bambino, e quindi vale molto sul terreno della politica umanitaria, ma un «bambino» israeliano invece non vale niente, anche quando Sderot viene colpita da una pioggia di bombe tutti i giorni e lui non può andare a scuola. Non solo: un bambino quando porta un carico di tritolo o viene usato come scudo è degno di simpatia più di quello che invece a Gerusalemme prende l'autobus. Le parole e i loro valori di riferimento sono stati trasferiti altrove rispetto alla loro collocazione morale e geografica, cosicché si può associare ormai un sentimento positivo, un senso di solidarietà a formazioni terroristiche, a dittatori, a Stati carogna, a ideologie che opprimono le donne e torturano i dissidenti. La confusione dei buoni e dei cattivi è stata resa totale da interessi politici.

Non credo che, tanto per dire un nome, D'Alema non capisca che Hamas, gli Hezbollah e Ahmadinejad risiedono nella parte nera della storia del mondo, quella oscurantista e liberticida. Ma le forze di sinistra non hanno mai smesso di giocare a proprio favore la carta antisraeliana, sperando che porti unità e voti a sinistra fra i pacifisti e i cattolici.

E in questa fase, in cui la paura europea dell'Islam è aumentata, la minaccia di Ahmadinejad si è fatta cocente, Hamas ha vinto le elezioni dopo lo sgombero israeliano, occupa il suo spazio nel quadro della paura europea e della sua paralisi cerebrale. Oggi, oltre all'occupazione e alla sofferenza palestinese, l'idea di Israele come alleato degli Stati Uniti e forse anche burattinaio degli Stati Uniti, motore e forse causa scatenante, fors'anche Savio di Sion che mette in movimento la guerra per la democrazia contro Saddam a suoi fini, non fa che rafforzare il pregiudizio e persino l'odio contro Israele. Di conseguenza, si è avuto un immenso aumento dell'antisemitismo, mentre la sinistra abbandonava le sponde del marxismo e trovava quelle del pacifismo, dell'Onu, della legalità internazionale.

Di questo sono senz'altro molto allarmati e dispiaciuti parecchi personaggi della sinistra italiana, da Furio

Colombo a Umberto Ranieri a Gianni Vernetti, a Piero Fassino, a Francesco Rutelli, a Peppino Caldarola, a Lele Fiano e altri. Tutti questi politici soffrono molto della deriva della sinistra, odiano l'antisemitismo e l'antisraelismo che organizzano manifestazioni di piazza e crescono proprio mentre Israele è minacciata di morte.

Ma non so se capiscono che si tratta di una questione assoluta, centrale, di un punto più importante di tutti gli altri, più della finanziaria o della scuola, perché coinvolge l'interezza morale di una persona, i concetti stessi di verità e menzogna e quindi la chiarezza morale degli italiani, e poi degli europei. Che questa questione implica la loro responsabilità verso il mondo intero, e i loro figli.

Bisogna che i personaggi suddetti e i loro amici, per salvare la sinistra, si dichiarino più sionisti dei sionisti, che ribadiscano per quanto possono che la ragione è dalla parte di Israele, che si stacchino da schemi morti, la smettano di tentare disperatamente di conferire territorio ai palestinesi in cambio di pace, perché le città del West Bank lasciate con l'accordo di Oslo hanno portato l'Intifada degli *shahid*, e lasciare Gaza ha portato i Kassam; che ammettano che l'Unifil ha fallito, e che ripensandoci forse anche lasciare il Libano nel 2000 non è stata proprio un'idea così brillante; che Israele è minacciato dall'odio e da una strategia tesa a distruggerlo molto di più che da una incerta e contraddittoria rivendicazione territoriale, ed è là che si deve agire. Che per battere il male bisogna semplicemente sconfiggerlo, e Hamas, gli Hezbollah, Ahmadinejad e altri sono il male. Il terrorismo suicida è quasi scomparso perché è stato battuto, perché le sue strade sono state bloccate, i suoi uomini imprigionati o uccisi.

Il fatto è che la costruzione ideologica la cui fenomenologia ho descritto sommariamente per l' Italia, ovvero quella della disapprovazione strumentale di Israele, è una pietra angolare non solo della sinistra, ma del mondo politico contemporaneo. Senza l'odio per Israele, l'Onu sarebbe un'istituzione completamente diversa, le mancherebbero tre quarti (letteralmente) delle risoluzioni di condanna votate dalla sua nascita; senza Israele, l'Onu non potrebbe gestire l'immenso potere di opinione e di pressione che le consentono le Ong che finanzia e di cui diffonde acriticamente anche i materiali più pericolosi.

L'Onu, come si può rilevare anche solo visitando il sito internet di Anne Bayefsky *Eye on the UN* (www.eyeontheun.org), ha rappresentato un vero e proprio centro di corruzione del buon senso e soprattutto della migliore cosa che sia stata prodotta nel nostro tempo dopo il nazifascismo e il comunismo, cioè la cultura dei diritti umani. L'Onu affonda le sue radici morali nella calamità del genocidio degli ebrei, e nasce proprio, secondo il suo documento di fondazione, nell'impegno di impedire ogni minaccia alla civiltà, alla decenza e alla democrazia. Il suo compito dovrebbe dunque essere quello di promuovere i diritti umani e punire chi non li rispetta. Risulta quindi un fatto non secondario, e per niente buffo, che la Commissione per i diritti umani dell'Onu non abbia mai citato, in tutte le sue condanne di uno specifico Stato per violazioni dei diritti umani, la Cina, lo Zimbabwe o la Siria, e che invece Israele abbia ricevuto quella montagna di condanne; bizzarro che la Libia abbia servito come presidente della Commissione per i diritti umani; curioso che, quando la Commissione è stata sostituita nella primavera del 2006 da un Consiglio per i diritti umani, siano stati chiamati a farne parte la Cina, Cuba, l'Arabia Saudita. Dal giugno fino all'autunno dello stesso anno il Consiglio ha adottato tre risoluzioni e tenuto due speciali sessioni per criticare violazioni di diritti umani in uno specifico Stato: in tutti i casi, quello Stato era Israele. Questo mentre milioni di persone muoiono in Darfur e le camere di tortura o le piazze in cui si linciano le adultere lavorano in tutto il mondo, e le condanne a morte fioccano in Cina, in Iran, altrove...

L'Onu ha diseducato il mondo intero e fornito false idee sui diritti umani: nel settembre del 2006 l'Assemblea Generale ha adottato la sua prima «Strategia globale antiterrorista», ed essa chiama alla realizzazione della risoluzione dell'Assemblea generale del 1991 che traccia una distinzione fra terrorimo e «legittima lotta dei movimenti di liberazione nazionale». Non chiama a sconfiggere il terrorismo, ma a prevenire la diffamazione di religioni, valori, credenze e culture, ovvero chiama a non attaccare l'integralismo islamico. Nel 2005, quando fu stilato l'elenco delle nazioni che danno preoccupazione all'Onu circa il loro rispetto dei diritti umani, Israele era al primo posto, e l'America al decimo. Nel 2006, Israele è rimasto al primo e gli Usa sono saliti al terzo. Di fatto l'Onu si trova sempre contro gli Usa e Israele, le sue risoluzioni servono come parole d'ordine delle manifestazioni antioccidentali: la visita di Kofi Annan ad Ahmadinejad durante la guerra degli Hezbollah contro Israele, e nello stesso periodo la sua apparizione, con parole di condanna a Israele, accanto a Bashar Assad di Siria che rifornisce di armi gli Hezbollah; gli inviti alla moderazione che l'Onu rivolge a Israele, mentre non dichiara che gli Hezbollah sono un'organizzazione terroristica e chiede al mondo di «non isolare l'Iran», disegnano un'intera cultura che ormai purtroppo ha una presa mondiale e che alla fine si trasforma presso le masse in un'indicazione di solidarietà al terrorismo.

Fra i 192 Stati membri dell'Onu, la maggioranza dei 132 Paesi in via di sviluppo che ne fanno parte ne comprende 54 che la classifica della House of Freedom elenca fra le nazioni non libere e 58 fra quelle parzialmente libere. La comunità delle democrazie è fallita, dato che elenca fra i suoi membri Stati come la Russia, il Nepal, il Qatar. 56 membri dell'Onu fanno parte della Conferenza islamica. E questo mentre le 89 nazioni democratiche incluse nell'Onu sono in continuo contrasto fra di loro, lacerate dall'opportunismo e dalla tentazione antiamericana, come per esempio i Paesi latino-americani. O, caso davvero specialissimo, la Francia, che però ormai nella sua *escalation* antisraeliana è accompagnata dagli olimpici, azzurrini Paesi del Nord Europa, che non hanno mai visto molti ebrei in giro, ma non li amano lo stesso.

Solo i Paesi dell'ex Unione Sovietica, esclusa la Russia che punta alla ricostruzione dell'impero, hanno un atteggiamento decente, e si capisce che questo è ancora dovuto a una rivolta verso la politica ufficiale dell'ex casa madre, che invece è restata fedele alla sua vecchia linea filoaraba e imperialista. Addirittura, ci sono prove molteplici che gli Hezbollah durante la guerra siano stati aiutati tramite i siriani dagli agenti russi che fornivano loro informazioni sulle truppe israeliane e che questo servizio continui tuttora in varie forme.

Ora, se si pensa che, come scrive la Bayefsky, il sistema dell'Onu produce migliaia di rapporti, risoluzioni, lettere, giornali, notiziari, circolari e che poi il loro impatto si moltiplica nei siti internet che si occupano di diritti umani, possiamo figurarci una cascata di follia terzomondista e del tutto opposta ai valori della nostra civiltà che si rovescia prima sulle Ong e le loro azioni, e poi sul resto dell'opinione pubblica. Per esempio, esiste una Ong «Network on the Question of Palestine» guidata dal Comitato per i diritti inalienabili del popolo palestinese, e una Divisione dell'Onu per i Diritti palestinesi: il solo comitato e la sola divisione nel sistema dell'Onu che si occupino delle richieste di un unico popolo. Il sito web dell'Onu fornisce il link diretto con questo e con una quantità di altri siti di questo genere. Su uno di questi, in un lungo dizionario che rivela al lettore il *politically correct* per ogni problema sul conflitto israelo-palestinese, si scrive per esempio (col timbro dell'Onu) che «l'apartheid sionista, il razzismo, il colonialismo dei coloni in Palestina [...] viola qualsiasi basilare standard di umanità [...] Dunque, la resistenza palestinese è giustificata» e si chiarisce più avanti che i suicidi terroristici «noi non li chiamiamo atti terroristici, ma attacchi di martirio».

Così accade che gruppi come Human Rights Watch, una fra le Ong più importanti, e tante altre, siano produttori e fruitori non solo dei grandi finanziamenti dell'Onu, ma di quel senso comune che distrugge la capacità stessa di pensiero dei giovani pacifisti.

Cosa ci può essere infatti di più chiaro e oggettivo, che so, pensa il cittadino volenteroso, di Amnesty International o di Human Rights Watch? Di chi fidarsi se non di quei giovani disinteressati che a frotte vengono a difendere le case dei palestinesi quando gli israeliani, assetati di guerra, vengono a buttargliele giù con le ruspe? Bene, se si guarda tuttavia il modo in cui riportano le notizie sulle azioni di Israele, prima di tutto si vede una fissazione che ne fa il protagonista assoluto dei loro incubi, anche mentre è in atto il genocidio in Sudan o la Siria tortura i dissidenti. E poi si vedono autentiche, patenti menzogne che possiamo riscontrare in parecchi documenti delle Ong che si occupano di Israele per incarico o con l'aiuto o con l'ascolto pieno dell'Onu.

Dopo la guerra fra Israele e gli Hezbollah, Human Rights Watch ha presentato le sue «conclusioni» sulla vicenda: «Human Rights Watch non ha trovato nessun caso in cui gli Hezbollah abbiano deliberatamente usato i civili come scudi per proteggersi dalle reazioni (israeliane)». Ora, la realtà è che durante la guerra tutti i cronisti, anche quelli con pregiudizi antisraeliani, hanno raccontato come i missili di Nasrallah uscissero sempre o quasi da aree dove vive la popolazione civile libanese. Human Rights Watch dice che «ha intervistato le vittime, è stata testimone di attacchi, ha raccolto informazioni da ospedali, da gruppi umanitari...». Peccato però che Hrw non abbia fatto due cose indispensabile a un esame serio: non ha letto i giornali e non ha chiesto a Israele la sua versione dei fatti. L'avvocato Alan Dershowitz ha raccolto qualche articolo di giornale sul tema, e per esempio sul «New York Times» del 28 luglio 2006 (questo giornale è stato il primo a lanciare la teoria della «sproporzione» della risposta israeliana) scrive Sabrina Tavernise: «"Gli Hezbollah sono venuti a Ain Ebel per sparare i missili" mi ha detto Fayad Hanna Amar, una giovane donna cristiana, parlando del suo villaggio: "Sparano stando in mezzo alle nostre case...". Il signor Amad ha aggiunto che essi usavano Ain Ebel, a un miglio da Bint Jbeil, [...] per lanciare i missili, e gli israeliani rispondevano».[13] Sul «New Yorker» del 7 agosto John Lee Anderson scrive: «Vicino all'ospedale vediamo una moschea in rovine [...] Un uomo [...] disse semplicemente: "Era una moschea degli Hezbollah" [...] Un giovane, fuori dalla portata dell'udito di altri, mi è venuto vicino e mi ha detto che gli Hezbollah tenevano bombe nella cantina della moschea e che due giorni fa un camion se le è portate via».[14]

Sonia Verma, sul «National Post» del 5 agosto 2006: «Dice il dottor Fatah: "Perché mai gli israeliani avrebbero dovuto decidere di sparare su un ospedale?".[15] La probabile risposta è stata trovata poco più tardi in un campo vicino: nascosti nell'erba vi erano i resti bruciati di un lanciamissili. Di fronte a questa prova, il dottor Fatah ha ammesso che il suo ospedale potrebbe essere stato usato come un sito da cui sparare missili su Israele». E quanto agli spari israeliani sulle postazioni dell'Onu: «Il significato dell'accaduto è semplicemente questo: "Abbiamo avuto gli Hezbollah intorno, poi hanno preso le nostre posizioni, le hanno usate come scudo e hanno attaccato le forze israeliane da qui", dice Lewis McKenzie, ex capo dei *peacekeeper* canadesi in Bosnia» secondo Steven Edwards del CanWest News Service.[16]

Queste sono solo alcune delle testimonianze uscite sulla stampa mondiale e che certamente gli Human Rights Watchers hanno incontrato sulla loro strada. Ma non le hanno riportate nelle loro conclusioni, perché sono sicuri del fatto loro, del fatto che la trasformazione degli Hezbollah in vittime può passare tranquillamente, nonostante la sua assurdità, dato che qui si tratta di una milizia terrorista integralista colpevole di un numero molto alto di attacchi suicidi e di uccisioni efferate, che non ha più niente da chiedere da quando Israele si è ritirata dal Libano nel 2000 e che vive dei cespiti iraniani intesi a mantenerli come guardia giurata contro una possibile rinascita democratica del Libano.

È già da molto tempo che le organizzazioni per i diritti umani dovrebbero fare un solenne mea culpa e ricominciare da capo. Esse non compiono nessuna basilare distinzione morale, e neppure legale, che guidi in un giusto e moderato giudizio i giovani, il mondo di domani. Human Rights Watch non ha affatto considerato che Israele ha cercato di evitare la perdita dei civili del campo avverso avvertendoli quando stava per sparare. Non ha nemmeno mai sentito Nasrallah né il suo vice spirituale, lo sceicco Fadlallah, dichiarare che lo scopo degli Hezbollah è quello di «obliterare» Israele, mentre lo scopo di Israele è solo quello di non essere obliterato. E anche se, come nota molto bene Joshua Muravchik, Human Rights Watch dice che il suo scopo è legale e non morale, come mai non si accorge che da parte degli Hezbollah vi è verso Israele, come del resto da parte di Ahmadinejad e di Hamas, una promessa di genocidio?[17] La legge internazionale sui diritti umani è molto complicata, perché investe Stati e ideologie diverse fra loro, ed è costituita da convenzioni e trattati. Ma il trattato che riguarda la «Convenzione per la prevenzione e la punizione del crimine di genocidio», a differenza di tutte le altre convenzioni e trattati, comporta il dovere di prevenire e punire il genocidio e prevede addirittura che si possa andare in guerra per evitare un genocidio promesso. Ricorda Muravchik che Nasrallah ha detto pubblicamente: «Se tutti gli ebrei vengono in Israele, bene, questo ci salverà dal problema di andarli a stanare in tutto il mondo»; lo sceicco Fadlallah, quando gli è stato chiesto perché bombardava le città israeliane, ha spiegato che «non c'è nessun ebreo che sia innocente». Human Rights Watch sa bene che queste dichiarazioni hanno lo sfondo molto concreto del rapimento e omicidio, negli anni Ottanta, delle poche dozzine di ebrei ancora presenti in Libano, degli attentati contro il Jewish Center di Buenos Aires nel '94, in cui furono uccise 85 persone e ferite 200. Ma Human Rights Watch, nello stesso periodo in cui produce 25 documenti critici su Israele, ne produce invece due sulla Siria; e negli ultimi 39 mesi del governo di Saddam dedica 20 documenti al suo governo assassino, e 62 a Israele. Insomma, Human Rights Watch sembra, come molte altre Ong, molto «più preoccupata di danneggiare Israele che di salvare i diritti umani».

Dice bene Muravchik quando nota che, dopo un lungo periodo in cui Human Rights Watch ha avuto due facce che si sono fronteggiate, una tesa a salvare i dissidenti russi, l'altra a biasimare le politiche americane, con l'11 settembre ha avuto luogo il contorcimento tipico del nostro tempo. Scriveva Human Rights Watch nei giorni dopo l'attacco alle Torri Gemelle: «Faremo ogni sforzo perché la legge umanitaria internazionale sia rispettata da tutte le parti implicate in un conflitto che sembra inevitabile [...] Dove la polizia è impegnata nel portare alla giustizia persone sospette, faremo di tutto per mantenere gli standard dell'applicazione della legge. Nei Paesi dove più alta è la paura di attacchi terroristici veglieremo sulla minaccia e la discriminazione contro le comunità musulmane, popoli di origine asiatica o araba, o altri popoli di colore che possano essere presi di mira in questo clima politico sovraccarico». Human Rights Watch, nota Muravchik, qui non si occupa della violazione dei diritti umani che il terrorismo annichilisce in toto, non si ripromette di combattere contro il terrore, ma di tenere sotto torchio gli americani e gli occidentali che combatteranno la guerra contro il terrorismo. Un'interpretazione dei compiti di chi sorveglia i diritti umani nel mondo che è devastante per il nostro futuro stesso, perché squalifica la battaglia facendo di noi dei razzisti scriteriati e consolida l'idea che quando noi violiamo i diritti umani, siamo colpevoli, se invece lo fanno i Paesi o le organizzazioni non occidentali, non lo sono.

Non ho mai visto i dimostranti di base delle Ong viaggiare sugli autobus israeliani per porsi come scudi umani contro i terroristi; non li ho mai visti dimostrare nelle strade di Haifa e di Sderot distrutte dalle Katiushe e dai Kassam, né cercare di evitare gli incendi delle foreste della Galilea che, innocenti come sono, erano bersaglio di Nasrallah. Li vedo dimostrare contro gli israeliani e contro il recinto di difesa dal terrorismo, mai manifestare contro i terroristi a causa dei quali è stato costruito. Contro la pena di morte a Saddam Hussein, mai per difendere le migliaia di giustiziati col colpo alla nuca in Cina.

Questa breve rassegna della nostra recente storia minuta dovrebbe bastare a dimostrare la miseria morale e intellettuale dell'odio contro il sionismo e contro Israele. È ora che ogni persona che si ritiene degna della civiltà dei diritti umani abbia il coraggio di riconoscere e dichiarare impresentabile la propria vecchia posizione. Ben altri sono gli orrori morali che dobbiamo oggi condannare e combattere. E lo potremo fare soltanto riconoscendo il valore del nostro fedele compagno in prima linea.

Di questi tempi, mi si perdoni la conclusione episodica e pratica di questi pensieri, una, fra le tante iniziative per bloccare l'odio e il progetto di genocidio antisemita contro Israele, mi convince più delle altre. Quella di deferire Mahmoud Ahmadinejad alla Corte criminale internazionale con l'accusa di «incitamento a commettere genocidio». La fonte legale che lo permette è soprattutto la Convenzione per la prevenzione e la repressione del crimine di genocidio, statuita il 12 gennaio 1951, ratificata da 138 Stati, incluso l'Iran.

La realizzazione dell'iniziativa forse non fermerebbe la costruzione della bomba atomica, né l'odio jihadista, ma avrebbe il merito di indicare la profondità e il significato delle iniziative antisraeliane, del silenzio che circonda gli attacchi ossessivi a questa democrazia impegnata in una guerra di difesa su tutti i fronti, della costruzione di una muraglia di parole malate che indicano solo una strada: guerra, distruzione.

Chi cerca la pace oggi sa che a fronte delle alleanze e dell'esercito jihadista, le belle parole contano poco. Che si processi, infine, chi mente su Israele per distruggerlo. Che si processi Ahmadinejad in tribunale, e nel nostro cuore tutti gli altri che desiderano la distruzione del fronte avanzato della democrazia.

Note

1. Alexis de Tocqueville, *La democrazia in America*, Bur, Milano 1992, p. 691.
2. Bruce Bawer, *While Europe Slept*, Doubleday, New York 2006.
3. *Dictionary of Communist English*, Baker Book House, Grand Rapids, Michigan 1964.
4. Yoram Hazony, *The Jewish State: The Struggle for Israel's Soul*, Basic Books, New York 2000.
5. Joan Peters, *From Time Immemorial: The Origins of the Arab-Jewish Conflict over Palestine*, Jkap, Chicago 2001.
6. Amos Guiora, *Teaching Morality in Armed Conflict: The Israel Defense Forces Model*, «Jewish Political Studies Review», 18, 1-2 (primavera 2006).
7. Hannah Arendt, *Le origini del totalitarismo*, Bompiani, Milano 1978, p. 3.
8. Carolyn Glick, *The Rise of the Islamist Axis*, «Jewish World Review», 7 aprile 2006.
9. Charles Krauthammer, *Never Again?*, «Washington Post», 5 maggio 2006.
10. Michael B. Oren, *Jews and the Challenge of Sovereignty*, «Azure», 23 (inverno 2006).
11. Giorgio Montefoschi e Fiamma Nirenstein, *Un solo Dio tre verità*, Mondadori, Milano 2001.
12. Hillel Halkin, *The aliya of a messianic visionary*, «Jerusalem Post», 26 maggio 2006.
13. Sabrina Tavernise, *Hostilities in the Mideast: Refugees; Christians Fleeing Lebanon Denounce Hezbollah*, «New York Times», 28 luglio 2006.
14. John Lee Anderson, *The Battle for Lebanon*, «The New Yorker», 7 agosto 2006.
15. Sonia Verma, *Hezbollah's deadly hold on heartland*, «National Post», 5 agosto 2006.
16. Steven Edwards, *Hezbollah was using UN post as "shield"*, CanWest News Service, 27 luglio 2006.
17. Joshua Muravchik, *Human Rights Watch vs. Human Rights*, «Weekly Standard», 11 settembre 2006.

Indice

Finito di stampare nel mese di febbraio 2007 presso il
Nuovo Istituto Italiano d'Arti Grafiche - Bergamo

Printed in Italy